KB245596

신광
한의 삶과 한시

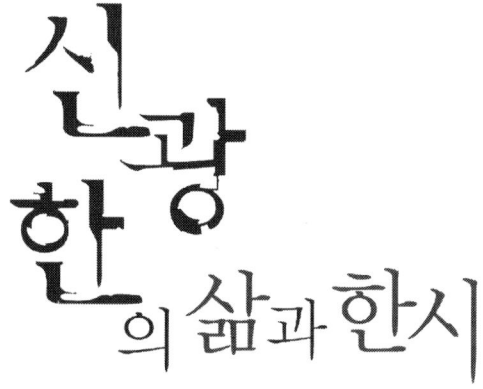

신광한의 삶과 한시

임채명 지음

KSI 한국학술정보㈜

추천사

　우리가 그 실체를 파악하기가 단순하지 않은 한시를 연구하는 이유는 무엇일까? 그것은 아마 다양한 시적 언어 속에 굴절되어 있는 시인의 마음을 헤아리고자 해서일 것이다. 이 과정은 광부가 실오라기처럼 가늘게 이어진 금맥을 찾아 수십 미터 땅속을 파고 들어가는 것과 같다. 신광한의 시 또한 예외가 아니다. 그는 15세기 훈구세력의 중심으로 활약한 신숙주의 손자로 태어났다. 그런데 그는 대사성으로 조광조와 함께 개혁정치를 주도하다가 기묘사화 때에 탄핵된 후 여주에서 15년 동안 칩거하였다. 그 뒤 다시 대사성으로 복직하고 을사사화 때에는 소윤에 가담해 공신으로 책록되어 훈구세력의 중심에 자리하였다. 이렇듯 신광한은 조선의 산천을 붉게 물들였던 사화의 피해자이면서 수혜자이기도 하였다. 그는 15년간 여주에서 칩거하며 무슨 생각을 했을까? 그는 어떤 철학적 사유에 근거해 다시 18년간 정치 무대의 주역으로 활동했을까? 그의 시에는 격동하던 역사 현장의 중심에서 몸소 추구했던 도학적 이상이 펼쳐져 있다.

　내가 필자를 처음 만난 것은 15년 전이다. 전도가 양양하던 20대의 청년이 연구실로 찾아와 지도교수를 청했을 때 적지 않게 당황했던 기억이 난다. 그 후 나와 필자는 사제 관계라기보다는 학문적 동지로서 수많은 곡절을 겪으며 지금까지 함께 하였다. 평소 필자를 대하면서 공자가 안연을 보고 "回也 不愚."라고 말한 것을 떠올리곤 한다. 필자는 강의를 듣거나 강독을 하거나 한 번도 반론을 제기하지 않았지만, 질문에 답하고 글을 번역할 때에는 한 치도 어긋난 내용이 없었다. 진정 남을 위한 학문이 아닌 자신을 위한 학문을 실천했던 것이다. 필자는 지난 10여 년에 걸쳐 신광한 시에 몰두하면서 당시와 송시의 특징을 면밀히 살폈고, 신광한이 지향했던 도학파의 사상을 이해하기 위해 각종의 성리서들을 숙독하였다. 이 책에서 밝힌 신광한 시의 내용과 풍격, 수사적 특징은 그동안 각고의 노력을 통해 축적된 학문 역량이 결실로 맺어진 것이다. 이번 출판을 계기로 필자의 학문경계와 정신세계가 한층 업그레이드될 것으로 기대한다.

2009. 봄.
단국대학교 죽전캠퍼스 사범관 602호에서
정재철 쓰다.

책머리에

가끔씩 내가 여기서 무엇을 하나 하는 생각을 하곤 한다. 세상을 살다 보면 누구든지 이런 생각이 들기도 하겠지만, 특히 공부를 하는 사람에게 그 빈도가 더 잦은 것 같다. 그것은 산적한 공부거리에 허우적대다 가야 할 길을 잃어서일 수도 있고, 공부란게 혼자 헤쳐가야 하는 고행의 길이라 그 고통에 대한 푸념일 수도 있다. 마냥 한문이 좋아 멋모르고 덤벼들었던 것이 이제 되돌아가기에 너무 멀리 와버렸다는 느낌을 지울 수 없다. 나 혼자 감내해온 것이었으면 좋으련만 어설픈 공부 한답시고 여러 사람들에게 폐를 끼치거나 빚을 져서 중도에 그만두지도 못하게 되었다. 몇 해 전에 '기재(企齋) 신광한(申光漢) 한시 연구'로 박사학위를 받은 논문을 수정하고 보완하여 출판하려고 하였으나 차일피일 미루다 제대로 보완도 하지 못한 채 책으로 내려니 무엇보다 부끄러움이 앞선다.

신광한(申光漢)은 신숙주(申叔舟)의 손자로서 훈구 가계 출신이지만 김종직(金宗直)의 학통을 이은 사림(士林)들과 교유를 맺음으로써 순탄치 않은 정치적 이력을 보여 주었다. 뿐만 아니라 그가 생존했던 당시는 송시풍(宋詩風)에서 당시풍(唐詩風)으로 문풍이 옮겨가던 때였고, 문학에선 사장(詞章)과 도학(道學)이 그 세를 겨루던 시기였다. 개인적인 교분과 시대적인 조류의 측면에서 보면,

그가 처한 상황이 간단치 않았다. 자신에게 선천적으로 주어진 가문의 배경을 극복하고서 정치적 기반이 정반대인 사림과 꽤 친근하게 지낸 점을 통해 한 인간으로서 그가 처신에 대해 고민하고 행동한 결과에 따라 부수되는 고통을 견뎌낸 것이 누구 못지않게 상당했을 것임을 짐작할 수 있었다. 또, 변화하는 문풍에 적절히 동조하며 문학의 내실을 중시하는 도학과 문학의 외형을 중시하는 사장, 양면에 관심을 보인 사실에서 그는 분명히 연구하기에 매력적인 사람이었다.

필자는 그를 중심에 두고 복잡하게 얽혀 있는 실타래를 올올이 더듬으며 그 연유를 해명하고자 하였다. 그 과정으로 생애와 학문을 점검하고, 뒤이어 시의 내용을 도학자(道學者)로서의 면모와 사장가(詞章家)로서의 면모로 나누어 고찰하였다. 그리고 시에 관류하는 풍격(風格)과 수사(修辭)적인 특징을 밝히고 문학사적 의의를 부여하였다.

박사학위 논문을 작성하는 과정 내내 뇌리를 떠나지 않은 것은 그의 진면목을 사실대로 밝혀내고 있는가에 대한 의문이었다. 책을 내는 지금도 혹시 그가 환생하여 당신의 연구를 제대로 하라고 필자에게 일침을 가할 것 같아 두렵다. 그러한 두려움에도 불구하고 감히 이 책을 세상에 내놓는 것은 연구의 자신감이라기보다는 옳건

그르건 간에 있는 그대로 보고자 했던 필자의 양심만이라도 그에게 고백하려 해서다. 이 책의 내용 중에 더러 오류가 있을 수도 있을 터나 그것은 전적으로 필자의 책임이다. 선·후배 연구자들의 아낌없는 질정을 구한다.

부족한 능력으로 공부하다보니 여러 선생님께 은혜를 입었다. 한문에 관심을 갖게 해주신 정우상(鄭愚相) 선생님, 한시의 묘미를 느끼게 해주신 김상홍(金相洪) 선생님, 박사학위 논문 심사에서 명쾌한 논변으로 질책해주신 안병학(安炳鶴) 선생님과 정민(鄭珉) 선생님, 윤채근(尹采根) 선생님, 그리고 다그치기보다 항상 묵묵히 솔선수범으로 불민한 제자를 이끌어주신 석·박사 논문 지도교수님 정재철(鄭載喆) 선생님, 그 외에 공부로 인연을 맺은 다른 여러 선생님께도 아울러 감사의 인사를 드린다. 끝으로 공부하는 동안 아들, 사위, 남편, 아빠, 동생으로서의 역할에 충실하지 못했다. 이 책으로나마 위안을 삼아 너그러이 용서해주시길 바라는 마음 간절하다.

2009년 봄의 끝자락 창가에서
봄비를 바라보며
저자 씀.

목차

I 서 론

　신광한(1484~1555)의 가문은 9대조인 성용(成用)이 처음 문질 (文秩)이 드러난 이래로 그에 이르는 10대 동안 연이어 과거에 급제한 진신명벌(縉紳名閥)이었다. 신숙주(申叔舟)의 장남인 주(澍)의 아들 종호(從濩)와 차남인 면(㴐)의 아들 용개(用漑), 그리고 칠남인 형(泂)의 아들 광한은 모두 신숙주의 손자면서 사촌지간으로 문형을 맡게 되었다. 그야말로 그의 집안은 문장으로 이름난 문벌이었다. 사촌인 삼괴당(三魁堂) 종호는 과거 제도가 생긴 이래 처음으로 진사시, 문과, 중시(重試)에 모두 장원하여 삼장원이라 불렸고, 이요당(二樂堂) 용개[1]는 김종직(金宗直)의 문인으로 대제학(大提學), 우의정(右議政)을 거쳐 좌의정(左議政)에 올랐다. 그의 사촌 중 한 사람은 문장으로, 또 한 사람은 도학과 관련 있기에 그는 문장과 도학 둘 다에 관심을 보일 수밖에 없었다.

　이러한 그의 가계의 특수성 때문에 그는 이행(李荇)[2]으로 대표

---

1) 金淨, 洪彦弼, 金正國, 蘇世讓, 申光漢 등이 申用漑에 의해 선발되었다는 기록이 湖堂錄에 보인다. (李憲求 編, 『朝鮮人物號譜』, 문화서관, 大正 13년, 「湖堂錄」條 참고.)

2) 申光漢, 『企齋集』(『韓國文集叢刊』22, 민족문화추진회, 1988. 이하 저자를 생략하고, 『문집』이라 함.), 권2, 「承示靑鶴相公(李荇)仲秋夜有懷之什, 兼奉梨湖相公, 用其韻,

되는 사장파와 관계를 맺기도 하고 이언적(李彦迪)[3], 김안국(金安國)[4], 박상(朴祥)[5], 조광조(趙光祖), 김정(金淨)[6], 김식(金湜)[7]으로 대표되는 도학파와도 친분을 유지하게 된다. 이리하여 그는 시에서도 사장과 도학에 대한 친연성이 보인다. 일견 상충될 듯하지만 두 가지 경향이 엇비슷한 비중으로 나타나면서 시의 소재와 내용의 폭을 넓혀 주었다. 이것은 그의 문학적 영역을 확대시킨 긍정적 면도 없지 않으나 일방에 잠심하여 깊이를 심화시킬 기회를 원천적으로 차단하고 있다는 점에서, 또 문학 방면 이외에 정치적 부면과 관련되면서 그의 입지를 제한하는 역할을 하기도 하였다. 따라서 그의 시의 전모를 밝히기 위해서는 가계의 영향을 인정하면서 도학적 성향과 사장적 성향으로 구현되는 문학적 특성을 밝히고, 그것이 정치적인 면과 어떻게 연락되는지를 살피는 것이 긴요하다. 이에 이 책에서는 도학과 사장에 근거를 둔 그의 문학 의식이 정치적인 부면과 조우할 때 어떻게 형상화되는지를 조명하는 데 중점을 두고자 한다.

그는 시보다는 「기재기이(企齋記異)」라는 작품으로 먼저 학계의 주목을 받았다.[8] 소재영(蘇在英)은 「기재기이」의 전모를 논술하면

行爲五篇, 輒復效顰, 寄呈使君案下, 非敢爲詩, 欲不負勤敎云爾」, p.249.; 『문집』, 권5, 「奉呈容齋」, p.294.; 『문집』, 권6, 「驪興金使君, 出示容齋相公送別詩韻, 求和甚勤, 敬酬而復」, p.302.

3) 『문집』, 별집, 권4, 「奉送李復古(彦迪)爲覲親乞作南伯」, p.440.

4) 『문집』, 권2, 「奉次梨湖相國韻」, p.247.; 『문집』, 별집, 권5, 「驪興金使君, 與金宰相安國金僉知欽祖鄭僉知士龍會, 翫秋月于神勒寺, 遣人相邀, 病不能赴」, p.449.

5) 『문집』, 권3, 「次亡友訥齋韻書道崇上人詩軸」, p.278.; 『문집』, 별집, 권2, 「昌邦傳昌世寄詩二律, 次韻簡答」, p.412.

6) 『문집』, 문집, 권1, 「冲庵集序」, pp.482~483.

7) 『문집』, 권4, 「次金湜韻」, p.285. 그가 35세(1518년)에 典翰이었을 적에 賢良科로 金湜 등을 등용한 인연이 있다.

서 그에 대한 선인들의 평가, 생애, 문학을 개괄적으로 고찰하였다. 소재영의 논문은 소략하긴 하지만 학계에 그를 처음 소개하는 데에 기여했다는 측면에서 가치가 있다 할 것이다. 유기옥(柳奇玉)은 『기재기이』의 제 양상을 전개하면서 그의 생애와 문학세계를 먼저 다루고, 이어 『기재기이』를 저술한 작가의식에 주목하여 작가의식을 '유가적 현실주의와 이상의 추구', '은일 및 자아성찰의 태도', '도선(道仙)적 초세(超世)와 한계의식'의 세 가지로 설정하였다. 유기옥은 도선적 초세도 유가적 현실을 우의하고 이상을 형상화하기 위한 하나의 방편으로 수용하고 있다고 파악함으로써 이 세 가지 작가의식의 기저에 작용하고 있는 중심사상이 기본적으로 유가적 이상을 추구하는 의식지향의 일관된 흐름이라고 이해하였다. 유기옥의 논문은 그의 문학과 작가의식을 아우르는 사상적 배경을 제시한 점이 높이 평가된다 하겠다.

이후 오현숙(吳賢淑)[9]이 그의 시세계에 주목하면서 그의 시에 대한 연구도 본격화되었다. 오현숙의 논문은 그의 시를 주제별로 '혼탁한 현실풍자', '전원생활의 락', '강호지미(江湖之美)', '초자연에 대한 동경'으로 설정하여 분석하였다. 그러나 이 논문에서 '전원생활의 락', '강호지미', '초자연에 대한 동경' 등은 별도의 제목으로 분리하여 논할 성질의 것이 아니라 '전원으로의 동경'이란 항목 속에서 통합하여 논의했어야 할 것으로 생각된다. 이 논문의 장점은 그의 시세계를 가급적 있는 그대로 객관적으로 기술하려

---

8) 蘇在英, 『企齋記異研究』, 고려대학교 민족문화연구소, 1990.; 柳奇玉, 「申光漢의 企齋記異 硏究」, 전북대 박사논문, 1990. 柳奇玉의 논문은 후에 『申光漢의 企齋記異 硏究』(한국문화사, 1999.)로 출판되었다.

9) 吳賢淑, 「企齋 申光漢의 詩世界 硏究」, 단국대 석사논문, 1992.

한 데에 있다고 하겠다. 다만 시세계를 구현해 낸 그의 사유에 대한 깊이 있는 분석이 다소 부족한 점이 아쉬움으로 남는다.

그 뒤를 이어 윤채근(尹采根)[10], 강소영(姜縩瑛)[11], 심경호(沈慶昊)[12], 임채명(林采明)[13]이 그의 시를 분석하였다. 윤채근은 우선 그의 생애에 주목하여 그가 중간자적 현실이해를 통해 정치적 좌절의 사적인 중화를 할 수밖에 없었던 연유를 밝혔고, 그 결과 그의 시의 심미적 특질인 탈속의 미감으로서의 청유(淸幽)를 도출하였다. 이 논문에서는 그의 가정환경이 정치사회적 여건과 맞물려 작자의 개성으로 수렴되고, 그 개성이 문학적 개성으로 발현되는 과정을 논리적으로 보여주고 있다. 또, 신광한의 시를 거시적 시각에서 조망하여 사장과 도학을 상호 연락시켜 하나의 풍격을 구극함으로써 그의 시세계의 전모를 일목요연하게 밝혀내었다. 강소영의 논문은 그의 시에 나타난 시풍의 양상에 주목하여 표현기법적인 측면에서 논지를 전개한 것이 이채롭다. 주제적 측면에서 접근하는 여느 논문들과는 성질을 달리하는 것으로 시사 받을 부분이 적지 않다. 먼저 그의 시풍을 당시풍과 송시풍의 것으로 나눈 다음, 당시풍의 양상으로 '회화풍의 서정추구', '경물을 통한 정감표

---

10) 尹采根,「企齋 申光漢 漢詩 研究」,『어문논집』제36집, 안암어문학회, 1997.

11) 姜縩瑛,「企齋 申光漢의 詩世界 考察」, 한양대 석사논문, 1998.

12) 沈慶昊,「企齋 申光漢論」,『韓國漢詩作家研究』4, 태학사, 1999.

13) 林采明,「企齋 시의 도학적 정신 지향」,『漢文學論集』제18집, 槿域漢文學會, 2000.
　　　　,「企齋 申光漢 詩의 一局面 -『皇華集』所載 詩를 중심으로-」,『漢文學論集』
　　　　제19집, 槿域漢文學會, 2001.
　　　　,「企齋 申光漢 寓居期 詩의 研究 -思惟 樣相을 중심으로-」,『漢文學論集』
　　　　제20집, 槿域漢文學會, 2002.
　　　　,「申光漢 詩의 風格」,『한국어교육』제18호, 한국어문교육학회, 2003.
　　　　,「企齋 申光漢 詩의 形式的 特質」,『韓國漢文學研究』제33집, 한국한문학회, 2004.

출'을 들었고, 송시풍의 양상으로는 '산문적 진술'과 '경물을 통한 의론전개'를 제시하였다. 당시풍과 송시풍의 시를 대등하게 병치한 후 논지를 전개할 때에, 송시풍이 기반을 이루면서도 당시풍의 성향이 나타나는 것은 그가 두보(杜甫)의 시를 비롯한 당시를 공부함으로써 송시풍을 기반으로 하고 당시의 수사법과 흥취를 함축적으로 표현하는 경향을 추구하였기 때문이라고 하였다. 그러나 강소영의 논문은 두보를 당시풍의 시인으로만 한정하여 송시풍의 비조인 점을 인식하지 못하였고, '청(淸)' 풍격을 당시풍과 비슷한 성격으로 규정하여 내면의 청징한 경계가 유로된 송대 도학시에서의 '청'의 면모를 도외시하여 논지의 객관성을 견지하지 못한 것이 문제다. 심경호의 논문은 그의 일생과 시적 경향의 변화를 연계하여 '초기의 풍시', '관동(關東) 시절의 낭만적 비월(飛越)', '방축기의 침잠과 자치', '복권 이후 서정표출과 수응(酬應)', '만년의 평심관조(平心觀照)', '영사시'로 항목을 설정하였다. 이는 그의 시를 시기별로 나누어 적시했다는 점에서 관심을 불러일으킬 만하다. 그뿐만 아니라 인생의 변화에 따른 시 경향의 변화를 포착하였고, 또 미시적 관점에서 접근하여 그의 시세계를 구체적으로 제시한 점은 높은 의미를 부여할 만하다. 게다가 이 논문의 특징은 주로 『국조시산(國朝詩刪)』소재 시를 중심으로 연구하여 그의 시에 있어서의 당시풍의 면모를 부각시켰으며 아울러 그가 관각문인임에 주목한 것이다.

연구사 검토에서 특히 주목할 만한 것은 오현숙과 강소영의 논문이다. 두 논문 모두 그의 시의 풍격적 특성을 논의하면서 오현숙의 경우는 해동강서시파로서의 그의 면모를 부각시켰고, 강소영의 경우 당시풍 시인으로서의 그의 면모에 유념하였다. 이러한 다양한 방식의 접근은 그의 독특한 가문의 배경을 고려할 때 오히려 당연한 귀결로 받아들여진다. 하지만 그의 시세계 연구만을 놓고 보면, 사장보다는 도학 위주의 내용이 주를 이루고 있어 편향성에서 벗어나지 못했다. 더구나 시 작품 한 편에 있어서도 내용 위주의 연구가 우세하여 수사나 구조를 중심으로 한 연구가 미약한 실정이다. 그 결과 공평한 시각과 균형감각의 부재로 그의 시세계를 전체적으로 조망하지 못해 시세계의 윤곽을 밝히는 것이 어려웠다. 이 책에서는 기존의 연구 성과에서 나타나는 문제점을 극복하고 그의 시세계의 온전한 모습을 효과적으로 밝히기 위해 다음과 같은 방법으로 논지를 전개하려 한다.

첫째, 그의 시적 개성을 이루는 토대인 생애와 사승, 학문을 고찰하고자 한다. 그의 시의 내용과 풍격, 수사가 생애와 사승, 학문을 통해 형성된 것임을 고려하면 그의 시를 고찰하기 전에 예비단계로 이에 대한 검토가 전제되어야 함은 마땅하다.

둘째, 그의 시의 총체적 전망을 위해서 먼저 그의 시의 내용적 특징을 살피려 한다. 그의 시에서 내용을 크게 두 가지의 유형으로 나눌 수 있다. 그것은 탈속적 삶과 의리 정신, 이문화국(以文華國)의 다양한 추구로서 하나는 도학에 뿌리를 둔 도학적 정신지향과 관련되고, 다른 하나는 사장적 전통에 근원한 문재의 표출과 유관하다. 이 두 가지는 각각 병렬되어 이질적인 것 같이 보이지만 실은 도학이란 대전제 속에 하나로 갈무리될 수 있는 것이다. 그럼에도 이 두 가지를 분설한 데에는 수기(修己)와 치인(治人)을 동일시하여 하나로 합칠 수 없듯이 도학과 사장을 뭉뚱그려 하나로 할 수 없어서다.

셋째, 그의 시의 풍격에 대해 고찰하려 한다. 풍격은 고도의 수련으로 길러진 성정이 기를 통해 시화되고 여기에 문사를 가하여 생명의 율동으로 승화시킨 것이다. 다시 말해서 작자의 창작 개성이 작품 속에 구체적으로 드러난 양상이다. 그것은 내용과 수사의 조화를 통해 그만의 독특한 개성을 이룬다. 시를 창작하게 하는 작자의 기, 성정, 사유가 내용 면에서 공통성을 띠면서 타인들과 변별되는 면모를 보이고, 그것을 형상하는 방식, 예를 들면 시어 선택, 의경 안배, 결구 배치 등이 작자만의 개성적인 글쓰기로 나타나기 때문에 작품이 바로 작자 자신으로 인식된다. 그러므로 풍격이란 작자의 문학적 개성에 다름 아니고, 또 그 문학적 개성을 발굴해 내는 것이 바로 풍격 연구다. 이 책에서는 「문간공행장(文簡公行狀)」과 「문간신공묘지명(文簡申公墓誌銘)」의 평을 자료로 하여 그의 시의 풍격을 '평담(平淡)', '웅혼(雄渾)'으로 나눠 살피려 한다. 논의는 그의 전 생애 동안 변함없이 나타나는 내면적 침잠에 따른 물아합일의 경계가 작품에 발현된 것을 '평담'으로, 장년기 한 시기에 품었던 의리 정신에 기반한 호연지기의 발양이 작품에 투영된 것을 '웅혼'으로 하여, 풍격 생성의 근거를 추적하고 특성을 도출하는 방식으로 전개할 것이다.

넷째, 그의 시를 살피기 위해 그의 시의 수사적 특질을 궁구하려 한다. 내용 연구와 대척점에 놓인 수사에 대한 연구는 본질적으로는 시 연구의 객관성과 보편성을 유지하는 것이면서, 아울러 그가 작시 상황에서 내용을 담아내는 문학적 글쓰기의 실체를 구체화하는 작업이기도 하다. 이것은 그의 의식이나 사유에 가려져 미처 발견하지 못했던 그만의 문학적 능력과 개성을 일반에 공개하는 역할을 할 것이다. 그의 지향을 내용으로 형상화하는 데에 있어서의 정형성이 그를 유별하는 개성이듯이 형상화의 구체적 방법, 즉 내용을 그만의 수사를 통한 글쓰기로 표현해 내는 특성 또한 그를 남들과 변별되게 하는 주요한 지표가 된다. 내용을 도외시한 수사가 허망하고 수사를 망각한 내용이 무의미함을 알기에 내용적 특성과 수사적 개성이 조화를 이룬 그의 작품 하나하나를 소홀히 대할 수 없다. 결국에는 내용과 수사 모두에 중점을 두는 이러한 연구 접근 방법만이 연구자들에게 그의 시를 파헤치는 데에 있어 균형 잡힌 시각을 담보해 줄 것이다. 이렇게 수사를 따로 떼어내어 논의를 전개하는 것은 내용상의 특징으로는 밝혀내기 힘든 시풍의 변화를 추적해 보려 해서다.

다섯째, 그의 시에 대한 후대의 평가를 요약하고 그의 시가 문학사에서 차지하는 의의를 검토하려고 한다. 그는 송시풍에서 당시풍으로 변해가는 문풍의 변화기에 살았고, 고려 때 유입된 성리학이 도학으로 공고화되어 가는 과도기를 살았다. 또한 그는 훈구 가계 출신으로서 사림과의 교유가 빈번하였다. 따라서 그의 사회문화적 위치와 정치적, 사상적, 문학적 위상을 추출하는 것은 매우 어려운 문제다. 그에게는 훈구와 사림이라는 상반된 정치적 입지가 착종되어 있고 도학과 사장이라는 상이한 시각이 존재하며 송시풍과 당시풍의 시풍이 얽혀 있다. 결코 단순하지 않은 부면들이 그의 사유나 문학적 형상화에 영향을 주어 다양한 양상을 보이는데 이렇듯 복잡하게 혼효된 국면을 통합하여 관련 맥락을 일관되게 논리적으로 해명하는 것 자체가 그의 문학사적 의의를 규정하는 것이라고 생각한다. 그의 문학이 일률적으로 일방에 소속되지 않고 다양한 양상을 보인다는 점에서 그의 문학사적 의의를 정립하는 것은 그와 동시대를 살았거나 그 주변 시기를 생존했던 사람들 중에서 사상의 점이지대, 문풍의 변이기, 정치적 중간 입지에 놓여 있었던 여러 문인들의 개성을 해명하는 데에 특별한 효력을 발휘할 것이다.

이처럼 이 책에서는 먼저 그의 생애, 사승, 학문을 살펴보고, 도학에 의해 이뤄진 정신 지향이 시화되는 과정에서 보이는 내용을 알아보며, 그 내용을 형상화하는 데에 사장적 전통이 가미된 의식을 밝혀내고자 한다. 이후, 내용과 수사가 조화된 풍격을 구극하고, 수사만을 따로 떼어내어 시풍의 변화를 살피며 그가 생존했던 시대에서 차지하는 문학사적 의의를 천명하는 방법으로 그의 시의 본질에 다가서고자 한다. 이러한 연구 방식은 그의 시의 본질을 해명하는 데에 적잖이 기여할 것이라 생각된다. 그뿐 아니라 16세기 전반을 함께 한 여타 시인들의 문학적 성취를 이해하는 데에도 도움이 될 것이다. 특히 그의 문학을 규명하는데 주요 쟁점이 되고 있는 '훈구파와 사림파', '사장과 도학', 그리고 '송시풍과 당시풍'의 변별성과 유사성을 이해하는 데에도 기여할 것으로 보인다.

Ⅱ 신광한의 생애와 학문

이 장에서는 먼저 그의 인생에 있어서의 전환점이나 결정적인 사건, 중요한 행적 등을 토대로 하여 그의 생애를 크게 수학기(修學期), 출사기(出仕期), 귀거래기(歸去來期), 재사환기(再仕宦期)의 네 시기로 나누어 살필 것이다. 수학기는 출생에서부터 성리학에 관심을 가지고 몰입하는 과정을 지나 27세(1510년)에 금방(金榜) 을과(乙科)에 합격하여 승문원권지(承文院權知)에 보임되기까지의 시기에 해당한다. 출사기는 승문원권지로부터 관직 생활을 시작한 이후 38세(1521년)에 신사무옥(辛巳誣獄)으로 삼척부사(三陟府使)에서 물러나기까지 12년 동안 벼슬살이를 하던 시기다. 귀거래기는 41세(1524년)에 고양여막(高陽廬幕)에서 돌아가신 모친을 위해 2년 남짓한 시묘(侍墓)를 마치고 여주(驪州) 원형리(元亨里)로 귀거래한 이후부터 55세(1538년) 2월에 직첩을 환급받고 절충장군(折衝將軍)이 되어 다시 벼슬길에 들기까지 약 15년에 이르는 기간이다. 재사환기는 55세(1538년) 2월에 직첩을 환급받고 절충장군이 되었다가 성균관대사성지제교(成均館大司成知製敎)에 제수된 후 요직을 두루 거치며 화려한 영예를 누리다가 72세(1555년)에 세상을 떠나게 되기까지 17년 동안의 시기다. 각 시기별로 중요하거나 부각될 만한 사건과 행적들을 되짚어봄으로써 그의 생애를 정리하려 한다. 다음에는 그에게 가르침을 준 사람들과의 사승을 살피고, 그의 학문을 점검할 것이다.

신광한은 신숙주(申叔舟)의 손자로서 통훈대부내자시정(通訓大夫內資寺正)을 지낸 부친 형(泂)과 사포(司圃) 정부(鄭溥)의 딸 사이에서 3남 5녀 중 셋째 아들로 1484년 7월 29일에 태어났다.[14] 자는 한지(漢之)·시회(時晦)며 호는 기재(企齋), 낙봉(駱峯), 청성동주(靑城洞主)이고 시호는 문간(文簡)이며 본관은 경상도 고령(高靈)이다. 신씨들이 고령 고을에서 배출되어 각지로 성대하게 퍼져 나간 후, 명벌이 되었다. 9대조 성용(成用)[15]이 처음 문질이 드러나 벼슬이 검교군기감(檢校軍器監)에 이르렀다. 성용이 강승(康升)을 낳고 강승이 인재(仁材)를 낳고 인재가 사경(思敬)을 낳고 사경이 덕린(德隣)을 낳았다. 덕린은 청화직(淸華職)을 두루 거쳐 벼슬이 간의봉익대부예의판서(諫議奉翊大夫禮儀判書)·보문각대제학(寶文閣大提學)에 이르렀고 정헌대부이조판서(正憲大夫吏曹判書)로 추증되었다. 덕린이 포시(包翅)를 낳으니 포시가 바로 그의 고조부로, 통정대부공조참의(通政大夫工曹參議)를 지냈다. 증조부는 장(檣)으로 가정대부공조좌참판(嘉靖大夫工曹左參判)·동지춘추관사(同知春秋館事)·세자우부빈객(世子右副賓客)을 지냈다. 조부는 숙주(叔舟)로 의정부영의정겸홍문관대제학(議政府領議政兼弘文館大提學)·

---

14) 그의 행장과 묘지명, 문집을 뒤져봐도 그가 태어난 곳을 확인할 수 없었다. 그의 선대가 대대로 경기도 고양에서 살았고, 그가 39세에 어머니 상을 당했는데 시묘를 고양에서 한 것으로 미루어 고양의 본가에서 태어나지 않았을까 추정할 뿐이다.

15) 高靈申氏世譜를 보면 9대조 成用을 始祖로 삼고 있다.

예문관대제학(藝文館大提學)·예조판서고령부원군(禮曹判書高靈府院君)을 지냈다. 숙주는 주(澍), 면(㴐), 찬(澯), 정(瀞), 준(浚), 부(溥), 형(泂), 필(泌)의 팔형제를 두었는데 그 중 칠남인 형(泂)이 그의 부친이다.

그는 네 살 때에 부친을 여의고 홀어머니 밑에서 성장하여 성동(成童)이 되도록 학문을 알지 못하였는데, 집안 노비들이 가끔씩 그를 놀려대면 그는 "지금은 비록 배우지 못했으나 배우면 반드시 무리들 중에 빼어나리라."[16]고 하며 마음을 다잡았다. 15세(1498년)에 비로소 글을 읽을 줄 알게 되면서 학문에 발분하여 재명(才名)을 크게 떨쳤다. 이 무렵 연산군의 정치가 포악해지자, 그는 문을 닫아걸고 독서하면서 「유조사(有鳥辭)」[17]라는 글을 지어 자신의 뜻을 붙이기도 하였다. 연산군의 생모인 윤씨의 장례에 그의 부친이 근족으로 감독한 적이 있는데, 날짜를 기록하여 훗날의 물음에 대비하였다. 연산군이 흉포해진 후, 그 기록이 남아있다는 말을 듣고 매우 다급히 구하려 하며 사람을 보내와 "바치면 후한 상이 있을 것이다."하였다. 그의 모친이 바치려 하기에 그가 살펴보고는 '장례 지낼 때에 너무 검약하여 예를 따르지 않아 연산군이 보면 재앙이 사대부들에게 미칠까 예측할 수 없다.'고 생각하여 그 자리에서 태워버리고, 끝내 찾지 못했다고 둘러댔으니 그의 사람을 살리는 수단이 어려서부터 이러하였다. 24세(1507년)에 생진시(生

---

16) 『문집』, 권14, 「文簡公行狀」, p.374. "至成童, 猶未知學, 家中老婢輩往往譏之. 公曰, 今雖未學, 學則必超千群."

17) 『문집』, 권14, 「文簡公行狀」, p.375. "其辭曰, 有鳥三年不飛鳴, 天地寂寞無好聲. 我欲披肝出赤血, 飮啄必與鷙鳥爭. 山深路絶風雨惡, 恐有雛饑巢亦傾. 因循卽今頭欲白, 暮年血淚成淋零."

進試)에 응시하여 「황금대부(黃金臺賦)」[18]를 지었는데, 지공거(知貢擧)인 김안국(金安國)이 그가 지은 것을 일등으로 하려 하였으나 주변에서 그가 지은 부에 고하통운(高下通韻)이 있는 것을 심하게 힐난하자, 마침내 그를 을과(乙科)에 두었다. 답안지를 확인하던 중, 그의 성명을 보고는 좌우에 있던 사람들이 깜짝 놀라며 후회하였다. 창방(唱榜)하매 재상인 성세정(成世貞)이 그를 멀리서 바라보고 불러서 성명을 묻고는 "고령의 후손이 아닌가? 훌륭한 가문에는 대대로 인재가 있다."고 칭찬하였다.

27세(1510년)에 금방(金榜) 을과(乙科)에 합격한 이후 승문원정자(承文院正字), 홍문관저작(弘文館著作), 홍문관정자(弘文館正字), 승문원박사(承文院博士), 홍문관부수찬(弘文館副修撰), 사간원정언(司諫院正言), 승문원교리(承文院校理), 호조(戶曹)·공조좌랑(工曹佐郞) 등을 역임하였다. 34세(1517년)에 사헌부지평(司憲府持平)을 맡아 상소하여 소격서(昭格署)의 참람함과 기신(忌辰)[19]의 그릇됨을 아뢰어 중종의 가납을 받아내었다. 평소 조광조(趙光祖)와 친하여 함께 강마절차(講劘切磋)할 때에 잘못이 있으면 그가 정색하고 꾸짖으며 "내가 아니면 누가 바로잡아주랴?"라 하였고, 조광조도 매번 낯빛을 고치고 사례하며 "내가 그대를 경애하는 까닭은 이 때문이다."라 하면서 우의를 다지곤 하였다. 35세(1518년)에 전한(典翰)에 승배되어 현량과(賢良科)로 김식(金湜) 등을 등용하였다. 그때 밤늦게까지 임금을 마주해 고금을 변론하였는데, 임금께서

---

18) 『문집』, 권10, 「黃金臺賦」, pp.346 - 347.

19) '忌日'이라고도 한다. 이 날은 忌日 제사를 지내므로 飮酒·食肉·聽樂을 금하고, 黔布·素服·素帶로 지내며 저녁에는 外室에서 잔다. (『經國大典』, 註釋篇, 韓國精神文化研究院, 1986.)

"의리로는 군신지간이지만 친하기로는 부자지간이다."고 하자, 그 말을 가슴에 아로새겼다. 36세(1519년)에 도승지(都承旨)에 제수되었으나 병으로 자주 사직을 청하여 첨추(僉樞)로 이배(移拜)되었다. 권간들이 기묘사화(己卯士禍)를 일으켜 화가 그에게도 미치려 하였는데 좌우에 있던 사람들이 모두 "이 사람은 비록 저들과 동류이나 꼭 짚을 만한 죄적이 없다."고 하여 마침내 죄를 면할 수 있었다. 그는 조광조 등이 투옥되자 달려가 이야기를 나눴고, 귀양길에 오르자 멀리 교외까지 나가 전송하며 필요한 물품을 보내주었으니 앙화의 다급함 속에서도 세정에 따라 붕우간의 우의를 바꾸지 않는 것이 이렇듯 확고하였다. 37세(1520년)에는 모친의 봉양을 위해 삼척부사의 외직을 받아 나가 빈민을 구제하고 백성들의 풍속을 교화하였다. 평소 삼척 부민들이 무당을 믿어서 병이 나면 반드시 소를 태백사(太白祠) 아래에 매어 놓고 빌고는 뒤를 돌아보지 않고 가버렸다. 그러면 늙은 무당이 끌고 가 잡아먹기도 하고 관부에서 때때로 끌고 오기도 했다. 그가 부임하던 날 아전이 그 연유를 아뢰면서 소를 끌고 오자고 청하였다. 이에 그가 "좋다."고 하자 과연 소가 끌려왔다. 즉시 소를 고을의 노인에게 돌려주며 "지금 이후로 와서 아뢰기만 하면 당연히 아뢴 사람에게 돌려주겠다."고 하였다. 얼마 되지 않아 어떤 사람이 와서 아뢰기에 그는 소를 즉시 주인에게 돌려주었다. 이 일로 인하여 백성들이 무당을 독실하게 믿다가 비로소 허탄하고 망령된 줄을 알게 되어 어리석은 풍속이 크게 변하여 비는 일이 아예 없어졌다. 한번은 송사를 하려고 찾아온 형제가 있었다. 그는 그들의 무지함을 불쌍히 여겨 의로써 가르치며 "너희들이 천륜을 생각하지 않고 작은 이익만을 다투는데, 한번 화락을 잃으면 죽을 때까지 화목할 수 없다. 각기 너희 집으로 물러가 친애함을 생각하고 화해하면 천륜을 온전히 하고 우애를 지킬 수 있으리라."하였다. 그들이 깨닫고 양심을 되찾아 송사를 거두고 돌아갔다. 그 후로 한 집안 사람들이 송사를 하다가도 그의 풍교를 듣고 물러난 자들이 매우 많았다. 그가 38세(1521년) 10월에 신사무옥(辛巳誣獄)으로 삭탈관직 되어 돌아갈 때에 마을의 노파와 시골의 아낙네들조차 한숨을 짓고 눈물을 흘리며 수레를 부여잡고 길을 가로막아 마치 친척을 이별하는 듯이 하였다. 삼척에서의 생활은 관청에 번거로운 사무가 없이 한가롭게 거문고를 울리고 시를 읊조릴 뿐이어서 그가 시문에 몰두할 수 있는 계기를 만들어 주었다.

39세(1522년)에 모친상을 치른 후 2년 남짓 고양(高陽)에서 시묘하였다.[20] 41세(1524년)에 상복을 벗고는 여주 원형리에 귀거래 하여 15년 동안 한가로이 거하였다. 방 한 칸에 책을 가득 채우고 문을 닫아걸고 밖으로 나오지 않았으며 조그만 것일지라도 남에게 바란 적이 없었다. 이때 모재(慕齋) 김안국(金安國)이 이호(梨湖)에 살고 있었는데 그도 이곳에 머물게 되자, 당시 사람들이 두 분에게로 화제가 옮겨지면 모두들 그에게 살 고을을 잘 고른다고 말하였다. 54세(1537년) 11월에 권간들이 죄를 자복하여 시정이 다시 개혁되자, 태학생 등이 대궐을 지키며 기묘년에 폐한 인사들을 기용하라고 빌었다. 이에 기묘인을 거두어 서용하라는 왕명이 그에게 제일 먼저 이르렀다.

---

20) 『문집』, 권14, 「文簡公行狀」, p.377. "嘉靖元年壬午, 丁內艱, 執喪一如禮. (중략) 二年癸未, 守廬于高陽, 羹墻思慕之深, 洋洋乎如在其上, 愾然如有聞焉."

55세(1538년) 2월에 직첩을 환급받고 절충장군이 되었다가 성균관대사성지제교(成均館大司成知製敎)에 제수되었다. 이십여 년 만에 다시 성균관에 들어가니 유림들이 우러러보기를 목마른 자가 샘으로 달려가듯 하였고, 아래로 전복들에 이르기까지 손을 들어 이마에 대고 맞이하지 않는 이가 없었다. 7월에 대사간(大司諫)에 제수되었다가 56세(1539년)에 다시 대사성지제교에 제수되었다. 그때 마침 화찰(華察)과 설정총(薛廷寵) 두 사신이 와서 특별히 그를 보내 도사선위사(都司宣慰使)로 삼으니 장편(長篇), 단장(短章), 가사(歌詞)의 여러 작품이 모두 그의 손에서 나왔다. 명나라 사신이 '조선의 문인들은 악부를 알지 못한다.'고 여겨 가사 한 편을 짓고는 일부러 한 글자를 누락시키고 주었다. 그가 받아 읽고 나서 통역관에게 "이 구절 아래에 글자가 있어야 하는데 없는 것이 이상하다. 여쭤 보아라."하였다. 사신이 웃으며 "과연 그렇다."고 하면서 고쳐 써 보여 주었다. 그러자 사람들은 모두 그가 사(詞)에 노련하다고 탄복하였다. 57세(1540년) 5월에 병조참판겸예문관제학(兵曹參判兼藝文館提學)·동지춘추관(同知春秋館)·성균관사(成均館事)에 특배되었다. 이때 성주(星州) 사고(史庫)에 불이 나서 실록청(實錄廳)을 분설하여 국승(國乘)을 다시 수찬하였다. 그가 동지춘추관사(同知春秋館事)를 겸하고 있었기에 수찬에 참여하여 윤색한 것이 많았다. 그 후 형조참판(刑曹參判), 한성부판윤(漢城府判尹), 형조판서(刑曹判書)를 거쳐 61세(1544년)에 이조판서(吏曹判書)에 특배되었다가 8월에 홍문관제학겸문형(弘文館提學兼文衡)을 맡게 되었다. 62세(1545년)에 명나라 사신 장승헌(張承憲)이 중종(中宗)의 상에 조문을 왔다. 이때 그는 원접사(遠接使)로서 압록강에서 사신을 맞이하여 읍양하고 진퇴하매 조금도 예의를 잃지 않았다. 시를 주고받을 적에 애구(哀疚)의 정이 매번 문사로 드러나니 사신이 이 때문에 그에게 깍듯하였다. 돌아갈 때에 이르러 서로 읍하고서 고하며 "이조판서 신광한은 문사가 넉넉하고 아름다울 뿐 아니라 도기(道器)도 존경할 만하다. 땅은 비록 중국과 변방의 차이가 있으나 도는 하나라서 내가 더욱 흠모하여 스승과 같이 대한다."고 하였다. 9월에는 을사사화(乙巳士禍) 때 소윤(小尹)에 속하여 대윤(大尹)을 제거하고 추성정난위사공신(推誠定難衛社功臣) 정헌대부(正憲大夫) 예문관제학(藝文館提學)·영성군(靈城君)에 비답되었다. 63세(1546년)에 의정부좌참찬(議政府左參贊)에 제수되어 조사(詔使) 왕학(王鶴)을 관반(館伴)하였다. 왕학이 장승헌의 『황화집(皇華集)』을 구하여 그가 지은 것을 보고는 감탄하여 "장천사(張天使)가 압도를 당한 것이 많았다."고 하였다. 그 후로 예조판서(禮曹判書), 판돈녕(判敦寧), 의정부좌찬성(議政府左贊成), 판중추(判中樞)를 거쳐 70세(1553년)에 다시 의정부좌찬성에 제수되었다. 그의 나이가 70세여서 치사하기를 빌었다. 71세(1554년) 7월에 보국숭록대부(輔國崇祿大夫)에 오르고 영성부원군(靈城府院君)에 봉해졌다. 72세(1555년) 윤 11월 2일에 낙봉(駱峯)의 신사(新舍)에서 졸하였다. 부음을 듣고 임금은 매우 슬퍼하며 예관을 보내 조문하게 하고, 별도로 내사(內使)를 보내 영구 앞에 올릴 황귤(黃橘)을 하사하였다.[21]

지금까지 그의 생애를 돌아보았다. 다음에는 그의 사승을 살펴보자.

---

21) 그의 생애는 『문집』, 권14, 「文簡公行狀」, pp.374-384.; 『문집』, 권14, 「文簡申公墓誌銘并序」, pp.384-390.; 『韓國文集叢刊 解題』1, 민족문화추진회, 1991, pp.343-346. 세 자료를 요약하여 정리하였다.

『문집』을 보면, 그가 15세(1498년) 되던 해에 사우 중에 현자에게 나아가 수업·독서하여 의리를 학구(學究)하고 장구(章句)를 힘쓰지 않았는데 몇 해 지나지 않아 순유(醇儒)가 되었다[22]는 기사가 있다. 이것은 『문집』에서 그의 사승 관계를 보여주는 중요한 부분이기도 하다. 기사의 내용만 가지고 보면, 그와 직접 내왕하며 사승 관계를 이루는 사람이 사우 중에 현자이기는 한데 구체적으로 누구인지는 명확하지 않다. 또, 후대의 기록을 통해서도 그와 직접적인 사승 관계에 있는 사람을 발견하기는 어렵다. 다만, 다음과 같은 허균(許筠)의 기록은 주목할 필요가 있다.

> 여장(汝章)(권필(權韠)의 자)의 부친(권벽(權擘))은 낙봉(駱峰)(신광한의 호)에게 배웠고 낙봉은 용재(容齋)(이행(李荇)의 호)에게 추장(推獎)되었으며 자민(子敏)(이안눌(李安訥)의 자)은 그의 증손인데 또한 가학으로 일어난 자다. 신광한·이행 두 사람은 모두 점필(佔畢)(김종직(金宗直)의 호)이 남긴 학문을 얻었고 점필의 부친(김숙자(金叔滋))은 야은(冶隱)(길재(吉再)의 호)을 스승으로 삼았으며 야은은 양촌(陽村)(권근(權近)의 호) 형제(형인 권근, 동생인 권우(權遇))에게 사사하였고 목은(牧隱)(이색(李穡)의 호)은 역시 그 스승이었으니 또한 모두 목은에서 나온 것이다.[23]

허균은 그와 그를 추장한 이행(李荇)(1478~1534)의 사승이 둘 다 이색에 근원을 두고 있다고 기록하였다. 이 인용문의 문면적 의미만 가지고는 이행이 어떤 점에서 그를 추장하였는지 알 수 없다. 하지만 이행의 일반적인 위상이 사장가[24]거나 해동강서시파[25]

---

22) 『문집』, 권14, 「文簡申公墓誌銘幷序」, p.385. "十五, 始發憤就師友之賢者, 受業讀書, 學究義理, 不專章句, 未數歲, 嶷然已成醇儒."

23) 許筠, 『惺所覆瓿藁』, 권10, 文部7, 「答李生書」. "汝章先人, 學于駱峰, 駱峰容齋之所推獎, 而子敏, 又其曾孫, 亦家學以發者. 申李二公, 俱得佔畢餘學, 而佔畢之父, 師冶隱, 冶隱師陽村兄弟, 而牧老又其師也, 亦同出於斯."

라는 점을 고려하여 판단하면, 아마도 이행으로부터는 사장적 측면에서 인정을 받은 것 같고, 이색(李穡)으로부터 권근(權近) 형제, 길재(吉再), 김숙자(金叔滋), 김종직(金宗直)에 이르는 또 다른 한 축으로부터는 도학적 측면에서 주로 영향을 받은 듯하다. 그 점은 그가 이행보다 여섯 살 아래였기에 직접 교류하면서 문장을 배우거나 사장적 측면에서 추천과 장려를 받을 수 있었을 것이고, 김종직(1431~1492)과는 대면하여 사승할 기회가 없었으므로 직접적인 가르침보다는 학통을 이은 김굉필(金宏弼)(1454~1504), 정여창(鄭汝昌)(1450~1504), 조광조(趙光祖)(1482~1519) 등을 통해 도학을 흡수한 것으로 추측되기 때문이다. 이런 점을 고려하면, 앞에서 그가 수학하였다는 사우 중의 현자는 김종직의 학통을 이은 제자들일 가능성도 배제할 수 없다.

이렇듯 허균은 그에게 두 가지 축의 사승 관계가 혼용되어 있음을 기록하고 있다. 그가 이러한 사승 관계를 유지하면서 익힌 학문은 다음 자료에서 확인할 수 있다.

> ① 학문연원은 육경(六經)에 근본하였고, 더욱 『논어(論語)』 『맹자(孟子)』 『중용(中庸)』 『대학(大學)』에 정심하여 이해하고 심득해 홀로 고묘한 경지에 나아갔기에, 원근의 학자들이 날마다 모여들어 스승으로 높였다. 역학(易學)에 뛰어났고 추수(推數)에 민첩하였다. 한번은 『경세서(經世書)』를 읽으면서 이해되지 않는 곳이 있자, 칠일 밤낮으로 고개를 들어 생각하다 선잠이 들었는데, 자칭 소옹(邵雍)이라는 용의가 화려한 노인이 이해되지 않는 곳을 일러주었다. 놀라 잠에서 깨었는데 환히 얼음이 있었다.[26]

---

24) 『문집』, 권5, 「奉呈容齋」, p.294. "四海文章伯, 知名二十春."; 『문집』, 권5, 「次韻」, p.294. "天上容齋老, 人間慕下風. 訌議用不竭, 佳句誦尤工."

25) 그가 李荇을 해동강서시파라고 부른 적은 없다. 다만 許筠의 『國朝詩刪』. "李荇: 不減 唐人高處, 諸篇從黃陳中來殊蒼古."; 金台俊의 『朝鮮漢文學史』, 朝鮮語文學會, 1930, pp.126-132.에서 容齋 李荇을 '海東의 江西派'로 규정한 데에서 확인할 뿐이다.

② 글을 읽을 줄 알게 되면서부터 위기지학(爲己之學)을 우선시하여 육경을 탐색하고 연원을 끝까지 추적하였다. 역리(易理)에 밝았고 수학(數學)에 힘썼다. 한번은 소옹의 『황극경세서(皇極經世書)』를 읽었는데 이해되지 않는 부분이 있기에 거의 육칠일 동안 사색하느라 침식을 전폐하기에 이르렀다. 홀연히 꿈에서 한 신인을 만났는데 가르쳐 주는 것이 매우 소상했다. 잠에서 깨어나자 환히 깨닫게 되었다. 수학이 이로부터 크게 진척되었으니 공이 성리학에 힘쓴 것이 모두 이와 같았다.[27]

위의 두 자료는 내용이 대동소이하기는 하지만 그의 학문이 어떠한지를 정확하게 보여주고 있다. 자료를 통해 그가 기본적으로 육경에 근본을 두고 사서(四書)에 정통하였으며 역학과 상수학에 밝았다는 것을 확인할 수 있다. 그가 읽은 책들 중에 『문집』에서 근거를 찾을 수 있는 것으로는 사서와 육경[28], 『장자(莊子)』[29], 『사기(史記)』[30], 『황극경세서(皇極經世書)』, 한유(韓愈)의 문[31] 외

---

26) 『문집』, 권14, 「文簡公行狀」, p.382. "學問淵源, 本諸六經, 尤精於語孟庸學, 理會心得, 獨詣高妙, 遠近學者, 日萃師會之. 長於易學, 捷於推數. 嘗讀經世書, 有所未達, 仰而思者七日七夜, 假寐有老人容儀甚偉, 自稱邵子, 告其所未解. 惕然而覺, 豁然有得."

27) 『문집』, 권14, 「文簡申公墓誌銘幷序」, p.388. "自知讀書, 學先爲己, 探賾六經, 窮泝淵源. 明乎易理, 力於數學. 嘗見邵子皇極經世書, 有所未達, 思索幾六七日, 至廢寢食. 忽於夢寐間, 遇一神人, 敎之甚悉. 覺來便覺豁然. 數學自此大進, 公之力於性理之學, 皆此類也."

28) 『문집』, 문집, 권1, 「五經論」, p.480. "聖人之書之大者, 不過曰五經. 其次則曰易曰書曰禮曰詩曰春秋, 而世之治亦如之. 易闡王道, 書載王政, 禮記王敎, 詩言王化, 春秋寓王法. 道降而政亦衰, 政衰而敎微, 敎微而化广, 化亡而法寓於書 法寓於書而天下無善治. 故畫起於河圖, 筆絶於獲麟, 微矣哉." 그는 이 글에서 王道, 王政, 王敎, 王化, 王法의 연쇄적 衰微의 과정에 따라 五經을 『易』, 『書』, 『禮』, 『詩』, 『春秋』의 순으로 차례 지웠다. 이로써 그가 五經 중에서 왕도를 밝히는 『易』을 우선시하였음을 알 수 있다.

29) 『문집』, 별집, 권5, 「和趙齋官見贈」제1수, p.444. "憐君更欲論齊物, 爲起灰心寫此篇."; 『문집』, 별집, 권5, 「霖雨不止, 奉贈驪興金使君」, p.444. "村夫不出非無事, 看到南華第二篇."

30) 『문집』, 별집, 권4, 「夏日, 孤山僑寓中」, p.432. "猶須司馬消長夏."

31) 『문집』, 권14, 「文簡公行狀」, p.383. "爲文, 必以韓·孟爲範."; 『문집』, 권14, 「文簡申公墓誌銘幷序」, p.388. "爲文, 以孟子·昌黎爲準則."

에도 『한시외전(韓詩外傳)』과 『설공독서록(薛公讀書錄)』32), 굴원(屈原)33), 도잠(陶潛)34), 이백(李白)35), 두보(杜甫)36), 백거이(白居易)37), 위응물(韋應物)38), 주돈이(周敦頤)39), 소옹(邵雍)40), 소식(蘇軾)41), 구양수(歐陽修)42), 황정견(黃庭堅)43)의 시 등을 들 수 있다.

---

32) 『문집』, 별집, 권1, 「簡謝羅監司寄韓詩外傳·薛公讀書錄·畫龍寶墨」, pp.393-394. "韓公文字先秦習, 薛氏功夫盛宋餘."

33) 『문집』, 권1, 「和離騷經」, p.233.; 『문집』, 별집, 권3, 「六堂鄕飮詩次韻(觀瀾臺)」, p.424. "濯足濯纓皆自取, 滄浪歌罷整巾冠."

34) 『문집』, 권1, 「和歸去來辭」, p.238. "歸去來兮, 言告言歸吾欲歸.";『문집』, 권3, 「讀陶詩」, p.255. "陶公古時人, 氣味那得似. 高詠止酒篇, 讀止千萬祀.";『문집』, 별집, 권1, 「陶潛」, p.406. "欲折吾腰老更慵, 不如歸去撫孤松. 當時司馬無眞種, 誰識南陽有臥龍."

35) 『문집』, 별집, 권5, 「和趙齋官見贈」제2수, p.444. "詩如李白應無敵, 憫甚嵇康自不堪.";『문집』, 권3, 「詠江邊石, 進酒座上」, p.256. "高堂鏡中髮, 日日非舊綠."은 李白의 「將進酒辭」. "高堂明鏡非白髮, 朝如靑絲暮如雪."에서 용사한 것이다.

36) 『문집』, 별집, 권1, 「余在昔年, 頗有杜老之癖, 凡遇可喜之物, 便生詩思, 必欲致工而乃已. 邇來, 衰病日深, 擧目園中, 稍無吟思. 慨然强賦一律, 以示諸子弟」, p.401. "工部平生只愛奇, 爲貪佳句鬢成絲.";『문집』, 권5, 「寄月峯寺六融禪師」, p.292. "山僧曾見世宗時, 篋裏今藏老杜詩. 乞與騷人須普施, 欲同衣鉢更傳誰." 이 시의 마지막에 "僧藏世宗朝印本杜詩."라는 註가 달려 있다.

37) 『문집』, 별집, 권1, 「病中書事, 效香山體」, p.398. "春風吹鬢白鬖鬖, 已見淸明愁裏過. 花未開時先釀酒, 酒初香日擬尋花. 從來光景詩爲使, 每到佳期病作魔. 景物不殊期又近, 老夫多病奈詩何."

38) 『문집』, 별집, 권2, 「途中感物, 效韋詩」, p.411. "迢遞靑山重, 縈回流水曲. 雜花散餘芳, 衆卉紛舊綠. 年華徂行邁, 素心良不易. 已矣離重陳, 相思瑩如玉."

39) 『문집』, 권9, 「奉送西海伯周公(世鵬)赴任」, p.339. "濂溪遺敎世誰欽, 五百年來緖可尋."

40) 『문집』, 권3, 「次邵堯夫年老逢春韻, 十三首」, pp.267-268.;『문집』, 권9, 「和邵堯夫首尾吟八首」, pp.343-344.;『문집』, 별집, 권4, 「和邵子感事吟」, p.437. "觀時觀物亦皆虛, 南郭如今已喪吾. 曾學歸來陶靖節, 正如安樂邵堯夫."

41) 『문집』, 권2, 「夏日睡罷, 因閱蘇軾午窓晝睡詩, 意有所適, 用其韻, 戲賦」, p.247.;『문집』, 별집, 권4, 「蘇子赤壁, 前遊七月旣望, 後遊十月之望, 殆未若長灘仲秋望也, 又作一絶云」, p.435. "蘆荻花明滿眼秋, 一江中作兩江流. 想應申子長灘月, 勝似蘇仙赤壁舟.";『문집』, 권14, 「文簡公行狀」, p.383. "嘗讀三蘇文, 知學術不正, 悔其不能忘, 趙光祖當稱美之.";『문집』, 권14, 「文簡申公墓誌銘幷序」, p.388. "於書無所不讀, 而獨不喜三蘇文曰, 少年曾讀是書, 今却欲忘而不得, 蓋惡其學術之不正耳."

42) 『문집』, 별집, 권4, 「夏日, 孤山僑寓中」, p.432. "息廬歐陽亦我師."

43) 『문집』, 별집, 권5, 「寄忠原牧金公玉汝四絶」제2수, p.453. "三年篋裏黃山谷, 想到還時已蠹魚." 김학주, 『조선시대 간행 중국문학 관계서 연구』, 서울대학교출판부, 2000.에서 "『山谷詩注』는 活字로 世宗朝에 이미 初刊되었고, 『山谷詩注·內·外·別集』"

이미 간행되어 통용되고 있었거나 당시에 간행된 책들 중에는 시문집류와 시문선류가 있었다.[44] "그는 읽지 않은 책이 없다."[45]고 한 홍섬(洪暹)의 언급을 통해 그가 당시에 통행되던 책들을 거의 대부분 읽었을 것이라고 짐작할 수 있다. 그가 사서와 육경에 근본을 두어 전통 유자로서의 입장을 항시 견지하면서도 유파를 가리지 않는 그의 의식과 많은 독서량이 맞물려 그의 학문은 방대하고 다양해졌다. 그러나 그가 읽은 책 중에 성리학 공부의 기본서인 『근사록(近思錄)』과 『심경(心經)』에 대한 구체적인 언급이 없어 그를 도학자로 확정하기가 조심스럽기는 하다. 그렇더라도 그가 도학자들과 노선을 함께하여 소격서를 혁파하고 현량과를 설치하는 데에 힘을 보탠 것을 보면 도학자로 보기에 무리는 없을 듯하다. 여하튼 이러한 방대한 독서는 결국 그의 학문이 사유과정을 경유하여 문학적으로 형상화되는 데에 내용의 폭과 수사의 방식, 시풍의 양상을 확대시키는 긍정적 결과를 낳게 되었던 것이다.

노 活字와 木板으로 늦어도 中宗·明宗 년간에는 初刊되었다."고 하였으니, 이러한 책들이 당시에 行於世하였기에 그도 구하여 읽었으리라 추정된다.

44) 詩文集類로는 曹植의 『陳思王集』, 陶淵明의 『陶淵明集』, 魏徵의 『魏鄭公諫錄』, 李白의 『分類補注李太白詩』, 杜甫의 『纂注分類杜詩』, 韓愈의 『新刊五百家註音辨昌黎先生文集』, 柳宗元의 『唐柳先生外集』, 白居易의 『香山詩抄』, 李賀의 『李長吉集』, 杜牧의 『樊川集』, 歐陽修의 『歐陽文忠公集』, 蘇軾의 『增刊校正王壯元集註分類東坡先生詩』, 曾鞏의 『南豐先生近體詩抄』, 王安石의 『王荊公詩集』, 黃庭堅의 『山谷詩注』, 陳師道의 『後山詩注』, 陳與義의 『須溪先生批點簡齋詩集』, 陸游의 『名公抄選陸放翁詩集』, 文天祥의 『文山先生文集』, 李東陽의 『西涯擬古樂府』 등이고, 詩文選類로는 朱熹의 『楚辭後語』, 蕭統의 『文選 六臣注』, 黃堅의 『詳說古文眞寶大全』, 眞德秀의 『西山先生眞文忠公文章正宗』, 方回의 『瀛奎律髓』, 元好問의 『唐詩鼓吹』, 于濟의 『精選唐宋十家聯珠詩格』, 高棅의 『唐詩品彙』 등이다. 주로 中宗代 이전에 간행된 책들을 제시하였고, 초간 연대가 미상인 것은 포함시키지 않았다. (김학주, 상게서, pp.2 - 10.)

45) 『문집』, 권14, 「文簡申公墓誌銘幷序」, p.388. "於書無所不讀."

Ⅲ ▶ 신광한 시의 내용

　이 장에서는 신광한의 시에 공통적으로 나타나는 시의 내용을 두 가지로 선정하여 논의하려 한다. 그의 시를 분류해 보면 도학적 성향의 시, 사장적 경향의 시들로 나뉜다. 도학적 성향의 시들은 그의 도학자로서의 면모를 엿보게 하고, 사장적 경향의 시들은 이문화국적 문학관에 따라 정치 현장에서 문재를 표출하거나 명사(明使)를 접대하던 때에 왕성하게 창작되었는데 정치 참여 과정에서와 사신 접대에 있어서의 문학적 가치를 인정하는 그의 사장적 일면을 보여준다. 이 두 가지 유형은 도학자로서의 그의 기본적인 사유체계 내로 귀납될 수 있는 것이지만 유형들마다 조금씩 다른 무늬를 보여줄 따름이다.

　신광한은 훈구와 사림의 갈등이 배태될 무렵에 태어나 알력의 소용돌이 속에서 생애의 대부분을 보내다가, 생애 말년에 이르러서야 사림이 주도적 지위를 차지하면서 안정된 생활을 누렸다. 신숙주의 손자로서 훈구 가계 출신인 그는 4세에 아버지를 여의어 가세가 기울자 홀어머니에게 의지한 채 학문을 늦게 시작한다. 학문에 발을 들여놓은 것이 남보다 뒤졌으나 그런 만큼 학업에 열중하

여 성취가 빨랐다. 27세에 승문원권지(承文院權知)를 시작으로 환
로에 서서 중종(中宗)의 지우(知遇)를 받고 10여 년 간의 경직(京
職) 생활을 하게 된다.

　신광한은 중종 10년(1515년) 담양부사(潭陽府使) 박상(朴祥)과
순창군수(淳昌郡守) 김정(金淨)이 「폐비신씨복위상소(廢妃愼氏復位
上疏)」46)를 올렸을 때, 대사헌(大司憲) 권민수(權敏手)와 대사간(大
司諫) 이행(李荇)이 양자청죄(兩者請罪)를 주장하자, 홍문관부교리
(弘文館副校理)였던 그는 영의정 유순(柳洵), 좌의정 정광필(鄭光
弼), 우참찬(右參贊) 남곤(南袞), 병조판서(兵曹判書) 신용개(申用
漑)와 함께 양자치죄불가론(兩者治罪不可論)을 표방하였다. 또 조
광조(趙光祖)가 사간원정언(司諫院正言)에 발탁된 후 삼훈잔당(三
勳殘黨)인 권민수와 이행을 통렬히 규탄하고 나섰을 때, 조정에서는
영의정 유순 등 대신들이 조광조를 지지하였고, 사헌부장령(司憲府
掌令) 김희수(金希壽)와 유부(柳溥)는 반대하였는데, 홍문관부교리
였던 그는 양시양비론(兩是兩非論)을 주장하였다. 얼마 뒤 경연에
서 중종이 양시양비론의 부당함을 지적하자, 자신을 포함한 홍문관
소장파들이 주축이 되어 양시양비론의 그릇됨을 자인하고, 그것을
주장한 잘못은 죽어도 씻을 수 없는 죄라고 반성하며 체직을 청하
였다.47)

　당시 신광한이 이 사건의 와중에서 구체적으로 어떠한 정치적

---

46) 金淨, 『沖庵集』(「한국문집총간」23, 민족문화추진회, 1988), 권5, 「請復故妃愼氏疏」,
　　pp.200－204.; 朴祥, 『訥齋集』(「한국문집총간」19, 민족문화추진회, 1988), 부록, 권2,
　　「請復故妃愼氏疏」, pp.96－100.; 『대동야승』, 권2, pp.469－475에 실려 있다. 『訥齋
　　集』에 실려 있는 「請復故妃愼氏疏」의 주에 보면, '沖庵製先生裁'라 하였는데 이것
　　을 통해 「請復故妃愼氏疏」는 김정이 초고를 쓰고 박상이 감수한 것임을 알 수 있다.
47) 睦貞均, 『朝鮮前期制度言論硏究』, 고려대 민족문화연구소, 1985. pp.259－293.

노선을 선택하였는지는 분명하지 않다. 다만 그가 익힌 도학적 의리에 기반한 정치적 결단을 내렸으리라 추정되는데, 이는 바로 사림의 의식지향을 따르는 면모라 할 수 있다.[48) 이러한 사실은 그가 기묘사화(己卯士禍)가 발발하자 기묘제현(己卯諸賢)에 들었고,[49) 삼척부사로 좌천되었다가 신사무옥에 걸려 파직된 것을 통해 확인할 수 있다.

다음 「행장(行狀)」의 내용은 그를 이해하는 실마리를 제공해 준다.

> 15세에 처음 글을 읽을 줄 알게 되면서 성대하게 떨쳐 일어나 평소 왕래하며 노닐던 친구들을 끊어 버렸다. 날마다 현사(賢師)·현우(賢友)에게 나아가 강마(講劘)·탐토(探討)하매 반드시 깊은 이치를 밝혀내고서야 그만 두었고, 몇 해 지나지 않아 드디어 굉유(宏儒)가 되었다. 평소 숙유(宿儒)라 자처하던 자들이 공의 문을 보고는 공의 박식함을 사모하여 기가 빼앗기고 낯빛이 꺾이지 않는 이가 없었는데, 그들 스스로 '발 빠른 저는 나귀'라 하며 함께 거리를 내달릴 수 없다 여겼다. 같은 시기에 배수재(裵秀才)라는 사람은 또한 영남의 명유(名儒)로 한양에 와서 과거에 연이어 세 번 급제하여 일대를 독보하는 지기(志氣)를 지녔는데, 일찍이 공과 상사(庠舍)에서 재주를 겨뤘으나 막상막하였다. 하루는 각기 고부(古賦) 일장(一章)을 지어 대인선생에게서 우열을 가렸는데, 공이 지은 것을 일등으로 하였으니 작자의 수단을 높이 샀기 때문이었다. 배수재가 2등이 되자 상심하고 풀이 꺾인 듯 감히 저울대를 다투지 못하였다. 공의 재명(才名)이 이에 크게 떨쳐졌다.[50)

48) 윤채근, 전게 논문, p.188. "朴祥, 金淨 문제로 인해 申光漢의 政見은 뚜렷이 趙光祖의 노선으로 선회했음 만은 추측해 볼 수 있다."와도 유사한 견해다.

49) 李憲求, 전게서, 「己卯諸賢」條 참고.

50) 『문집』, 권14, 「文簡公行狀」, p.374. "十五, 始知讀書, 沛然發憤, 絶其素所往來遊者. 日就賢師友, 講劘探討, 必究奧突而止, 未幾數歲, 遂成宏儒. 平時以宿儒自處者, 見公之文, 慕公之博, 莫不氣奪色沮, 自以爲蹇驢逸足, 未可同衢騁也. 同時有裵秀才者, 亦嶺南名儒, 來京師連捷三場, 驚然有獨步一代之志, 甞與公較藝庠舍, 莫能相下. 一日各製古賦一章, 考校于大人先生, 以公製爲首, 獎以作者手段. 裵居其次, 若喪若摧, 莫敢爭衡. 公之才名, 於是大振."

「행장」의 기록으로 보면, 그는 늦게 도학적 이념 체계에 매료되어 급속도로 도학을 내면화하는 과정을 경유하였다는 것과 작자적 수단이 뛰어나 재명이 높았음을 확인할 수 있다. 즉 그는 도학에 대한 강마·탐토와 함께 가계로부터 타고난 사장적 문재를 구비하고 있었던 것이다. 그가 홍문관부교리로 재직할 당시 「폐비신씨복위상소」를 올린 박상과 김정에 대하여 극력 변호한 것은 그가 수용한 도학에 근거하여 그들과 일정 부분 공감대를 형성하였기 때문이며, 그는 이 사건을 계기로 하여 보다 더 도학으로 경사되는 의식을 지니게 되지 않았을까 생각된다.

그러면, 우선 그의 도학적 성향을 보여주는 탈속적 삶과 의리 정신부터 점검해 보기로 하자.

1. 탈속적 삶과 의리 정신

신광한은 표면적으로는 사장 전통의 뿌리에서 도학적 정신 지향으로 전향을 도모하였으나, 사장을 완전히 탈각하지는 못하였다. 조부인 신숙주, 사촌형 종호, 용개가 문형을 맡게 되고 자신도 문형에 오름으로써 그의 사회적, 정치적 처신의 폭을 사장 측면으로 제한하게 하였다. 그러나 내면적으로는 사장 전통에 놓인 자신을 부정하거나 거부하기도 하면서 주체적으로 의리의 실천을 중시하는 도학적 면모를 보이기도 한다.

그의 사장과 도학의 정신적 측면에서의 혼재는 간혹 중간자적 현실 이해로 받아들여지기도 한다. 그를 중간자로 처음 규정한 사람은 신재홍이다.[51] 신재홍은 그가 훈구 가문 출신이면서도 사림파들과 교유하여 그들과 의식 지향을 같이 했다는 점에서 중간자로 보았던 것이다. 하지만 가문의 사장 전통보다 도학적 정신 지향에 매진하는 그의 일면에서, 중간자 입장에서 현실을 이해했다고 일괄적으로 보는 견해가 그의 입지를 왜곡할 개연성은 있다. 그의 도학적 지향은 49세에 지은 「등루부(登樓賦)」에서 발견할 수 있다.

> 맹자(孟子)에게서 호연지기(浩然之氣)를 본받고, 공자(孔子)에게서 지지(遲遲)를 배웠네. 은둔한 것이 장저(長沮), 걸익(桀溺)과는 다르니, 어찌 서쪽 밭두둑에서 나란히 밭갈 건가?[52]

임진년 여름 설성(雪城)에 우거할 때 주인 집 누각에 올라 지은 것이다. 그는 맹자(孟子)의 호연지기(浩然之氣)와 공자의 지지(遲遲)를 배워 도학적 지향의 근간으로 삼았다. 그는 공맹에 기초를 두고[53] 그것을 보다 더 확장·적용했던 것이다. 그리고 『문집』 속에서 자주 자신은 장저(長沮), 걸익(桀溺)과는 다르다는 것을 강조해 왔다. 그것은 그가 천하를 버린 장저, 걸익처럼 도가적 속성을 지니고 있지 않고 도학적 범주 내에 있음을 보여주는 것이다.

공자의 지지(遲遲)는 『맹자』 「만장(萬章)(下)」에 보인다. 공자는 빨리 떠날 때에 서두른 데서 잘못되지 않았으므로 빨리 떠날 만하면 빨리 떠났고, 오래 머물 때에 오래 머무는 데에 잘못되지 않았

---

51) 신재홍, 『한국몽유소설 연구』, 계명문화사, 1994.

52) 『문집』, 권1, 「登樓賦」, p.237. "師浩然於孟氏兮, 學遲遲於孔丘. 藏旣異夫沮溺兮, 焉耦耕於西疇."

53) 『문집』, 권1, 「和離騷經」, p.233. "將周流乎鄒魯兮, 訪前脩之遺績."

으므로 오래 머물 만하면 오래 머물렀으며, 숨어살 때 은둔을 고상하게 여기지 않았으므로 숨어살 만하면 숨어살았고, 벼슬할 때 지위를 영광으로 여기지 않았으므로 벼슬할 만하면 벼슬하였다.[54] 이것을 보면 공자는 내면에 마음이 미리 정해져 있지 않았고 의도도 모두 사라졌으며 인욕을 버리고 천리의 유행에 순응하는 삶을 살았다. 그는 공자의 이러한 지향을 본받고자 하였다.

맹자의 호연지기는 『맹자』「공손추(公孫丑)(上)」에 나타난다. 호연지기는 도(道)와 의(義)를 짝하기 때문에 그것이 결핍되면 줄어들게 된다. 그러므로 의가 누적되어야만 호연지기가 절로 생겨날 수 있다. 혹 조금이라도 행동이 의에 비추어 부족함이 있게 되면 호연지기는 이지러지고 만다.[55] 그는 맹자에게서 의리의 실천을 배우고자 했던 것이다.

이 절에서는 그의 도학적 정신 지향의 두 가지 큰 축인 공자처럼 인욕이 소거된 천리로의 동화를 지향하는 탈속적 삶과 맹자처럼 호연지기에 기반한 의리 정신의 함양을, 그의 시문을 통해 관련 맥락을 밝혀내고 도학적 지향이 문학적 양식으로 어떻게 발현되었는지를 추적하고자 한다. 이것은 그의 도학적 위치를 결정짓는 단서가 될 뿐 아니라 인간으로서 겪어야 했던 가문 전통과의 내적 갈등을 살피는데 유효하리라 생각된다.

---

54) 『孟子』,「萬章(下)」. "孔子之去齊, 接淅而行, 去魯, 曰遲遲, 吾行也, 去父母國之道也. 可以速而速, 可以久而久, 可以處而處, 可以仕而仕, 孔子也."

55) 『孟子』,「公孫丑(上)」. "敢問夫子, 惡乎長, 曰我, 知言, 我, 善養吾浩然之氣. 敢問何謂浩然之氣. 曰難言也. 其爲氣也, 至大至剛, 以直養而無害則塞于天地之間. 其爲氣也, 配義與道, 無是, 餒也. 是集義所生者, 非義襲而取之也, 行有不慊於心則餒矣. 我, 故曰告子, 未嘗知義, 以其外之也."

1) 천리 동화의 탈속적 삶

신광한은 신사무옥으로 삼척부사에서 파직된 후 모친상을 당하여 고양(高陽)에서 2년 남짓한 시묘를 마쳤다. 그 후, 그는 더 이상 조정에 발을 들여놓을 곳이 없다고 생각하고, 여러 곳을 물색한 끝에 여주(驪州) 원형리(元亨里)에 귀거래하기로 결심하였다. 그는 41세에서부터 55세까지 거의 15년간을 여주 원형리에서 보내게 되는데, 이 시기는 사색에 잠기며 인생을 반추할 장년기에 해당한다. 그는 이 기간 동안에 주변 물상을 대면하여 감상이 들면 시로 읊기를 주저하지 않았다. 그의 시 과반이 이 시기에 창작된 것을 볼 때 더욱 그렇다.

그렇다면, 그가 귀거래를 하기로 결심한 이유는 무엇일까? 「화귀거래사(和歸去來辭)」에서 그 해답을 찾을 수 있다.

돌아가리라. 돌아간다 하였으니 나 돌아가련다. 복희씨 신농씨는 이미 가버려 나는 막막하여, 외로이 홀로 서서 슬픔에 잠긴다. 율리(栗里)에서 남긴 귀거래사에 의지하여, 선인들을 좇아 거룩한 행동 따르려네. 39년의 세상살이, 과거의 일이 모두 잘못되었음을 알겠네. 수레 끌채를 돌려 길을 바꾸고, 많은 방초 모아 옷 지으련다. 비록 예쁜 것을 믿고 닦기를 좋아했으나, 지혜는 이미 꺼져가는 촛불보다 어두웠네. 발 디딘 밖에는, 바람이 놀라게 하고 물결이 내달린다. 어지러이 일렁이니, 화복(禍福)은 문이 없네. 악을 할 수도 없지만 선을 어찌 간직할 수 있었으랴? 푸르렀다 누렇게 시든 나무여, 저 제사에 쓰는 술잔 되었음을 보네. 하지만 부귀를 생각하여, 때문에 등에 땀 가득하고 얼굴은 두껍네. 사람은 섶에 앉아 불에 타기를 기다리고, 제비는 휘장에 둥지를 틀고도 편히 여기네. (중략) 광간(狂簡)을 재단하지 못함이 슬프고, 세상을 초탈할 높은 식견에 어둡네. 요순을 그리워하지만 다시 뵐 수 없고, 순박한 고풍 되돌릴 수 없네. 홀로 성인의 문에 나아가니, 제환공(齊桓公)과 같을까 부끄럽네. 돌아가

리라. 어찌 고상하게 행동하여 멀리 노닐지 않으랴? 원형리의 전원을 꿈
꾸다, 이제 십년이 지나서야 구하였네. 천명이 이미 그러한 줄 깨달았으
니, 즐거워하지 않고 어찌 근심하랴? 마부는 나의 행동과 모의(謀議)를
경계하여, 남쪽 밭두둑에다 콩 심으라 하네. 장서 만권을, 배에다 실어
누항(陋巷)의 안회(顔回)에게 묻고, 동가(東家)의 공자께 배우리라. 단사
표음이 그리워서가 아니라, 하나의 리가 함께 흐름을 즐거워해서라. 쓸모
없는 지혜를 지니고서, 일생의 긴 휴식 취하리라. 끝났구나. 외로운 신하
가 죄를 지어 밝은 때를 저버렸네. 떠나려 하다 멈칫멈칫 잠깐 머물지만,
진퇴가 하늘에 달려있음을 들었네. 때와 운명이 이미 크게 어긋났으니,
세상 일 어찌 기약하랴? 일찍이 장저·걸익에 마음 두어, 밭 갈며 여생을
보내련다. 위풍(衛風)의 고반(考槃)을 노래하고, 패풍(邶風)의 미인(美人)
을 읊네. 지난 일들 스스로 편안해졌나니, 도연명이 다시 태어나도 의심
하지 마오.56)

윗글에서 신광한이 귀거래를 도연명(陶淵明)의 귀거래와 동일선
상에서 이해하고 있다는 사실에 주목해야 한다. 그의 귀거래와 도
연명의 귀거래는 귀거래의 상황과 장소가 궁극적으로 다르다. 도연
명은 고향으로 돌아가 자연의 이치에 순응하는 삶을 살고자 한 자
발적인 귀거래이고, 또 고향인 율리(栗里)로의 귀거래였다. 그러나
그는 조정의 정치에 관심이 있으면서도 정치의 일원으로 편입되지
못해 후일을 기약하기 위해 취한 타의에 의한 귀거래로, 귀거래의
장소도 고향이 아닌 이향(異鄕), 즉 여주 원형리라는 차이가 엄연

56) 『문집』, 권1, 「和歸去來辭」, p.238. "歸去來兮, 言告言歸吾欲歸. 義農旣去我云邈兮,
子獨立而潛悲. 托栗里之遺篇兮, 跡前脩以高追. 三十九之行年兮, 覺已往之都非. 將
回轅以改路兮, 集衆芳以爲衣. 雖信娦而好脩兮, 智已昧於燭微. 踐足之外, 風駭浪
奔. 紛紜倚伏, 禍福無門. 惡不可爲, 善奚足存. 靑黃災木兮, 視彼犧樽. 然富貴之可
懷兮, 故汗背而强顔. 人居薪以待燃, 燕巢幕以相安. (중략) 哀狂簡之無裁, 昧超世之高
觀. 思重華而不再兮, 挽淳古其莫邊. 獨踽踽於聖門兮, 亦羞稱夫齊桓. 歸去來兮, 盍
高擧以遠遊. 夢元亨之田園, 今十年而始求. 悟天命之已然兮, 將不樂而奚憂. 僕夫戒
余之行謀兮, 及種豆於南疇. 藏書萬卷, 可載方舟. 尋陋巷之顔回, 學東家之孔丘. 非
簞瓢之可慕兮, 樂一理之同流. 保不材之無用兮, 辦百年之長休. 已矣乎, 孤臣有罪負
明時. 欲去遲遲爲少留, 行藏在天一聽之. 時命旣大謬, 世事胡可期. 嘗關心於沮溺,
寄餘生於耘耔. 歌考槃乎衛風, 詠美人乎邶詩. 列往則以自靖兮, 淵明在前勿復疑."

히 있다. 그럼에도 그가 도연명의 귀거래와 동일시한 까닭은 무엇일까? 그것은 아마도 타의에 의한 귀거래를 자의에 의한 귀거래로 승화시키려는 의도 때문이었으리라. 윗글에서 그가 제시한 귀거래의 원인을 적거해 보면 이전의 삶이 모두 잘못되었으므로 인생의 행로를 바꾸겠다는 의지, 기묘사화, 신사무옥 등 시대 상황이 혼탁하여 선악을 주체적으로 결단할 수 없는 정치적 혼란, 광간(狂簡)을 제어하지 못하고 초세(超世)의 고관(高觀)을 지니지 못하여 순박한 고풍을 회복할 수 없다는 절망감, 평소 꿈꾸던 귀거래의 실천에 대한 희망, 천리 유행으로의 동화 등을 들 수 있다. 이러한 이유들은 각각 분리할 수 있는 것이 아니라 서로 중첩되거나 긴밀하게 연관되어 있다. 이를 크게 두 축으로 요약하면 정치·사회적 모순으로부터의 일탈과 도학적 이념 체계에 불철저했던 자기반성이었다. 하지만 그가 귀거래의 원인으로 든 내용에서 정치적인 면이 강하게 읽혀지는 것을 어떻게 받아들여야 할까? 그것은 그의 귀거래가 근본적으로 정치적 좌절에 연유하고 있음을 웅변해주고 있는 것이다. 그러나 그는 귀거래하여 안정을 찾은 후, 정치적 모순에서 벗어나면서 그의 의식은 정치 개혁보다는 도학의 이론적 내면화에 치중하게 된다. 그러면 그가 여주 원형리를 귀거래 할 장소로 선택하여 귀거래하려 한 이유는 어디에 있을까? 「여주영빈관어액기(驪州迎賓館御額記)」와 「영빈관부(迎賓館賦)」를 통하여 여주의 지리적, 자연적 환경을 짚어보자.

① 여주는 근기내(近畿內)의 큰 고을이다. 땅이 한강 상류에 있어 육로와 수로가 이곳을 지나므로 나라의 정사(正使)와 부사(副使) 뿐만 아니

라 해동의 여러 나라 사신들도 반드시 여기를 거쳐 한양에 이른다. 그러
므로 빈객을 머무르게 하는 곳이 다른 곳과는 달라 청심루(淸心樓)와 빈
선관(賓仙館)이 있다. 이러한 이름을 얻은 까닭은 아마 여강(驪江)의 빼
어난 경개가 이 두 곳에 있었기 때문일 것이다. 이 누(樓)에 머문 자는
마음이 반드시 맑아지고 이 관(館)에 빈객이 된 자는 사람이 반드시 신선
이 된 후에 만나게 된다.[57]

② 여주 오래된 고을, 산수가 새로운 고을이라. 땅은 기전(畿甸)에서
웅대하고 읍은 상류에 있네. (중략) 하물며 이곳이 처한 곳은, 근기(近畿)
에 걸터앉아 가슴을 열어젖혔네. 어찌 관개(冠蓋)들만 바라보랴? 또 육로
와 수로가 지나가네. 빈객들이 잊지 못하고 멈추어서 약속하기 좋구나.
(중략) 푸른 물결 속의 흰 새는 포은(圃隱)의 절조(節操)를 떠올리고, 신
륵사의 종소리는 탄연(坦然)의 여조(麗藻)를 이을 수 있네.[58]

두 글의 표면적 의미를 살펴보면, 여주가 근기 지역에서 큰 고
을이고 한강의 상류지역에 자리 잡고 있어서 육로와 수로가 지나
는 교통의 요지라고 공통적으로 기술하고 있다. ①에서는 여주에
있는 청심루(淸心樓)와 빈선관(賓仙館)이 경치가 빼어난 곳이면서
마음을 맑게 하고 신선의 경역에 들게 한다 하였고, ②에서는 여
강(驪江)의 창파백조(蒼波白鳥)를 보면 포은(圃隱) 정몽주(鄭夢周)
의 절개가 떠오르고 신륵사(神勒寺)의 종소리를 들으면 탄연의 거
문고 가락을 이을 만하다고 하였다. 여주가 지리적으로 한양과 그
리 멀지 않은 근기 지역에 있으면서 육로와 수로의 요충지로서,
도성으로 가는 길목이기에 찾는 이의 마음을 맑게 해주고 신선의

---

57) 『문집』, 문집, 권1, 「驪州迎賓館御額記」, p.473. "驪陽, 畿內大州也. 其地據江上游,
水陸之路, 交通于是, 不惟國之使价旁午, 如海東諸國凡有使, 必由是達于京師. 故
其館賓之所, 異於他地, 有樓焉, 曰淸心, 有館焉, 曰賓仙. 夫其所以得是號者, 盖驪
江勝槪在玆二所. 居是樓者, 心必淸, 賓是館者, 人必仙而後丁也."

58) 『문집』, 권10, 「迎賓館賦」, pp.349－350. "黃驪古縣, 山水新州. 地雄畿甸, 邑居上游.
(중략) 矧玆宇之攸處, 跨邦畿以開胸. 豈徒冠蓋之相望, 抑亦梯航之交通. 伊賓旅之無
忘, 縱首止之善盟. (중략) 蒼波白鳥, 更想圃隱之節操. 神勒鳴鍾, 可繼禪坦之麗藻."

세계로 인도하게 하는 청심루와 빈선관이 있으며, 정몽주의 절개를 떠올리는 여강의 창파백조가 있고, 탄연의 거문고 소리를 이을만한 신륵사의 종소리가 있는 곳이라는 언급은 모두 여주에 대한 객관적 사실이다. 그리고 고려 말 삼은(三隱)인 목은(牧隱) 이색(李穡)의 전지(田地)가 여주에 있기도 하였으며, 모재(慕齋) 김안국(金安國)[59]도 여주의 이호(梨湖)에 살고 있었다.[60] 그러나 그가 여주를 귀거래 할 곳으로 선정한 이유는 그곳의 풍광이 좋았을 뿐만 아니라, 한양과 그다지 멀리 떨어져 있지 않고 교통이 편리하여 조정에서 부르면 언제든지 달려갈 수 있는 곳이었기 때문이다. 결국 그가 여주를 귀거래지로 삼은 것은 정치적 재기를 위해 후일을 기약하는 의도와 평소 품었던 귀거래의 희망을 실천할 수 있는 지리적 여건에 대한 고려가 함께 작용된 결과였다.

이러한 지리적, 자연적 환경과 사회적 조건을 갖춘 여주 원형리에서 귀거래한 동안 지속적으로 견지한 것은 탈속적인 삶이었다. 탈속적인 삶에는 자신의 내면을 공고히 할 수 있는 '존양(存養)'성향의 도학적 이론이 내함되어 있고, '경세(經世)'성향의 도학적 이론은 배제되어 있다.

신광한이 모친의 삼년상을 마치고 여주 원형리로 귀거래를 결정한 후 지은 시에서 귀거래에 대한 그의 생각을 엿볼 수 있다.

移舟撑近渚　　배 옮겨 물가 가까이 대니

---

59) 李憲求, 전게서, 「儒林錄」에 등재되어 있다.

60) 『문집』, 권14, 「文簡公行狀」, p.377. "甲申, 服闋. 卜築于驪州元亨里, 閑居十五年. 一室圖書, 杜門不出. 雖秋毫之細, 未嘗求諸人. 時金慕齋居梨湖, 公處於斯. 時人談及二公, 咸以公爲善居鄕."

日暮是何鄕	해 저물녘 여기가 어느 고을인가?
山翠侵衣潤	푸른 산 기운 파고들어 옷 적시고
灘聲入夢凉	여울 물 소리 싸늘하여 꿈속에 드네.
三年餘涕淚	삼년 동안 눈물 많이도 흘렸건만
一夜轉悲傷	밤 내내 더욱 슬프구나.
却悔歸田晩	전원으로 돌아가는 게 늦었음에도
飄飄舍未藏61)	떠도느라 머물 곳 마련하지 못한 것 후회하네.

이 시는 여주 원형리로 귀거래 하는 것에 대한 슬픔이 전편을 지배하고 있다. '日暮', '侵衣潤', '入夢凉'이 슬픔의 상징물로 등장하고 '涕淚', '悲傷'이라는 직접적인 슬픔이 드러나므로 더욱 그러하다. 해 저물녘 배를 저어 물가에 도달하는 모습은 고양에서 시묘 살이를 마치고 수로를 통하여 여주로 내려오는 실제 장면을 묘사한 것이기도 하지만, 도연명이 귀거래사에서 고향으로 배를 타고 돌아가는 것과 다르지 않다. 푸른 산 기운과 여울 물 소리는 항상 꿈속에서도 그리워하였던 여주 원형리의 경물인데, 그것은 또한 도연명이 귀거래사에서 언급하였던 '木欣欣以向榮, 泉涓涓而始流'의 자연적 배경과 조응한다. 그가 시를 엮어 가면서 도연명의 귀거래사를 의식하여 의경을 모의하려 한 것은 정치적 좌절에 따른 슬픔을 극복하고 하늘의 운행 이치에 동화한 삶을 살았던 도연명의 탈속적 생활을 흠모하여 자신도 그러한 삶을 살아보려 해서일 것이다.

탈속적 삶을 지향하는 귀거래는 다음 시에서 보다 구체적으로 나타난다.

---

61) 『문집』, 별집, 권1, 「閑服, 將赴驪興, 在舟中作」, p.399.

心休成大拙	마음 편안해 大拙을 이루어
夢怕涉驚濤	꿈에서라도 놀란 파도 건널까 두렵네.
買地因耕秫	땅을 사서 갈아 기장을 심고
開園爲種桃	동산을 개간하여 복숭아 심네.
窓臨民水逈	창은 멀리 民水를 굽어보고
門對鴨山高	문은 높은 鴨山을 마주하네.
悟得逍遙意	소요의 뜻 깨달으니
浮名摠是勞[62)	헛된 명예 모두 부질없네.

시의 문면(文面)에 기묘사화와 신사무옥에 대한 공포가 사라지지
않고 드러나 있다. 그러나 이것은 사화 체험의 두려움이 그의 의
식 저변에 응결되었다가 점차 귀거래의 즐거움에 익숙해져 가는
모습이다. 頷聯과 頸聯은 기장 심고 복숭아 심는 전원에서의 삶을
노래하고 배산임수의 귀거래지를 묘사하였다. 그의 집 앞으로는 민
수(民水)가 흐르고 뒤에는 압산(鴨山)이 우뚝 서 있다. 귀거래지에서
의 생활이 바로 도연명이 귀거래사에서 읊은 소요의 생활인 것이
다. 신광한은 자연의 운행 이치에 따르는 탈속적인 삶[63)]을 소요의
경지로 보고, 그것에 만족하였기에 '헛된 명예 모두 부질없네.'라는
인식에 도달할 수 있었다. 마음에 안정을 회복한 이후로 그의 시
에는 탈속적 미감들이 폭넓게 자리한다.

① 紛紛世故盡輸降	어지럽던 세상 일 모두 잦아들자
獨對中宵月下窓	홀로 깊은 밤 달빛 비치는 창 마주하네.
小楫昔曾驚宦海	예전에 작은 노로 벼슬 바다에서 놀랐지만

---

62) 『문집』, 권2, 「卜居偶吟」, p.252. 『문집』, 별집, 권3, p.421에 「驪村雜詠」이라는 또
다른 제목으로 실려 있다.

63) 『문집』, 권3, 「復用前韻, 酬李使君」, p.263. "久同病鶴作卑飛, 一臥元亨晝掩扉. 摩
詰輞川誰善畵, 淵明栗里我能歸. 天機袞袞春還夏, 人事匆匆合與離. 不惑過來知命
至, 此身終要白鷗依."

片舟今日落吳江	오늘 작은 배타고 남쪽 강으로 내려왔네.
山人每寄新茶片	스님 매번 새 차 잎 보내오고
室婦常藏久酒缸	아내는 늘 묵은 술을 항아리에 담가 두네.
自是淸狂無箇念	이제 淸狂하여 조금의 잡념도 없는데
鬢毛何事白垂雙[64]	어이하여 귀밑털은 양쪽으로 희게 드리웠나?

② 群幻都消衆妄降	여러 허망한 일 모두 사라지자
靜中紅日照晴窓	고요히 붉은 해가 개인 창을 비추네.
身安蓬蓽鷦巢樹	몸은 가난한 집 편히 여겨 나무에 둥지 튼 뱁새 같고
樂在簞瓢鼴飮江	즐거움은 단사표음에 있어 강물 마시는 두더지 같네.
小甕發醅賢滿腹	작은 항아리에서 떠 온 탁주로 배를 채워 즐겁고
大田收豆善盈缸	큰 밭에서 거둔 콩 항아리에 가득해 좋네.
眼前萬事從容地	눈앞의 모든 일 조용한 곳에
寶鴨沈煙自在雙[65]	향로에서 피어오른 연기가 한가롭네.

①에서 어지럽던 세상일이 구체적으로 무엇을 의미하는지는 명확하지 않다. 다만 어지럽고 어둡던 지난 기억들을 '달'이라는 희망의 심상으로 대체시키고 있는 점이 중요하다. 달은 단순히 발광체로서의 의미만 지니는 것이 아니고 그의 내면세계가 어둠을 거두고 밝음을 띠어 심리적 안정에 이르렀음을 상징한다. 그는 예전에는 변변치 않은 재주를 가지고 벼슬살이에서 당화(黨禍)의 참혹함에 놀라기도 하였으나, 이제는 작은 배를 타고 남쪽 여강으로 귀거래 하였다. 스님은 매번 차 잎이 새로 돋아나면 따서 그에게 보내주고, 아내는 오래 전부터 항아리 가득 술을 담가둔다. 여강 주변 원형리에서의 삶이 넉넉하고 기름진 생활은 아니었지만 정이

---

64) 『문집』, 권2, 「閑中寓意, 復用江韻」제1수, p.251.
65) 『문집』, 권2, 「閑中寓意, 復用江韻」제2수, p.251.

넘치고 소담한 탈속적 삶 그 자체였다. 탈속적 삶을 살면서 무욕의 세계를 구가하나 세월의 흐름은 비켜갈 수 없어 양쪽 귀밑머리가 하얗게 센다고 하였다. 그는 '月下窓', '片舟', '新茶片', '久酒缸' 등의 시어를 사용하여 속기가 제거되고 인욕이 사라진 탈속의 경지를 형상화한 것이다.

②의 首聯에서 여러 허망한 일은 귀거래 초기에 그가 마음에 품었던 정치적인 의도를 암시하는 듯하다. ①의 시에서와 마찬가지로 '해'를 통하여 허망했던 과거를 그의 정서 단위에서 제거시켰다. 과거에 대한 기억은 더 이상 그를 옭아매는 정신적 족쇄일 수 없었고, 정치적 의도가 차지하던 자리를 탈속 지향의 이미지들로 채워 놓았다. 그는 여유롭지 못한 귀거래기의 삶을 뱁새와 두더지에 비유하고 있다. 그가 머무는 집은 뱁새가 나무에 튼 둥지처럼 변변치 않은 쑥대 문이고, 먹는 음식은 두더지가 마시는 강물같이 소박한 한 소쿠리의 밥과 한 표주박의 물일 뿐이다. 물론 이러한 표현은 소박하고 탈속적인 생활을 뜻할 때에 사용하는 관념적 수사이지 실제의 삶을 형용한 것 같지는 않아 보인다. 그렇지만 이 시에서 안빈낙도하는 삶을 보내는 그의 모습을 어렵지 않게 찾을 수 있다. 항아리 속 탁주를 배불리 마시고, 밭에서 추수한 콩 알이 항아리 가득한 것을 바라보며 삶에 대해 만족하는 것이 바로 그것이다. 그의 이와 같은 생활은 눈앞에 보이는 집안 물건들이 더욱 잘 보여준다. 그의 눈에 들어오는 모든 세상사는 부조화나 갈등이 없는 차분한 모습으로 시화되었다. 그는 '蓬蓽', '簞瓢', '小甕', '醅', '豆', '缸', '寶鴨'을 통해 자신의 탈속적 삶을 발견하였다. 그가 찾은 탈속적 생활은 자신의 소박한 삶 속에서 일상적으로 대

하는 작은 일 하나하나에서 얻어진 것이다.

그의 이와 같은 탈속적 삶은 어디에 진원을 두고 있는 것인가? 그것은 일차적으로는 도연명의 낙천지명(樂天知命)에 있는 것이지만 그보다 더 심층적으로 들어가 보면 『중용(中庸)』과 『대학(大學)』의 '지지(知止)'에서 벗어나지 않는다.

> 선각(先覺)들의 밝은 가르침 바라보니, 중용(中庸)이란 지극한 도 걸려 있네. 그 근본이 시작한 곳을 찾아보니, 하늘이 내려 준 본성을 지니는 것일 뿐. 이(理)를 모아 함께 지니고, 오덕(五德)을 모아 이름 짓네. 이는 천명(天命)의 상법(常法)이라, 부여한 것이 고르네. 사람은 진실로 하지 않는 것을 근심해야지, 능과 불능은 있지 않네. 이 성을 지니는 것으로 옷을 삼고, 이 도를 따르는 것으로 패흘(佩笏)을 삼네. 아! 나는 남긴 가르침 본받으리니, 진실로 선인들이 주신 것이라. 태어남이 이미 늦었고 바탕이 흐려, 학술이 노망(鹵莽)함을 슬퍼하네. 하지만 이 덕은 어둡지 않아, 배움에 차례 있음을 아네. (중략) 너희들은 법을 어기고 법도를 바꾸어, 천하 사람을 이끌어 다니게 하네. 나의 수레를 지지(知止)로 돌리리니, 처한 곳을 편히 여겨 다른 곳으로 가지 않으리라.[66]

윗글에 나타난 논지는 다음과 같이 요약할 수 있다. 선인들의 가르침은 『중용』인데 그것은 다름 아닌 본성을 지니는 것이다. 본성은 이(理)를 함께 갖추고 있고 인의예지신의 총체로서 누구에게나 균등하게 부여되었다. 그는 그러한 본성을 어겨 세상을 향하는 무리들을 따르지 아니하고, '지지(知止)'의 방향으로 노선을 선회하여 처할 곳을 알아 편안히 여기겠다는 것이다.

---

66) 『문집』, 권1, 「和離騷經」, p.233. "仰先覺之昭訓兮, 揭至道曰中庸. 原厥本之攸始兮, 惟秉夷皇所降. 翕衆理以具存兮, 總五德以成名. 是天命之常則兮, 乃賦與之惟均. 人苟患於不爲兮, 匪有能與不能. 提是性以爲服兮, 率是道以佩. 睿吾法夫貽敎兮, 固前脩之所與. 生旣晚而質漓兮, 嘆學術之鹵莽. 然此德之不昧兮, 知此學之有序. (중략) 若背矩以改度兮, 率天下以爲路. 回余車以知止兮, 庶靖處而麿他."

그가 탈속적 삶을 견지한 것은 『중용』과 『대학』의 '지지(知止)'에 근거한다. 여기에서 말하는 『중용』은 구체적으로는 『중용』제 1장의 '天命之謂性, 率性之謂道, 修道之謂敎.'를 가리킨다. 『대학』의 '지지(知止)'는 『대학』수장(首章)의 '知止而後, 有定, 定而後, 能靜, 靜而後, 能安, 安而後, 能慮, 慮而後, 能得.'을 가리킨다. 『중용』은 '하늘이 음양오행으로 만물을 화생시키는데 기(氣)로 형체를 만들고 이(理)를 부여하면 만물이 태어날 때에 부여받은 이(理)를 얻어 음양오상(陰陽五常)의 덕으로 삼은 것이 바로 성(性)이기 때문에 그 성을 줄곧 견지해야 함'을 이른다. 『대학』의 '지지(知止)'는 '삼강령(三綱領) 중의 하나인 지어지선(止於至善)을 아는 것, 곧 지극한 선이 있는 곳을 알면 여러 과정을 거쳐 궁극적으로는 지극한 선이 있는 곳에 머물 수 있음'을 뜻한다. 타고난 성을 견지하면서 지극한 선이 있는 곳을 아는 삶이란 전원으로 돌아가 자연과 함께 하며 천리 유행에 동화하는 탈속적 생활이다. 귀거래를 결심한 당시의 정치적 상황이 그의 삶의 방향을 『중용』과 『대학』의 '지지(知止)'로 선회하게 만들었고, 그 결과 경세 의지를 접어두고 자연의 운행 질서에 따르면서 소요하는 탈속적 삶을 살게 된 것이다.

이러한 탈속적 삶은 여주 원형리 기간에만 국한되지 않고 재출사기 이후까지도 지속적으로 나타난다.

① 人間後死亦云遲   사람은 뒤에 죽어도 세월이 더디다 말하고
   勳業曾悲鏡裏髭   훈업은 일찍이 거울 속 귀밑머리를 슬퍼하게 하네.
   一日閑如三世寶   하루의 여가는 三世의 보배 같고

千篇詩敵萬金資　　千篇의 詩는 만금의 값어치라.
難將衰境居名下　　노경을 명예 아래에 두기 싫어
儻有歸舟繫漢湄　　돌아갈 배 있거든 한강 가에 매어 놓으리라.
却恐聖恩膠漆重　　문득 성은이 膠漆처럼 무거워
西疇終負耦耕期67)　끝내 서쪽 밭에서 나란히 밭갈 약속 저버
　　　　　　　　　　릴까 걱정이네.

② 驪龍江上鴨山前　驪龍江 가 鴨山 앞에
眼見茅茨只數椽　　서까래 몇 개 있는 띠 집 눈에 띄네.
人爵本非天爵貴　　人爵은 본래 天爵처럼 귀한 건 아니지만
紫微能與少微連　　紫微星과 少微星을 잇게 할 수 있네.
淸宵寂寞憂君淚　　맑은 밤 적막도 하여 임금님 걱정하는 눈
　　　　　　　　　　물 뿌리고
白日參差聽鳥眠　　햇빛 들쭉날쭉할 즈음 새 소리 들으며 잠자네.
勳業未應吾輩有　　훈업이 우리들 몫이 아니라면
耦耕猶得送殘年68)　나란히 밭 갈며 여생을 보내리라.

　①에서 首聯은 세월의 더딤과 빠름을 대비하여 한가함의 소중함
이 부각되면서 그가 훈업에 힘써 늙어가는 것조차 인식할 시간적
여유를 갖지 못했다는 사고가 시의 저변에 깔려 있다. 그에게 가
치 있는 것은 업적을 이룩하는 것이 아니라 여가와 시낭(詩囊)에
가득한 시들이다. 여가는 자신을 돌아보게 할 기회를 제공하는 한
편, 삶의 활력을 불러오고, 천 편의 시는 한가한 여가를 내어 물상
과 만났을 때 일어나는 정회를 읊은 것으로서 여가의 여유가 문학
적으로 변용된 것이다. 노쇠한 나이에 훈업을 이루기 위해 동분서
주하는 삶을 살기는 여간 어려운 일이 아니므로 언제라도 전원으
로 되돌아갈 배를 상비해 둔다고 하였다. 尾聯에서는 전원으로 돌

---

67) 『문집』, 별집, 권6, 「次李判校(元和)韻」, p.463.
68) 『문집』, 별집, 권6, 「村居偶懷」, p.463.

아가고자 하는 의욕을 보여주고 있는데 성은을 많이 받아 전원으로 돌아가지 못할까 걱정하고 있다. 이것은 그가 임금의 지우(知遇)보다도 전원으로의 귀거래를 가치 있게 생각한 것처럼 보일 수도 있으나 그렇게 시의 의미를 풀어낸다면 언외지의(言外之意)를 살리지 못하는 천착이 된다. 여기에서의 진정한 의미는 전원으로 귀거래하는 것이 임금의 성은을 받는 것과 같은 비중으로 가치가 격상되었음을 뜻한다.

②에서 '서까래 몇 개뿐인 띠집'은 누추하기조차 한 그의 거처다. '인작(人爵)은 원래 천작(天爵)처럼 귀한 것은 아니지만'에서 그가 '인작'을 대하는 시각을 읽을 수 있다. 천작은 자연의 운행질서에 순응하는 삶이고, 인작은 벼슬하여 공업을 성취하는 것으로서 천작과는 길이 다르다. 그러므로 頷聯에서 눈여겨보아야 할 것은 '인작은 원래 천작처럼 귀한 것은 아니지만'과 '자미성(紫微星)과 소미성(少微星)을 잇게 할 수 있네.'의 관련이다. 자미(紫微)와 소미(少微)는 자미성과 소미성을 가리키는데 자미성은 임금, 소미성은 처사를 상징한다. 그는 頷聯을 통해서 벼슬하는 것이 처사로서의 삶보다 귀하지는 않지만, 임금과 자신이 대면할 수 있는 유일한 통로가 벼슬하는 것임을 말하고자 하였다. 이것은 그가 환로와 전원의 기로에서 결국 환로를 체념하지 못하게 되는 원인을 제공하면서 頸聯의 내용과 자연스레 이어진다. 그는 환로를 염려하면 할수록 정치적 상황 속에서 홀로 괴로워할 군주를 걱정하는 정이 깊어만 갔다. 그렇기에 그는 頸聯에서 밤새도록 군주를 걱정하는 처사로서의 자세를 줄곧 보여주었다. 尾聯에서는 훈업이 자신의 몫이 아니라면 나란히 밭 갈며 여생을 보내겠다고 다짐하였다. 그

는 환로의 생활을 포기하지 못하면서, 또 한편으로는 전원에서의 삶을 항상 동경하고 있다. 이 두 편의 시에서, 그의 환로와 전원에 대한 가치가 뇌리에 비슷한 비중을 차지하고 있지만, 다른 한편으로 탈속적 삶에 대한 동경이 그의 의식 저변에 면면히 흐르고 있음을 발견하게 된다.

귀거래하여 탈속적 삶을 사는 동안에 그의 시에 나타난 도연명적 귀거래는 재출사기에 접어들어서까지도 연속되고는 있으나 귀전원(歸田園)이 '우경(耦耕)' 또는 '서주(西疇)'69)로 변이되어 나타난다. '우경' 또는 '서주'는 '장저·걸익'의 고사에서 빌려온 용어인데 그는 그것을 귀전원과 비슷한 개념으로 수용하고 있다. 그것은 그가 '장저·걸익'에 대해 다소 애매하면서도 유보적인 입장을 취하고 있는 데에 근거하는데70) '저익(沮溺)'이 인륜을 어지럽힌 사실에 있어서는 비판적이지만71) 전원으로 돌아가 나란히 밭을 간 사실에 대해서는 오랫동안 그리워했기72) 때문이다. 달리 표현하면 그들이 군신의 의리를 저버리고 은둔한 것은 비난받을 일이나, 귀전원하여 농사지으며 성정을 보존한 것에 대해서는 비난하지 않았던 것이다. 이것은 결국 도연명적 귀거래의 탈속적 미감이 '저익'의 '우경', '서주'에서 보인 의식 세계와 만나고 있기 때문에 가능하였다고 할 수 있다.

---

69) '西疇'는 「歸去來辭」에도 나오는 용어이나 여기서는 '耦耕'과 어울려 '長沮·桀溺'의 고사를 상징하는 의미로 사용된 듯하다.

70) 『문집』, 별집, 권1, 「沮溺」, p.406. "海內山河戰伐塵, 耦耕非故亂人倫. 世間一被虛名誤, 應悔平生值問津."

71) 『문집』, 별집, 권4, 「舊有水落之夢, 將買田園于是洞, 寄示兄及妹」, pp.439 – 440. "千載却嫌沮與溺, 十年曾不負君臣."

72) 『문집』, 별집, 권4, 「秋夜獨坐」, p.432. "長思沮與溺, 還怪果於忘."

앞에서도 언급하였지만 그가 원형리로 귀거래하면서 이유로 들었던 두 가지 축 – 정치, 사회적 모순으로부터의 일탈, 도학적 이념 체계에 철저하지 못했던 자기반성 – 에서 그의 의식 속에서 끊임없이 부침하였던 것은 정치적 모순에 대한 개혁이 아니라 탈속적 세계로의 침잠이었다. 다시 말하면, 도학적 이념 체계에 불철저했던 자기반성이 탈속적 세계로의 침잠으로 구체화된 것이다. 그는 귀거래 기간동안 의식적으로도 정치적 모순이나 조정지사(朝廷之事)에 대해 외면하는 경향을 보이는데,73) 그 까닭은 탈속적 세계에 편안해 하는 『중용』과 『대학』의 '지지(知止)'에 근원하고 있기 때문이 아닌가 생각한다. 그의 탈속적 귀거래가 『중용』과 『대학』의 '지지(知止)'에 뿌리를 두고 있어, 비록 정치적 좌절이라는 외적 요인에 의해 도리어 경세적 의지가 준동하였더라도 귀거래에 대한 기본적인 추향이 변했던 것은 아니다. 탈속적 삶에 대한 추향은 그의 내면세계와 서로 맞닿아 있다.

신광한이 지향했던 내면세계의 구체적 형상은 19세에 지은 「만리구부(萬里鷗賦)」에 보인다.

> 마음이 강호에 근본하니, 환해(宦海)에 골몰하기 싫네. 본성은 시내와 산을 좋아하고, 푸른 물가의 이내와 달을 즐거워하네. 홀로 서서 높이 나는 곳에서 고상하니, 스스로 즐거워하는 곳이네. 비를 맞고 모래가 잠자는 곳에서 소요하니, 누가 그대의 터전을 다툴 텐가?74)

---

73) 『문집』, 별집, 권4, 「春日, 臥病書事」, p.439. "壯志初無計四方, 漸憐衰病在殊鄕."; 『문집』, 별집, 권4, 「驪江舟中, 贈姜主簿子始」, p.442. "休論塵裏陞沈事, 且作罇前漫浪遊."; 『문집』, 별집, 권5, 「寄春官正郞鄭浩浩」제2수, p.446. "莫莫已多忘世意, 硜硜難化戀君心."

74) 『문집』, 권10, 「萬里鷗賦」, p.346. "心本江湖, 惡宦海之汨沒. 性愛溪山, 樂蒼灣之煙月. 翶翔乎獨立高飛, 自有樂地. 逍遙乎帶雨眠沙, 誰爭子所."

멀리 나는 갈매기를 소재로 하여, 자신의 마음이 벼슬살이보다
자연에 더 경도 되는 까닭은 본성이 산수를 좋아하고 이내와 달을
친근히 여기기 때문임을 드러내었다. 그는 세속에 얽매이지 않고
외물에 대한 욕심을 갖지 않으며 본성대로 삶을 누리는 갈매기에
게서 자신의 본성을 발견하였던 것이다.

그는 갈매기만이 아니라 물고기도 세밀히 관찰함으로써 자신에
게 부여된 理에 맞는 삶을 살려고 다짐하였다.

秋水澄鮮色若空	가을 물 맑고 신선해 하늘 빛 같은데
小鱗翻玉大鱗紅	작은 물고기는 옥 비늘, 큰 물고기는 붉은 비늘 번득이네.
濠梁此日知魚樂	오늘에야 濠梁에서의 물고기의 즐거움을 알겠으니
一理參差萬不同[75]	하나의 理가 들쭉날쭉하여 만 가지가 다 다르네.

이 시는 그가 30세(1513년)에 강원도 죽서루(竹西樓)에 유람 가
서 지은 「죽서루팔영운(竹西樓八詠韻)」가운데 한 수다. 강가에서
물 속의 고기를 세어보며 이 시를 지었는데 起句와 承句는 푸른
강물에서 노닐고 있는 형형색색의 물고기에 대한 묘사다. 그리고
起句의 '秋水'는 물고기가 노닐고 있는 장소로서 『장자(莊子)』「추
수(秋水)」편을 연상시키기도 한다. 그가 물고기를 세어보는 것은
물고기에 대한 자세한 관찰이다. 하나하나 색깔과 크기, 생김새 등
을 유심히 보며 물 속에서 노는 물고기를 구경한다. 그는 장난삼
아 모래 피라미를 세어보러 인적 드문 시내 골짜기에 가기도 했고,
깊은 산 속 새 울음소리 듣기 좋아해 큰 소나무 밑에 앉아 있기도

---

75) 『문집』, 별집, 권2, 「臨流數魚」, p.411.

했다.76) 그는 만물에 깃든 理를 살핌으로써 자신에게 부여된 理를 체현하려 하였던 것이다. 轉句는 장자의 '호량지락(濠梁知樂)'이다. 그러나 이 시에서 그가 말한 '호량지락'의 의미는 장자의 본의와는 다르다. 그가 생각한 '호량지락'의 의미는 結句에 분명히 나타나 있다. 바로 정이(程頤)가 말한 '理는 같으나 氣로 이루어진 만물은 현상적 차이에 따라 모두 다르게 형상 된다'는 이일분수(理一分殊)에 다름 아니다. 結句의 '一理萬不同'은 承句의 '작은 물고기 옥 빛, 큰 물고기 붉은 빛 번득이네.'를 그대로 이어받아 한 마디로 요약한 표현이다. 즉 물고기의 다양한 모습을 '一理參差萬不同'으로 설명한 것이다. 여기에서 그가 물고기를 완상하여 '이일분수'를 떠올렸고, 자신에게 부여된 천리에 부합하는 삶을 그려 보았을 것이라고 짐작할 수 있겠다. 인욕을 버리고 천리가 유행하는 곳에 동화되기를 바라는 그의 의식은 봄 계절에 강하게 일어나곤 하였다.

다음 「서헌사시(西軒四時)(春)」에서 그의 맑은 정신 경계와 천리로의 동화 의지를 엿볼 수 있다.

① 清和天氣最宜人	4월의 맑은 날씨 사람에게 최적인데
綠滿園林已餞春	푸른 빛 가득한 동산 숲에는 이미 봄이 지나 갔네.
風送柳花穿北牖	바람이 버들 꽃을 날려 보내 북창으로 지나가고
夢迷蝴蝶過西隣	꿈 속 나비는 서쪽 이웃 마을을 지나가네.
吾今喪我心無二	내 지금 나의 마음을 잃어 전일하니
汝豈知魚樂是眞	네(필자 주: 장자)가 어찌 魚樂을 안 것이 참 이랴?
唯有浴沂遺意在	沂水에서 목욕하겠다는 남긴 뜻만 있어
白頭聊復整冠巾77)	흰 머리에 다시 갓과 두건을 고쳐 쓰네.

---

76) 『문집』, 권8, 「次林從事上山道中韻」, p.328. "戲數沙鷦臨絶澗, 愛聽幽鳥坐長松."

② 勝日登臨霽景鮮　　좋은 날 올라보니 갠 경치 또렷하고
　　江山明媚艶陽天　　강산은 맑고 고와 화창한 날에 아름답네.
　　傍籬紅濕桃含雨　　울 가에 복사꽃은 비 머금어 붉게 물들고
　　繞渚青深柳帶煙　　물가의 버들은 이내 띠어 질푸르네.
　　造化着功還有象　　조화옹 공을 들여 물상을 빚어내고
　　物生隨分自無偏　　외물은 분수대로 생겨나 치우침 없구나.
　　已將白苧裁春服　　이미 흰 모시로 봄 옷 지어 두었으니
　　欲試東風更喟然[78]　봄바람을 다시 쐬어 보려네.

①의 시에서 그는 따스한 봄날에 모든 시선을 집중하고 있다. 동산에는 푸른 나무들이 가득하고, 봄바람이 불어 졸기에 좋은 날씨다. 頷聯의 '風', '北牖', '夢', '蝴蝶', '西隣'은 시적 수사로서, 졸릴 정도로 날씨가 좋음을 표현한 것이다. 頸聯은 그의 마음이 전일하여 장자가 호량에서 물고기의 즐거움을 안 것이 참일 수 없다고 말하고 있다. 그는 頷聯과 頸聯을 통해 천리의 유행 속에 동화될 수 있는 좋은 봄 날씨를 대면하게 된 기쁨을 드러낸 것이다. 尾聯에서는 도학의 구극으로 '욕기유의(浴沂遺意)'를 제시하였다. 그는 또 '물화(物化)(天理의 流行)란 원래 넓어 끝이 없으니, 봄바람만이 주관할 수 있네.'[79]라 하며 천리의 유행을 조화내의 생생불식(生生不息)하는 내적 변화로 인식하고, '동풍(東風)'을 '욕기유의'라는 증점(曾點)의 '浴乎沂, 風乎舞雩'와 연계하여 도학적 경계를 그려내기도 하였다.

②에서 首聯은 서헌(西軒)에 올라 바라 본 비 갠 후의 맑고 산뜻한 원경으로, 비에 말끔히 씻긴 주변 경물들의 일반적 모습과

---

77) 『문집』, 권3, 「四月初四日有作」, p.255.
78) 『문집』, 별집, 권2, 「西軒四時(春)」, p.413.
79) 『문집』, 권3, 「立春日寓詠」, p.261. "物化元來浩不窮, 東風能得擅爲雄."

선명한 자태를 드러낸 봄 강산에 대한 묘사다. 頷聯은 首聯의 묘사에 싱그러움과 고즈넉한 분위기를 배가시키고 있다. 울타리 주변에 서 있는 복숭아꽃은 붉은 빛을 띤 채 비를 머금었고, 시냇물가에 드리워진 버드나무에는 물안개가 자욱하다. 시각적 상큼함과 아울러 홍색과 청색의 보색을 대비시켜 더욱 분위기를 선명하게 자아냈다. 주변 경물의 맑고 깨끗한 모습을 바라봄으로써 그것이 내면에 투사되어 조금의 욕기도 없는 순일무잡의 정신을 드러내고 있다. 본연지성은 바로 이러한 일체의 기심을 제거하고 생생지리(生生之理)에 의해 펼쳐진 만물의 생의(生意)를 바라보는 가운데 자연스럽게 생기게 된다.[80)

頸聯에서는 주변의 청선(淸鮮)한 경물을 빚어낸 소이연으로서의 조물주와 천리에 대한 의도적인 관심이다. 청선하게 외물을 창출한 것은 조화공의 생생불식하는 성(誠)의 효능이며, 또 만물이 분수에 따라 치우침 없이 생겨나는 것은 천리 유행의 결과다. 주변 경치가 아름다울 수 있었던 것은 분수에 따라 치우치지 않게 만물을 낳는 천리가 존재하기 때문이다. 그 결과 그는 천리의 흐름 속에 흘러 들어가 함께 흐른다면 내심에 천리가 흘러, 맑고 깨끗한 경물을 빚어내듯이 자신의 내면마저도 맑고 깨끗해질 수 있을 것이란 바람을 갖게 된 것이다. 尾聯이 바로 천리 유행 속으로의 동화 의지다. 조물주가 산수를 만들 때에 처음에는 사람들로 하여금 보아서 기쁘게 할 의도가 있지 않았지만, 만약 아름다운 산수를 만나면 사람들이 보고는 반드시 기뻐하고, 기뻐하면 그 기쁨을 오래

---

80) 鄭載喆, 「陶隱 詩의 思想的 志向과 風格 硏究」, 『태동고전연구』제15집, 태동고전연구소, 1998, p.15.

도록 간직하고자 하는 것이 정(情)이다. 정이 모이면 반드시 물상으로 나타나니 이에 臺·亭·樓·觀을 지어 산수에 짝하는 것을 인자(仁者)와 지자(智者)들의 일이라 여겼기 때문에[81] 그가 그러한 의지를 가질 수 있었던 것이다.

①과 마찬가지로 ②의 尾聯의 시어들도 공자와 증점의 대화에서 차용하였다. 그 내용은 공자가 자로(子路), 증점, 염유(冉有), 공서화(公西華)와 허심탄회하게 대화를 나누다가 제자들에게 어떤 방법으로 벼슬할 지를 물었을 때 증점이 마지막으로 답변한 것이다.[82] 증점은 벼슬에는 관심을 갖지 않고 또 어떠한 욕심도 두지 않고서 봄 날 천리의 유행이 활발한 자연 속에서 놀고자 했다. 이것은 孔子의 마음과 같은 성인의 뜻이었고 요순의 기상이었다. 인욕이 모두 사라지고 천리의 유행이 곳에 따라 충만하여 조금의 부족함도 없었기에 동정의 사이에도 이러할 수 있었던 것이다. 증점은 자신의 지위에서 항상 하는 일을 즐거워하였고, 처음부터 자기를 제쳐두고 남을 의식하는 뜻이 아예 없었다. 그것은 그의 마음이 점차 느긋해져 천지만물과 상하로 함께 흘러 저마다 제자리를 찾은 묘함이 그윽이 言外에 드러난 결과였다.[83] '裁春服'은 '春服旣成'에서, '喟然'은 '喟然嘆曰'에서 빌려왔다. 尾聯은 그가 사욕

---

81) 『문집』, 문집, 권1, 「公州復按舞亭記」, p.474. "夫造物者之爲山爲水, 初非有意使人見而喜之, 而若遇佳山勝水, 人見之必喜, 喜則思欲有以久其喜者, 情也. 情之鍾, 必形于物, 於是乎有臺亭樓觀以儷其山水, 蓋亦仁智之事也."

82) 『論語』, 「先進」. "曾點曰, 莫春者, 春服旣成, 冠者五六人, 童子六七人, 浴乎沂, 風乎舞雩, 詠而歸. 夫子, 喟然嘆曰吾與點也."

83) 『論語』, 「先進」. "曾點曰, 莫春者, 春服旣成, 冠者五六人, 童子六七人, 浴乎沂, 風乎舞雩, 詠而歸. 夫子, 喟然嘆曰吾與點也."의 朱子注. "曾點之學, 蓋有以見夫人欲盡處, 天理流行, 隨處充滿, 無少欠闕. 故其動靜之際, 從容如此. 而其言志, 則又不過卽其所居之位, 樂其日用之常, 初無舍己爲人之意. 而其胸次悠然, 直與天地萬物上下同流, 各得其所之妙, 隱然自見於言外."

을 제거하고 우주 만물의 존재 근원인 천리의 운행 속으로 함께 흘러들고자 했던 증점의 사유를 그대로 수용한 것이다.

다음 시에서는 그의 무욕의 내면세계를 발견할 수 있다.

① 年老逢春味正多　　나이 들어 봄 만나니 맛 정녕 좋은데
　一春都在萬般花　　봄이 모두 온갖 꽃 속에 깃들었네.
　應須把酒非吾已　　술 마셔야 할 사람 나만이 아니겠지만
　若不題詩柰爾何　　시 짓지 않으면 너희를 어찌하리?
　惜誦莫悲時序變　　屈原처럼 惜誦하여 계절의 변화 슬퍼하지 않고
　詠歸還覺性情和　　曾點처럼 노래하며 돌아오니 성정이 차분해
　　　　　　　　　　짐을 느끼네.
　春花酬了唯詩酒　　봄꽃에 화답할 길은 시와 술 뿐
　身外浮名是甚麼84)　몸 밖의 헛된 명예야 무엇이랴?

② 全得天眞分自甘　　천진을 완전히 얻어 분수 절로 달가워
　慶莊佳處結茅庵　　경장 경치 좋은 곳에 띠 집을 지었네.
　嵒泉送靜心唯獨　　바위샘이 고요함을 보내와 마음 외롭고
　山月窺幽影與三　　산 위의 달 그윽함 엿보아 그림자와 셋이 되네.
　聊復曁成春服詠　　다시 잠깐 봄 옷 지어 노래하고
　偶然時帶濁醪酣　　우연히 때로 탁주 받아 취해보네.
　居常處順從容意　　상도에 거하고 순리에 처하는 조용한 뜻으로
　長對顔回夢裏談85)　꿈에서 오랫동안 안회를 마주해 이야기 나누게.

①은 소옹(邵雍)의 '연로봉춘(年老逢春)'시에 차운한 것이다. 나이 들어 만난 봄에 대한 자신의 소회를 소옹의 시운에서 취재하여

84) 『문집』, 권3, 「次邵堯夫年老逢春韻, 十三首」제6수, p.268.

85) 『문집』, 별집, 권3, 「全庵主人, 盧姓, 槪其名. 嘗試於世, 觀其可行之兆, 知其兆之終不能行, 卷而歸之, 卜得幽貞之吉, 結庵而居之, 自號曰全. 請余詩若文, 以志其事曰, 全之義非一, 有全其性者, 有全其身者. 全其性者, 身亦無不全, 全其身者, 或不能全其性, 吾於全性之說, 何敢. 然亦或庶幾焉爾. 予曰, 盧生乎. 子眞所謂警余者乎. 夫欲全其性者, 出者難而處者易, 出者博, 收功難, 處者約, 用力易. 吾出子處, 其於全性也, 吾難而子易. 子旣得其易, 而今反求其語於難, 可乎. 然姑以博說其約, 子其志之.」제2수, p.428.

읊어 내었다. 만물을 소생케 하는 봄의 생명력, 즉 천리는 개체마다 내재되어 있다. 首聯에서 노년에 만난 봄은 그에게는 젊었을 때 만난 봄과는 느낌이 많이 달랐다. 그것은 천리 운행의 이치를 터득한 데에서 느낀 맛이고 완상이었기 때문이다. 개체가 존재리(存在理)에 따라 형상을 갖추고 색을 발하는 모습은 천리를 깨달은 사람의 입장에서 보면 경이로움 그 자체였을 것이다. 그러나 천리의 유행을 바라보는 사람은 스스로 자신의 왜소함을 느끼면서 그 속에 동화되지 못하는 안타까움을 떨쳐버리려 한다. 頷聯의 술을 당겨 마시고 시를 짓는 행위가 바로 그 때문이다. 頸聯의 '惜誦'은 굴원(屈原)의 『초사(楚辭)』의 한 편명으로, 슬프고 애석한 마음으로 과거를 서술한 내용이고, '詠歸'는 증점의 '莫春者, 春服旣成, 冠者五六人, 童子六七人, 浴乎沂, 風乎舞雩, 詠而歸.'를 가리킨다. 頸聯에서는 그가 과거의 일들을 비통한 마음으로 회상하면서도 계절의 변화를 슬퍼하지 않고, 봄을 맞이하여 천리의 유행 속에 동화되는 삶을 보여준다. 그가 회상한 과거의 일들은 정쟁으로도 비화될 수 있었던 정치적 현안들이었다. 정치에 관련된 지난 일들을 슬픈 심정으로 회상하면서 그가 시사건백(時事建白)에 아쉬움을 느끼는 듯하나, 사실 그는 간언을 하는 것에 인색하지 않았다.86) 결국 그는 모든 욕심을 버리고 우주 만물의 조화 속에 몸

---

86) 『문집』, 권14, 「文簡公行狀」, pp.375–376. "丙子二月, 遞移成均館直講, 俄遷弘文館校理知製教, 時有人陳疏極論時政者, 上因臺諫所啓. (중략) 後日, 臺官因疏辭愷直, 乃啓曰, 處士橫議, 非盛世事. 昔劉蕡非訕時政, 亦豈明哲之士乎. 公亦入侍, 仍啓曰, 處士橫議, 固非盛世事. 然當日朝廷之事, 無一可議者, 則在下之臣, 欽承贊揚之不暇. 苟失其道, 雖欲使人無言, 豈能盡箝其口. 孔子曰, 天下有道則庶人不議. 庶人之議不議, 在乎時政得失. 疏者所以達下情, 豈可直言爲訕, 而廢言路乎. 臺諫敢發妖言, 以惑聖聰, 不可一日冒在諫列. 上亦曰, 劉蕡忠直, 後之所尊仰者, 某敢非之耶. 翌日, 乃命遞非劉蕡者."; 『문집』, 권14, 「文簡申公墓誌銘幷序」, p.385. "丙子,

을 내맡기자 성정이 제자리를 잡아 평온을 되찾게 되었다. 인욕을
부리면 성정이 동요되어 안정을 흩트려 놓지만 모든 욕기를 없애
어 천리를 마음에 품으면 성정이 다시 안정되는 것이다. 성정의
안정을 회복했기에 내면의 천리 순응 이외에 부질없는 명예 등은
무용한 것으로 여겨진다. 그래서 그는 욕심 없는 내면세계를 '身外
浮名是甚麽' 한 구로 유효하게 그려내었던 것이다.

②는 노즙(盧檝)이 암자 이름을 '전암(全庵)'이라 짓고 시와 문
을 지어달라고 부탁해 그가 지어준 것이다. '全庵'에서 '全'은 性
을 온전히 한다는 의미와 몸을 온전히 한다는 의미를 지닌다. 性
을 온전히 하는 사람은 몸도 온전히 할 수 있지만 몸을 온전히 하
는 사람은 더러 성을 온전히 할 수 없는 경우도 있다. 首聯은 '천
진(天眞)', 즉 성을 온전히 할 수 있는 분수를 즐거워하면서 경장
(慶莊)에 노즙이 띠 집을 지은 것을 축하하고 있다. 頷聯에서는 바
위 골짜기 샘물이 고요한 물소리를 보내와 마음에 고독을 느낄 때
면 달을 친구 삼아 달, 노즙, 노즙의 그림자 셋[87]이 한데 어울려
고독을 떨쳐버리라고 권한다. 그렇게 하고서도 견딜 수 없으면 지
어진 봄옷을 입고 증점의 '逍遙詠歸'를 해 보라고 했다. 尾聯은
그가 노즙에게 한 당부다. 그는 노즙이 안시처순(安時處順)하는 삶

復爲弘文校理, 時有人疏陳時事, 言甚切直. 有一臺諫白上曰, 處士橫議, 非盛世事.
昔劉賁譏訕朝政, 亦非明哲之士. 公慨然入對, 極論諫官失言, 至以爲妖言惑聰. 上
亦曰, 賁之忠直, 後世所敬仰, 彼敢以謂非耶. 乃遞言者之職." 두 자료를 정리하면,
그가 33세에 弘文館校理·知製教를 맡고 있을 때, 臺官들이 唐나라 때의 秘書郎이
었던 劉賁(唐나라 昌平人으로 字가 去華다. 官은 秘書郎이었고 宦人들의 무고에 쫓
겨나 죽었다.)이 時政을 비판했던 것에 대해 옳지 못한 일이라고 하며 言路를 막으
려 하자, 그가 나서서 '時政을 비판하는 것은 백성들의 뜻을 왕에게 전하는 수단이
라'고 하며 劉賁를 비난했던 臺官들의 문책을 요구하여 결국 왕의 윤허를 받아낸 내
용이다.

87) 이것은 李白의 「月下獨酌」 3-4구. "擧杯邀明月, 對影成三人."을 용사한 것이다.

을 살면서 생각을 차분히 가라앉혀 천리에 따르며 기심을 일으키지 않은 안회의 속기 없는 삶을 살도록 바라고 있는 것이다. 그는 자기 내면의 무욕을 안회의 안빈낙도를 빌어 노즙에게 구체적으로 보여 주었다.

평소 그는 안회의 '克己復禮爲仁', '四勿' 등에 대하여 높이 평가하며 본받아야 할 대상으로 인식하였다. 「화귀거래사」에서도 '누항의 안회에게 묻고, 동가의 공자께 배우리라. 단사표음(簞食瓢飮)을 그리워해서가 아니라, 하나의 理가 함께 흐르는 것을 즐거워해서라.'[88] 하거나 '안회가 누항에 있는 것과 같아, 쌀독이 자주 비었어도 즐거워했네. 하루 내내 어리석은 듯 했으며, 인을 석 달 동안 실천했지.'[89]라고 하며 안회를 추숭하였다. 그는 안회의 욕심 없는 삶을 따르고자 한 것이다.

다음 시에서는 인욕을 일으키는 기심마저 소거된 그의 정신을 살필 수 있다.

風挾寒威朔雪驕   바람의 찬 위세에 겨울 눈발 거세어
夜窓談屑只蕭蕭   밤 창가에 사각거리는 소리 쓸쓸할 뿐.
香爐灰白心俱死   향로의 재 꺼지자 마음도 함께 꺼지는데
發省鐘聲靜裏搖[90]   깨우치는 종소리 고요히 울려오네.

시제에서도 밝혔듯이 시의 배경은 바람불고 눈 내리는 야창(夜窓)이다. 야창을 사이에 두고 밖에서는 세상의 모든 더러움과 물욕

---

88) 『문집』, 권1, 「和歸去來辭」, p.238. "尋陋巷之顔回, 學東家之孔丘. 非簞瓢之可慕兮, 樂一理之同流."
89) 『문집』, 권1, 「續擬恨賦」, p.242. "若復顔回陋巷, 屢空亦樂. 如愚終日, 服仁三月."
90) 『문집』, 권5, 「夜窓, 次鄭浩浩韻」, p.294.

을 쓸어가는 거센 바람이 휘몰아치고, 온 세상을 새하얗게 덮어줄 눈도 세차게 내리고 있다. 그러나 창 안에는 바람과 눈 소리를 들으며 그가 홀로 앉아 있다.[91] 그에게 바람소리는 청각적 이미지로, 눈은 시각적 심상이지만 겨울밤인 관계로 눈의 백색 빛깔이 아니라 눈 내리는 소리, 즉 청각화된 이미지로 작자의 내면에 투사된다. 그와 동시에 주변의 분위기를 고요로 이끌었던 향로의 향도 시간의 경과에 따라 사위어 가고 내심에 싹텄던 모든 기제도 말끔히 사라져 버린다. 야창 밖의 주변 외물인 바람과 눈의 청결한 기운이 야창 내부로 전달되어 방안은 세속의 때나 먼지가 조금도 남아 있지 않고, 더구나 방에 앉아 있는 그의 내면에도 조금의 속기마저 사라져 깨끗이 텅 비어있다. 내면은 맑고 깨끗하여 그 어느 것도 끼어들거나 물들일 수 없다. 내면에 천리의 존재를 알리기라도 하듯 맑은 종소리가 고요히 울려와 그의 성찰을 유발시켰다. 종소리는 깨달음의 상징으로 그의 내면이 천리와 함께 유행하고 있다는 자기 자각인 것이다.

轉句의 '香爐灰白心俱死'는 무엇을 의미하는가? 바로 '심약사회(心若死灰)'[92]를 가리킨다. 마음이 식은 재와 같다는 것은 기심이 소진되어 외부의 어떤 유혹도 파고들 수 없는 맑은 정신 경계다.

---

91) 이 시는 申光漢 혼자 夜窓에서 일어난 감회를 읊은 것이지, 鄭浩浩와 함께 한 것이 아니다. 만약 承句의 '談屑'을 그와 鄭浩浩 두 사람이 끝없이 이야기를 나누는 모습으로 해석할 경우, 뒤의 '蕭蕭'와 어울리지 않는다. 그리고 창 안에 그와 鄭浩浩가 함께 있었다면 轉句와 結句의 내용과도 조화롭게 연결되지 않는다. 그러므로 이 시는 그가 혼자 夜窓에서 느낀 감상을 鄭浩浩의 시운에 차운해서 읊은 것으로 보아야 한다.

92) 心若死灰는 『莊子』, 「知北遊」, "形若槁骸, 心若死灰."에 나오는 용어로 외물에 움직이지 않는 일종의 정신상태를 형용한 것이다. 도가에서는 마음에 잡념이 없어 無我에 이른 사상경계라 했고 불가에서는 마음속의 세속적 잡념, 때가 없는 경계라 했다. 도학에서는 인욕이 사라지고 도심으로 꽉 찬 상태를 의미한다.

그는 인욕과 온갖 잡념을 억누르기 위해 '나는 늙으면서부터 인욕을 억제할 수 있었으니, 입과 知가 변괴가 되고 배가 재앙이 된다.'93)고 하거나, '사마천의 『사기(史記)』를 읽으며 긴 여름을 보내고, 온갖 잡념을 제거하는 구양수의 시문도 나의 스승이다.'94)고 하였다. 그는 인욕이 생겨나는 것이 입과 知와 배에 있다고 생각하고 먹는 것에 주의를 기울였고 잡념을 제거할 수 있는 맑은 풍격을 지닌 구양수의 시문을 즐겨 읽었다. 결국 그는 인욕을 유발하는 기심을 없애고 공자의 천리동화적 삶과 안회의 안시처순, 안빈낙도하는 인생태도를 견지함으로써 천리로의 지향을 보인 것이다.

그는 처음 정치적 의도로 귀거래를 결심하였으나 여주 원형리에 귀거래하면서 점차 정치적 의도가 탈색되어 가고 내면적 침잠에 의한 천리 동화의 탈속적 삶에 만족하게 되었다. 그것은 『중용』과 『대학』의 '지지(知止)', 그리고 공자의 인욕이 소거된 천리로의 동화를 본받은 결과였던 것이다. 이 점을 통해 그의 도학적 정신 지향의 한 흐름을 확인할 수 있었다.

2) 도학적 의리 정신의 함양

신광한이 정치적 층위로의 의식을 결락한 채 자연 속에서 귀거래기를 보내는 동안 그의 의식 저편에는 탈속적 미감으로 극복되지 않는 수심이 버티고 있었다. 그것은 아마도 『중용』이나 『대학』

---

93) 『문집』, 별집, 권6, 「張富平復寄死鴨一首, 願贖前鴈之命, 又戲答」, p.459. "我自老來能制欲, 口知爲怪腹爲災."
94) 『문집』, 별집, 권4, 「夏日, 孤山僑寓中」, p.432. "猶須司馬消長夏, 息慮歐陽亦我師."

의 '지지(知止)'에 충실한 일상에서 다소 변형된 자질로서 정치적 부면에 연원을 두고 있는 것이라 추측된다. 왜냐하면, 탈속적 귀거래로는 채울 수 없는 경세(經世)에 대한 의지가 그의 의식 한 켠에 준동하고 있기 때문이다.

다음 시는 약하기는 하지만 그의 경세에 대한 관심을 보여 준다.

干祿時旣往	녹 구하려 하나 때 이미 지났고
學稼頭亦白	농사 배우고 싶으나 머리 세었네.
此物無可用	이 몸 쓸 데 없으니
安所識苦樂	어디에서 인생의 고락을 알랴?
怡然一室內	편안히 방에서
往往讀古籍	옛 책을 읽네.
古籍自有味	옛 책은 절로 맛이 있어
味至輒忘食	맛 좋으면 끼니도 잊네.
淸風爲我吹	맑은 바람 나를 위해 불어오고
百年欣有得	평생 얻음이 있는 것 기쁘구나.
永懷知音士	오랫동안 知音을 그리워하였으나
悵望世已隔	막혀버린 세상 서글피 바라보네.
荊婦善繼志	아내는 나의 뜻 잘 받들어
麥酒報新熟	보리술이 막 익었다 알려 주네.
頹然醉臥地	거나하게 취하여 땅에 누웠으니
萬古一窓北95)	北窓에 만고의 세월이 흐르네.

이 시를 언뜻 보면 북쪽 창가에서 술을 즐기며 보내는 탈속적인 삶을 주제화한 것처럼 보일 수도 있으나, 1구~4구와 11구~12구에서 전해오는 의식의 긴장은 시의 주제를 단순하게 보기 어렵게 만든다. 그는 사(士)로 세상에 태어나 위국보민(爲國保民)하는 경세의 의지를 펼쳐 보려 하였으나 때가 이미 지나 버렸다. 또, 농사

---

95) 『문집』, 권3, 「夏日書事」, p.275.

를 배우려 하였으나 늙어버린 처지였다. 그러므로 그가 느낄 수 있는 것은 쓸모없는 자신에 대한 회한뿐이다. 그는 평생 자신을 알아주는 친구를 그리워하였지만 세상이 막혀 버려 희망마저도 좌절되었다. 여기에서 그의 의식의 긴장은 정치적 층위에서 일어났는데, 그는 정치적 모순에 대해 슬퍼하면서도 도리어 자기 내면으로 침적(沈積)시켜 버렸다. 그것은 시의 결구와 의미 배치의 기교에서도 간취가 가능하다. 시의 시작을 긴장으로 끌어낸 후 긴장이 고조될 무렵 바로 이완시키고는 다시 긴장과 이완이 반복된다. 1구~4구가 자신에 대한 회한으로 긴장에 해당하고 5구~10구까지는 편안히 독서를 즐기면서 망식(忘食)하고 맑은 바람 쏘이는 한가하고 여유로운 생활에 대한 묘사로서, 의식의 이완을 맡고 있다. 11구~12구는 지음(知音)의 부재(不在)에 대한 비애로서 다시 의식을 긴장하게 하고, 13구~16구에서 아내의 재치 때문에 의식을 이완시킨다. 이 시에서 강하게 읽힐 곳은 이완된 부분이 아니라 긴장된 부분이다. 그러므로 시의 주조도 탈속적인 편안함보다는 탈속적인 생활로는 충족시킬 수 없는 어떤 정신적 긴장에 놓여져 있다. 정신적 긴장은 회한, 수심, 비애로 드러나는데, 그 원인이 정치적 실각, 노년을 맞은 자신의 무용함, 지음의 부재로 말미암아 경세 의지를 펼 수 없는 절망감에 있다고 여겨진다. 그는 이와 같이 지음의 부재와 자신의 무용함, 정치적 좌절로 인해 자신의 경세 포부를 펼 수 없는 현실에 대한 절망을 늙은 천리마로 대타화(對他化)시키고 있다.

曾從少隊過西陲　　예전에 젊은 무리들을 따라 서쪽 변방 지났거니

霧鬣霜蹄絶世姿	아름다운 말갈기에 서리 발굽은 절세의 자태였네.
銅樏未看肥作病	구리 구유에서는 살쪄 병난 적 없었고
玉閑那得臥思帷	좋은 우리에서 어찌 막사에 누울 줄 생각이나 하였으랴?
空聞市上收金骨	저자에서 천리마 모은다던데
無復人中相牝驪	천리마 알아보는 사람 없네.
更欲驍騰身已老	거세게 뛰어오르려 하나 몸 이미 늙어
夜牕風雨齕枯萁96)	밤 창에 비바람 몰아치는데 마른 콩깍지 씹고 있네.

이 시에서 시적 화자가 읊고 있는 대상은 늙어버린 천리마다. 그러나 늙은 천리마는 실은 그의 자화상인 것이다. 천리마는 예전에 하얀 말갈기 바람에 날리며 서리 내린 길을 주저 없이 박차고 내달린 위용으로 서쪽에서 용맹을 떨치었다. 또, 천리마로서의 자질을 지녀 좋은 환경에서 기름진 음식을 먹고 편안히 쉴 수 있었다. 首聯과 頷聯은 늙은 천리마를 보면서 과거를 추정하는 내용이다. 그것은 젊은 시절 경직(京職)에서 중종(中宗)의 총애를 받으며 청운의 꿈을 품었던 자신의 모습이었다. 尾聯에서는 힘껏 내달려 보고자 하나 몸이 이미 늙어버려 쓸쓸히 비바람 몰아치는 창가에서 거친 여물 먹는 천리마를 바라보며 늙은 자신을 반추한다. 頸聯에서는 세상에 상마자(相馬者)가 없다는 울분으로 넌지시 자신의 불만을 드러내었는데, 시 전체를 놓고 볼 때 시상 전개에 있어 긴장은 首・頷聯보다는 頸聯과 尾聯에 집중 배치되었다. 이 시를 단순하게 늙은 천리마의 과거와 현재의 술회로 읽을 수 없게 하는 것이 바로 頸聯인데, 이곳에 그의 정서가 부정적으로 강하게 직서되고 있기 때문이다. 천리마에게 상마자(相馬者)가 없다는 것은 자신의 재능을 알아 줄 지음이 없는 것을 뜻한다.

---

96) 『문집』, 별집, 권3, 「詠老驥」, p.423.

이 시에서는 늙어 구박받는 천리마로써 정치적 좌절을 겪은 무용한 노년의 자신을 형상하였고, 천리마에게 상마자(相馬者)가 없다는 것으로써 그를 알아줄 지음(知音)의 부재를 통렬히 그려내었다. 이것은 바로 앞에서 살펴본 「하일서사(夏日書事)」시의 '이 몸 쓸 데 없으니(此物無可用)'와 '오랫동안 지음을 그리워했으나 막혀버린 세상 서글피 바라보네.(永懷知音士, 悵望世已隔)'에서 나타내고자 하였던 통분, 그것의 또 다른 표현인 것이다. 시의 전체적인 분위기도 전반적으로 어두운 편인데 그 이유는 노년의 회한과 지음의 부재에서 오는 비분, 그리고 정치적 패배에 기인한 경세 의지의 좌절 때문이다. 이러한 그의 수심은 응결되어 정서 단위에서 그를 옥죄는 기제로 작용한다.

今古經心坐不聊	예전 일 맘에 걸려 심란하게 앉았거니
無邊秋意雨蕭蕭	끝없는 가을 정취에 비마저 추적추적.
山容似怨歸黃落	산은 원망하듯 낙엽 떨구고
天氣應催作沈寥	날씨가 재촉하여 쓸쓸해지네.
宋玉豈曾偏坎廩	宋玉만이 어찌 유독 불우했으랴?
莊周安得更逍遙	莊子라도 어찌 다시 소요할 수 있으리?
離騷自是撩人意	『離騷』는 사람의 마음을 어지럽히니
誰送千窮集此宵[97]	누가 온갖 근심 보내와 오늘밤에 모이게 하였나?

이 시는 가을 비 내리는 풍경을 그린 경물시처럼 보이지만 경물에 대한 묘사보다는 가을비 바라보며 떠오르는 개인적 심사를 정서화한 서정시에 가까워 보인다. 계절을 암시하는 시어는 '秋意', '雨蕭蕭', '黃落', '沈寥' 뿐이다. 더구나 가을의 경치를 펼쳐내는

---

97) 『문집』, 권3, 「秋雨書懷」, pp.269 - 270.

데에는 '雨蕭蕭', '黃落' 외에 시의 문면에 등장하는 것이 없다. 그런 만큼 객관물에서 받는 느낌을 최소화하는 대신 주관적 정서로 채워 놓았다. 시를 주도하는 정서는 원망, 슬픔, 울분 등 침울한 성분들이다. 주된 정서는 '無聊', '秋意', '雨蕭蕭', '怨', '黃落', '沈寥', '坎廩', '離騷', '撩人意', '千窮', '宵'의 시어들이 만들어내고 있다. 頷聯에서는 낙엽 떨어진 산에다 그의 격앙된 정서인 원망을 투사하였고, 날씨가 울적함을 만들어 낸다 하였다. 頸聯의 두 인물은 공통적인 요소가 없으므로 각기 다른 의미로 해석하여야 한다. 우선 송옥(宋玉)은 초나라 대부이면서 사부가(辭賦家)로 집이 매우 가난하여 한 겨울에도 옷이나 외투 없이 살았다고 한다.[98] 그리고 송옥이 지은 「구변(九辨)」의 首句가 "悲哉秋之爲氣也"로 시작되어 세상 사람들이 '悲秋憫志'의 대표인물이라 하였다.[99] 頸聯을 다시 풀어 보면, 그도 송옥만큼 불우하고 장자일지라도 다시 소요할 수 없는 비애를 담아내고 있는 것이다. 尾聯에서, 『이소(離騷)』는 사람의 마음을 어지럽히는 것인데 근심들이 오늘 밤에 한꺼번에 일어나 고달프다고 하였다. 이 시를 보면, 온갖 근심들이 그의 내심에 떠올라 그를 에워싸고 있다. 이 근심들은 가을이라는 계절적 감각이 빚어낸 것만은 아닐 것이다. 그를 수심에 빠뜨려 비애에 젖게 한 것으로는 정치적 실각, 지음의 부재, 노년을 맞은 자신의 무용함이 빚어낸 경세적 의지의 좌절을 들 수 있다. 다음 시에서 경세 의지가 좌절된 충격이 어떠하였는지 확인할

---

98) 廖仲安, 劉國盈 주편, 『中國古典文學辭典』, 북경출판사, 1989. p.8. "著名辭賦家, 戰國時楚人. 其家甚貧, 御冬無衣裘."

99) "九辨首句爲悲哉秋之爲氣也. 故後人常以宋玉爲悲秋憫志的代表人物." (『한어대사전』3권, p.1339)

수 있을 것이다.

1 少小學孔子	어려서 공자를 배워
老大無異師	늙도록 다른 스승 없었네.
前言謂可法	이전의 말씀 본받을 만 하였고
往行謂可追	예전의 행동 좇을 만 했네.
5 昭哉精一心	밝은 정일한 마음
萬古罔云墜	영원토록 사라지지 않았네.
懇懇經與籍	정성스런 경적들
奚但紙傳爲	어찌 종이로만 전한 것이랴?
將以效當時	당시에 본받으려 했으나
10 孰知非所宜	누가 적당하지 않았음을 알았으리?
明明忽自惑	환한 듯 했는데 홀연히 스스로 의심하여
若受聖賢欺	성현에게 속은 듯 했네.
莊周逃世士	장자는 세상에서 달아난 자로
晚欲往從之	뒤늦게 가서 좇으려 했지.
15 仲尼如可作	공자께서 일어나실 수만 있다면
請復辨狐疑[100]	다시 나의 의심 밝혀주길 청하리라.

이 시는 그가 사화 체험 후 여주 원형리에서의 귀거래 초기에 품었던 신념의 회의를, 노년기에 이르러 회상하면서 반성한 시다. 그런 만큼 그는 귀거래 초기에 혼란스러웠던 그의 내면세계를 또렷이 기억해내고 있다. 이 시에는 귀거래 할 당시 자신이 믿어왔던 정치 철학에 대한 부정이 시의 표면에 포치되어 있다. 도학의 이론적 층위에서 형성된 그의 경세 의지가 현실에, 특히 정치적 부면에 적용될 때 발생하는 부조화, 모순을 온몸으로 경험한 그에게 있어 이러한 파열음이나 반작용은 당연해 보인다. 1구~2구는 어려서부터 평생을 공문(孔門)에 몸담으면서 공자만을 사사하였다

---

100) 『문집』, 권2, 「古風」, p.245.

고 하였다. 3구～10구까지는 공문에서 성현들의 언행을 본받았다는 사실과 영원불멸하리라 생각하였던 정일(精一)한 심법(心法), 경전과 전적 등을 체계적으로 숙습하였음을 제시하였다. 1구～10구는 유가의 보편적 입장을 개진할 때 상투적으로 사용하는 것이지만,[101] 11구 이후의 내용에 근거하여 보면, 단순히 유가의 보편적 입장에 대한 자신의 소회를 객관적으로 나열해 놓은 것만이 아님을 알게 된다. 귀거래 할 당시에 그가 의심하지 않고 당연시하였던 것들, 그것들이 그에게 부조화를 체감케 하자 도리어 회의해야 할 대상으로 삼아 시 전면에 부각시킨 것이다. 11구～14구까지는 자기의 경세 의지에 대한 회의이고 부정이다. 그는 경세 의지가 좌절된 것에 충격을 받아 성인의 뜻이 옳지 않은 것이어서 성인에게 속았으며 그래서 모든 것을 의심한다고 하였다. 그가 귀거래 할 당시에 장자를 좇고자 한 것을 보면 그의 경세 의지에 대한 절망이 얼마나 심각한 것이었는지 알 수 있다. 그러므로 이 시에서 주목하여 읽어야 할 것은 그가 귀거래 할 당시에 품었던 신념에 대해 회의하고 부정하는 구체적인 양상이지, 노경에 이르러 예전의 사고나 행동에 대해 후회하고 반성하는 부분이어서는 안 된다.

그의 시에서 이처럼 신념에 대해 회의하고 자신의 울분을 토로한 모습을 보인 시는 없다. 이는 그가 귀거래 할 당시의 상황이 그의 평소 신념마저도 회의하고 부정해야 할 만큼 가혹하고 절박한 것이었음을 보여주는 것이다. 이 시에서 그는 귀거래 할 때에 도학적 사유를 방기하고 장자(莊子)로의 추향을 택한다고 하였다. 그러나 실제 그의 삶은 그렇게 전개되지 않았다. 생활에서 그의

---

101) 윤채근, 전게 논문, p.195.

말을 실천하지 못한, 아니 실천하지 않은 이유를 우리는 어렵지 않게 발견할 수 있다. 그는 평생 도학자로서 도학적 교양이 몸에 배어있었고, 시의 마지막 15~16구를 보아도 귀거래 당시에 회의했던 자신의 의혹을 다른 데에서 풀지 않고 공문 속에서 해결하고자 하였으며, 노년에 이르러 귀거래 초기에 품었던 이러한 신념에 대한 회의나 부정에 대해 반성하고 후회하는 태도를 취하는 그의 의식에서 읽을 수 있다. 15~16구는 그가 아직도 성인에 대해 부정적으로 인식하여 회의하는 모습이 아니라, 귀거래 할 당시에 품었던 의혹이 노년기에 이르면서 절로 사라지고 도리어 성인에 대한 신념이 확고해진 상태를 보여 준다. 이는 그가 노경에 이르러 귀거래 초기에 지녔던 신념적 회의를 반성함으로써 그의 도학자로서의 면모를 더욱 강화시키는 역할을 한다. 그가 노년기에 이르러 공자에게 물으려 한 것은 아마도 내면적 수양에 관련되는 '존양(存養)'보다는 타인에게 적용될 때 생기는 경세 의지의 좌절과 유관한 것이리라. 결국 귀거래기에 그를 수심에 젖게 한 요인은 궁극적으로 경세 의지 때문이었음을 알 수 있다.

그렇다면 귀거래하면서 '장자를 좇고자 한' 그의 언급은 시의 문면에서 차탄의 울림만 내고 사라지는 것인가? 또 성현에게 풀어놓은 그의 비분은 어떻게 된 것인가? 그것은 그가 정치적 좌절을 외향화시켜 발산하는 대신에 내면으로 감추어 삭이는 내향적인 자세를 견지한 것[102]으로 해명될 수 있다. 귀거래기에 그에게 나타나는 정서화된 수심은 바로 경세 의지의 좌절이 초래한 차탄과 비분이 내적으로 온장된 결과다.[103] 이렇듯 그는 정치적 패배를 겪은 후,

---

102) 윤채근, 전게 논문, p.195.

자신이 공부해서 얻은 도학적 이론에 비추어 경세 의지의 좌절이라는 실제와 도학적 이론과의 괴리를 절감하고는 거기에서 발생한 모순이나 부작용을 내면으로 수렴하였다. 그리고 그가 도학적 이론에 대해 피상적인 회의를 보일 뿐, 원론적 입장에서 조목조목 비판하거나 부정하지 않은 이유를 어렵지 않게 간취할 수 있다. 그가 의심을 품은 것은 '존양'성향의 도학적 이론 자체가 아니라 '존양'성향의 도학적 이론이 '경세(經世)'성향의 도학적 이론으로 전용될 때 발생하는 부조화와 균열이었던 것이다. 이제 그의 시에 산견되는 수심의 실체가 드러났다. 하지만 그의 이후 삶의 궤적을 통하여 그가 수심을 소산시키려는 적극적 행동을 취하는 데 둔한하였음을 알 수 있다. 그 까닭은 앞의 논의 과정에서 시사되었다고 보이며, 그는 결국 문학적 공간 속에서 사유의 비월을 통해 수심의 희석을 의도하는 방향으로 나아간다.

이러한 소극적 태도는 비단 그에게만 나타나는 것이 아니라 그 시대 다른 시인들에게서도 보이는 공통적 방식이다. 이것은 심성수양의 일환으로서 문학을 인정하고 현실을 멀리하는 초연한 자세로 인욕을 씻고 청정한 정신을 찾으려는 데서 형성된 미의식을 바탕으로 고답적이며 맑고 청정한 심상으로 구축된 시세계와는 변별된다.104) 또 이황(李滉)의 시가 보여주는 것과 같은 정신의 고양을 추구함에 따라 구축된 청정하면서도 초월적인 것에의 희구105)와도

---

103) 김흥규, 「江湖自然과 政治 現實」, 『세계의 문학(19호)』, 민음사, 1981. "사림파의 좌절은 李賢輔에게서 드러나듯 낙관적 세계관으로부터 정치현실과 강호자연을 조화로운 연속체가 아니라, 도덕적·심리적으로 단절된 것이며 그 분열이 쉽사리 초극될 수 없다는 인식으로 나타나 內面主義的 傾向을 띠게 되었다."와 같은 논조다.

104) 安炳鶴, 「三唐派 詩世界 硏究」, 고려대 박사논문, 1988, pp.37 - 38.

105) 李東歡, 「퇴계의 시에 대하여」, 『퇴계 학보(19집)』, 1978, pp.272 - 279.

같지 않다. 물론 원인은 도학의 이론 공부가 깊지 못한 데에 있고, 도학의 과도기 가운데 그가 위치하여 과도기적 면모를 보여주고 있기 때문이다. 그는 퇴계(退溪)나 율곡(栗谷)처럼 도학의 깊이가 깊지는 못했지만 심성수양의 일부로서 문학을 인식하고 그 속에서 사유의 비월을 거쳐 구현하는 방식에서 도학의 과도적 양상을 반영하고 있다. 다음 시가 그 예다.

追憶曾遊壬午年	임오년에 노닐던 기억 해보니
客行維得雨中船	나그네 길에 비 오는 배에서 만났었지.
江流未往僧還老	강물 그대로인데 스님 늙었고
天古長存月更圓	하늘은 변함없어 달 다시 둥글었네.
白氏晚多方外友	백거사는 만년에 방외의 벗 많았고
蘇生今愛佛前禪	소선생은 지금 부처 앞 참선을 좋아하네.
酸辛甘苦人間事	시고 맵고 달고 쓴 인간 세상 일
五味何從嶺表傳106)	다섯 맛이 어떻게 영동에서 전해졌나?

이 시는 영운(靈運) 스님의 시축에 쓴 것이다. 임오년(1522년)에 그는 삼척부사로서 영동에서 노닐었다. 頷聯에서는 변하지 않는 강물과 세월에 주목하고서 늙어가는 자신과 스님의 모습을 발견하였다. 頸聯에 등장한 백거사와 소선생은 백거이(白居易)와 소진(蘇晉)이다. 백거이에게는 말년에 방외의 벗들이 많았고, 소진107)에게는 불선(佛禪)의 취향이 있었다. 頸聯에서 백거이와 소진을 든 이유는 바로 그가 백거이나 소진처럼 방외의 뜻과 선적 취향108)으로의 사유의 비월이 확대되고 있어서

---

106) 『문집』, 별집, 권6, 「書靈運上人詩軸」, pp.460-461.

107) 杜甫, 「飮中八仙歌」, (『杜詩詳注』). "蘇晉長齋繡佛前, 醉中往往愛逃禪."

108) 『문집』, 별집, 권1, 「用靈運詩軸韻, 書俊上人軸」, p.398. "宦味紅塵曾染指, 儒林白

다. 그의 사유는 항상 도학이라는 울타리 속에 존립하고 있어 초탈할 수 없지만, 경세 의지로 인한 초극할 수 없는 내면적 수심을 지극히 소극적인 문학에서의 비월을 통해 소산시키려 하고 있다. 그의 이러한 경세에 대한 관심은 현실 인식으로 확대된다.

신광한이 활동했던 당시 시대 정황을 그가 지은 「과라화명령설(蜾蠃化螟蛉說)」에서 살필 수 있다.

> 대저 때에 따라 변화하는 것은 외물에 있다. 『시경(詩經)』에 "8월 사종(斯螽), 9월 사계(莎鷄), 10월 실솔(蟋蟀)"이라 한 것이 이것이다. 생생화화(生生化化)할 수 있는 것도 외물에 있다. 너는 유독 누에치는 것을 보지 못했느냐? 누에가 고치를 만들고 고치가 벌레와 나방을 생기게 하며, 나방이 교미하여 알을 낳고 알이 또한 누에를 생기게 한다. 외물 중에 외물을 변화시킬 수 있는 것은 오직 과라(蜾蠃)만이 할 수 있다. 동자가 말하기를 "외물도 진실로 할 수 있으나, 사람도 또한 할 수 있는 자가 있습니까?" 선생이 말하기를 "좋은 질문이구나! 옛날에 공자는 추(鄒) 사람의 자식으로 성이 된 자다. 안회(顔回)는 안로(顔路)의 자식으로 현이 된 자다. 공자는 안로의 자식으로 하여금 보고 듣고 말하고 행동하는 것을 자기 닮게 하셨으니 이것도 또한 변화시킨 것이다. 사람으로서 남을 변화시킨 것은 공자만이 할 수 있었다. 이후로는 사람으로서 남을 변화시킬 수 있는 사람도 없고, 사람으로서 또한 남에게 변화될 수 있는 사람도 없으니 슬프다."[109]

윗글은 그가 며칠동안 과라(蜾蠃)(나나니벌)가 명령(螟蛉)(배추벌

首欲逃禪."

109) 『문집』, 권1, 「蜾蠃化螟蛉說」, p.479. "夫能隨時變化者物有之. 詩云, 八月斯螽, 九月莎鷄, 十月蟋蟀是也. 能生生化化者物有之. 汝獨不見養蠶者乎, 蠶作繭, 繭生蟲及蛾, 蛾交而生卵, 卵又生蠶. 至於物而能化物者, 唯蜾蠃能之. 童子曰, 物固能之, 人亦有之乎. 先生曰, 善哉問也. 昔仲尼, 鄒人之子而聖者也. 顔回, 路之子而賢者也. 仲尼能使顔路之子視聽類我, 言動類我, 是亦化也. 人能化人者, 唯仲尼能之. 自是以後, 人無能化人者, 人亦無能化於人者, 悲夫."

레)을 키워 변화시키는 것을[110) 관찰한 후, 자신의 심회를 편 것이다. 윗글에서 주의 깊게 보아야 할 대목은 그가 왜 과라가 명령을 길러주는 현상을 보고서 공자가 안회를 변화시킨 사실을 떠올리게 되었느냐다. 그 이유를 제시하지 않았기 때문에 확인할 길은 없으나 그 자신의 정치적인 경험과 연계되어 있음은 명확해 보인다. 이 글은 넓게 보면, 성인의 교화가 끊긴 시대를 마음 아파하는 모습으로 읽을 수도 있지만, 좁게 볼 경우 그의 개인적인 체험에서부터 격발된 시대 인식으로도 생각될 수 있다. 태어나면서 끊임없이 변화하는 것은 누에인데 누에는 누에→ 고치→ 번데기→ 나방→ 알의 상태를 계속 반복한다. 누에는 누에의 존재 이치에 따라 스스로 변태하지만, 즉 변태의 원리가 주체인 누에 속에 내재해 있지만 변화의 주체인 과라는 객체인 명령의 내재리에 의해서가 아니라 주체의 습성에 따라 객체를 기르는 특이한 생태를 가지고 있다. 과라가 명령을 길러 생장시켰듯이 사람으로서 사람을 변화시킨 것은 바로 공자가 안회를 변화시킨 경우다. 공자는 성인으로서 안회에게 '사물(四勿)'을 하도록 권하여 視·聽·言·動을 자신과 닮게 하였다. 그러나 신광한 자신이 살던 당시는 교화로써 남을 변화시킬 수 있는 사람도 없었고, 또 남에게 변화될 수 있는 사람도 없는, 성인의 학문이 실행되지 못하고 의리가 실천되지 못하는 시대였던 것이다.

---

110) 蜾蠃는 기생하는 벌의 일종으로 蒲盧라고도 한다. 허리가 잘록하고 몸은 검푸른 색을 띤다. 크기는 반치쯤 되고 진흙으로 나뭇가지나 흙벽에 집을 지어 螟蛉 등의 해충을 잡아 幼蟲의 먹이로 삼는다. 이것을 두고 옛 사람들은 蜾蠃가 螟蛉을 업고가 길러준다고 오해하였다. 『詩經·小雅』, 「小宛」편의 '螟蛉有子, 蜾蠃負之.'의 鄭玄 箋에 과라가 명령의 새끼를 데리고 가 품어주고 먹여 길러 제 새끼로 삼는다고 하였는데 사실 그도 정현의 설을 수용해 오해한 것이다.

다음 시도 『춘추(春秋)』의 의리가 실현될 수 없는 현실을 보여
준다.

神農既沒虞夏遠　　신농씨는 이미 죽고 우하도 멀며
西伯寂寞周公亡　　西伯昌은 적막하고 주공도 죽었네.
淳風去世挽不回　　순박한 풍속의 세상은 멀어 당겨 회복할 수 없고
縱有作者徒遑遑　　비록 되살아난다 해도 허둥대기만.
彌縫天下魯中叟　　천하를 바로 세운 공자께선
嘆鳳傷衰逢楚狂　　봉황이 다치고 쇠약한 것을 탄식하다 초의 接輿
　　　　　　　　　를 만났네.

常聞麟是聖之瑞　　항상 기린은 성인이 나올 상서로운 징조라
出則文明王道昌　　나오면 문명과 왕도가 창성해 진다 들었네.
如何西狩謾傷足　　어쩌다 서쪽에서 사냥해 발을 다치게 하여
竟使象尼雙淚滂　　공자로 하여금 눈물 흘리게 하였나?
春秋筆絶吾道窮　　춘추를 쓰는 붓 부러뜨리자 우리 도도 궁해져
麟至于玆還不祥111)　기린이 이 때에 이르러도 상서롭지 못해.

의리가 행해졌던 태평성세인 신농(神農) 시대와 우하(虞夏) 시대
는 역사 저편으로 사라진지 오래고, 백성을 위한 정치를 폈던 문
왕(文王)도 조카를 위해 섭정했던 주공(周公)도 벌써 죽었다. 순박
한 풍속이 사라진지 오래되어 회복하려 해도 할 수 없다. 그래서
그는 천하를 바로 세운 공자께서 시대를 아파하다 초(楚)의 광인
(狂人) 접여(接輿)를 만난 사실을 떠올렸다. 기린은 상서로운 동물
로서 성인이 나타나기 바로 전에 나타나 성인의 도래를 예고하는
길조다. 기린이 나타나면 성인이 천하를 인도하여 문명이 번창하고
덕치가 이루어져 왕도정치를 실현할 수 있다. 그러나 공자가 춘추
를 쓰면서 서쪽에서 기린을 사냥해 잡았다는 기사에서, 잡았던 붓

---

111) 『문집』, 권5, 「獲麟」, p.298.

을 꺾은 후 춘추필법으로 의리를 담아내는 것이 더 이상 계속될 수 없었다. 결국 의리가 인간관계에서 실현되기 어렵게 되었고, 불의가 세상 속에서 빈번하게 자행되었던 것이다. 그렇기에 불의가 횡행하는 시대에 기린이 나타난 것은 도리어 불길한 징조라고 생각하였다. 그는 당시를 불의로 가득해 의리가 더 이상 실현되지 못하는 시대로 인식한 것이다. 그 때문에 그는 더욱 더 생활에서 의리를 실천하고자 하였다.

다음의 기록은 그가 의를 실천하는데 얼마나 과감했는지를 잘 보여준다.

> 당시 신진 사류들이 임금께 신임 받는 것을 기뻐하여 일처리를 과격하게 하자, 두 세 재상들이 과격한 일처리를 비판하며 죄 주고자 하였다. 공도 귀양 가야 할 처지였으나 대신들의 변호에 힘입어 죄를 면할 수 있었다. 예전부터 공과 친하게 지내던 사람 중에 갇히거나 귀양 가거나 죽게 될 사람들이 있었는데, 사람들은 모두 화를 당할까 두려워하여 가까이 하려 하지 않았다. 공만이 정성을 다하여 멀리 교외까지 나와 전송하며 물건 보내주는 것을 그만두지 않았다. 의를 실행하는 데 용감하였으니 사화와 환란 때문에 그의 지조를 바꾸지 않은 것이 이러하였다.[112]

중종이 젊은 사림들을 대거 기용하자, 사림들이 임금의 지우를 믿고 일 처리를 과격하게 하여 재상들의 비난을 샀다. 훈구들은 사림의 세력 확장을 막으려고 중종 14년(1519년) 기묘사화를 일으켰다. 그도 기묘사화가 일어나기 전 해에 홍문관전한(弘文館典翰)으로 봉직하며 고금의 일에 대해 편전에서 논설하였는데, 중종이

---

112) 『문집』, 권14, 「文簡申公墓誌銘幷序」, p.386. "時新進喜於得君, 爲事過激, 二三宰執, 欲斥而加罪. 公亦當謫, 賴大臣辨釋獲免. 前日與公相好之人, 或有囚繫竄死者, 人皆畏禍, 不欲自近. 公獨備致殷勤, 遠送郊外, 不廢賻贈. 其勇於爲義, 不以禍患易其操類是."

피로함을 잊고 경청하여 새벽이 되어서야 물러 나오곤 하였다. 그때 중종이 공에게 '의리상으로는 군신지간이지만 정으로는 부자지간이다.'고 해 공이 임금의 말씀을 복응하고 결코 잊지 않았다.[113] 그도 중종의 지우를 한껏 받고 있었고 그로 인해 성균관대사성(成均館大司成), 대사간(大司諫)에 보임되었으며 기묘년에는 승정원도승지(承政院都承旨)로 승배(陞拜)되었다.

기묘사화가 일어난 후, 그도 신진 사류로서 죄를 받아야 할 입장이었으나 대신들의 두둔으로 죄를 피할 수 있었다. 대신들은 그가 신진 사류들과 같은 무리이긴 하나 꼭 짚을 만한 죄적(罪跡)이 없다[114]고 변호했던 것이다. 대신들이 왜 그를 변호하여 죄를 면하게 해 주었는지는 알 길이 없다. 그가 신숙주의 손자로서 훈구 가계였기 때문에 죄를 받지 않았다고 볼 수도 있으나,[115] 그가 교유한 인물들이 대부분 사림이었다는 점을 생각해 보면 과연 그러했을 지 의문이 간다. 다만 그가 조광조 등 핵심 사림들과 교분을 쌓았다고 하지만 그들의 급진성을 추종하지 않고 온건성을 유지한 온건사림이었기 때문에 죄를 면하지 않았을까 추정할 뿐이다.

자신의 안위도 담보할 수 없는 상황에서 반역죄로 몰린 조광조 등을 면회하고, 귀양 가는 그들을 전송하며 먹을 것, 입을 것까지 챙겨 주었으니, 이는 분녕 세정에 나라 번지 않는 굳고 한결같은

---

113) 『문집』, 권14, 「文簡申公墓誌銘并序」, p.386. "又移弘文館典翰, 時上厲精學問, 眷注儒臣, 夜對講官于便殿, 公論說古今, 裨益弘多, 上聽之忘倦, 至五鼓而退者數矣. 上語公曰, 十年帷幄, 情懷密勿, 義雖君臣, 情猶父子, 公佩服宸教, 終身不敢忘."

114) 『문집』, 권14, 「文簡公行狀」, p.377. "左右皆曰, 此人雖與彼同流, 無可指名之迹."

115) 그가 가문의 후광으로 承文博士에서 免職을 모면한 기사가 1513년 (그의 나이 30세) 실록에 보이나 이 때에는 사안이 미미하여 정맥, 인맥이 능력을 발휘할 수 있었겠지만 己卯士禍처럼 훈구와 사림이라는 양 계파간의 갈등 속에서 과연 家系를 통한 인맥·정맥이 얼마나 효력을 낼 수 있었는지 의심하지 않을 수 없다.

그의 의리 정신이 발현된 것이다.116) 그가 19세의 젊은 나이에 지은 「만리구부(萬里鷗賦)」에서 "나의 갈매기와 같은 본성은 본디 초월을 일삼기에, 인간 세상에 길들여지지 않네. 어찌 저 도회지의 아름다움을 좋아하랴? 멀리 험난한 곳에 몸을 던진다."117)고 자신의 웅지와 포부를 노래했다. 얽매이는 것을 싫어하는 천성118)을 가졌기 때문에 편안한 곳에 안주하지 않겠다고 다짐한 것이다.

다음 「병학부(病鶴賦)」에서는 그가 당대 사회를 어떻게 인식하고 있었는지 보여준다.

> 아! 학아! 화표주(華表柱)를 그리워 마라. 성곽은 그대로인데 사람들은 이미 아니네. 늘어선 무덤 앞에, 서글픔 그지없네. 아! 학아! 옥황궁을 그리워 마라. 하늘 문이 아홉 겹이고, 사나운 개가 으르렁거리네. 천상의 음악이 연주되고, 자주 너울너울 춤을 추네. 아! 학아! 요지(瑤池)의 잔치를 그리워 마라. 여러 신선들이 모두 모여, 아름답게 담소하네. 동서에서 맞이하며, 고삐잡고 말 모느라 어지러이 바쁘네. 아! 학아! 인간 세상을 그리워 마라. 화정(華亭)에 사람은 떠나버렸고, 벼슬바다에는 바람이 많네. 구름 그물이 들을 가리고, 피비린내 나는 비가 하늘에 출렁대네. 아! 학아! 나를 가여워 마라. 너는 나를 불러 놀고, 나는 너를 불러 나네. 우유하면서, 함께 백년을 노닐자구나.119)

그는 자신을 병든 학에다 비유하고 도인의 입을 빌어 의중을 담

---

116) 『문집』, 권14, 「文簡公行狀」, p.377. "光祖等就獄, 馳往與語, 及竄, 遠送郊外, 及致賻儀, 平生朋友之際, 雖在禍患之迫, 不爲世情變易, 所守之確常如此."

117) 『문집』, 권10, 「萬里鷗賦」, p.346. "嗟我鷗性本超越, 故不馴於人寰, 豈愛彼都邑之佳麗, 遽投身於阻艱."

118) 『문집』, 권2, 「以居南征, 遂卜地于驪江元亨里, 敍事三十韻」, p.245. "白駒非可縶, 海鳥本難馴."

119) 『문집』, 권10, 「病鶴賦」, p.348. "嗟乎鶴乎, 無戀華表柱些. 城郭雖是, 人民已非. 纍纍塚前, 易以生悲. 嗟乎鶴乎, 無戀玉皇家些. 天門九重, 猛犬哈呀, 鈞天廣樂, 屢舞婆娑. 嗟乎鶴乎, 無戀瑤池宴些. 群仙畢會, 咳語婉孌, 東迎西邀, 控御紛忽. 嗟乎鶴乎, 無戀塵世中些. 華亭人去, 宦海多風, 雲羅蔽野, 雨血漫空. 嗟乎鶴乎, 莫我傷兮. 汝呼我遊, 我呼汝翔, 優哉游哉, 等百年以徜徉."

아내었다. 그리고 그는 도인이 병든 학을 위로하는 형식으로 자신의 생각을 펼쳐내었다. 먼저 학에게 묘 앞에 세우는 문의 기둥인 화표주(華表柱)를 그리워해선 안 되는 이유를 들었다. 그것은 무덤 앞에 서면 슬픔이 끝없이 일어나기 때문이다. 옥황궁을 그리워하지 말라고 하면서 옥황궁에는 사나운 개가 도사리고 있으며 음악이 연주되고 춤을 추고 있는 모습만이 보일 뿐이라 알려 주었다. 요지(瑤池)에서 벌어지는 잔치도 많은 신선들이 모여 웃고 말하며 여기저기서 서로 맞이하고 말고삐 당기느라 분주할 따름이니 너무 동경하지 말라고 권하고 있다.

그가 말하고자 한 핵심은 바로 네 번째 당부에 있는 듯하다. 인간 세상을 동경해서는 안 되는 이유를 제시한 부분이 그가 당시 처했던 시대상황과 흡사하다. 환로에는 거센 바람이 많이 불어 일신의 안위마저 도모할 수 없고, 자신을 옥죄는 죄의 그물은 벌판을 가득 덮고 있으며 사람을 죽인 피가 하늘에 흘러넘친다고 하였다. 더구나 화정(華亭)에 노닐던 사람도 떠났다고 하였는데 그것은 '화정학려(華亭鶴唳)' 고사를 차용한 것이다. 화정은 서진(西晉) 시대 문인이었던 육기(陸機)가 와서 소요하던 곳이었는데 육기의 흥취를 안 학이 와서 함께 놀았다. 그 후 육기가 참소를 받아 억울하게 죽자, 화정의 학도 멀리 떠나가 다시는 학 울음소리를 그곳에서 들을 수 없었다고 한다. 육기가 참소를 당해 살해된 것은 의리가 행해지지 않고 불의가 만연되어 있음을 뜻한다. 의가 없는 곳에서 화정의 학이 떠나갔듯이 의리가 실천되지 않는 인간 세계를 학이 동경할 이유가 없다. 그래서 마지막 부분에서 도인과 학이 서로에게 의지한 채 불의한 세계를 떠나 우주 저 편에서 함께 노닐자고 제의한 것이다. 그는 병학(病鶴)을 통해 시대와 사회를 강한 논조로 비판하고 있다.

이것은 사화 체험 후 지어진 것으로 보이는데 "華亭人去, 宦海 多風. 雲羅蔽野, 雨血漫空."에서 기묘사화에 사림들이 벼슬에서 파직되고 죄의 그물에 걸려 피를 흘리며 죽임을 당하는 모습이 연상된다. 이후 그는 자주 시에서 "구불구불한 관문 길 언덕을 지날까 겁나고, 바람과 이내 자욱한 강물 건너기 싫어."[120] 라고 하거나 "마음이 편안하니 대졸(大拙)을 이루어 꿈에서도 놀란 물결 건널까 두려워."[121] 라고 하며 사화에서 느낀 공포를 읊곤 하였다. 그가 여주 원형리로 귀거래 할 때에는 발 디딘 밖에는, 바람이 놀라게 하고 물결이 내달렸으며 어지러이 일렁여 화복에 문이 없고, 악을 할 수도 없지만 선을 간직할 수도 없었다.[122] 그는 기묘사화에서는 죄를 면할 수 있었지만 신사무옥 때에는 죄를 입어 삼척부사에서 삭탈관직 되었다. 파직된 후, 그는 당화에 놀라 불의가 횡행하는 시대를 몸으로 직접 느끼며 선악마저도 주체적으로 결단하지 못하게 되어 결국 귀거래를 결심한 것이다.

다음 「전횡의사가(田橫義士歌)」는 불의에 대항하여 의리를 지키려는 그의 의지를 보여준다.

周衰列國多公子	주가 쇠하고 여러 나라에 공자들 많아
散盡黃金爭致士	황금을 나눠주며 다투어 인재를 부르네.
鷄鳴狗吠猶有待	닭 울음소리 개 짖는 소리 내는 사람도 대접받았는데

---

120) 『문집』, 권8, 「次韻」, p.330. "逶迤關路怯經丘, 浩蕩風煙厭渡流."

121) 『문집』, 권2, 「卜居偶吟」, p.252. "心休成大拙, 夢怕涉驚濤."

122) 『문집』, 권1, 「和歸去來辭」, p.238. "踐足之外, 風駭浪奔. 紛紜倚伏, 禍福無門. 惡不可爲, 善奚足存."

珠履三千竟誰倚	삼천 食客 중 上客들은 끝내 누구에게 귀의했나?
人生意氣貴相合	사람이 살면서 의기투합하는 것이 귀하고
殺身成仁爲知己	자기 알아주는 사람을 위해 몸 희생해 인을 이루네.
吾聞蒼海孤島中	나는 들으니 푸른 바다 외딴 섬에서
五百義士同日死	오백의 의로운 사람들이 한 날에 죽었다네.
當時四海波鼎沸	그 때 사해에는 물결이 솥에서처럼 끓어
魚鼈在陸龍失水	물고기와 자라가 뭍에 있고 용이 물을 잃었네.
圖王不成固已奇	왕을 꾀하였으나 이루지 못한 것 참으로 기이하고
卷甲觀時亦云美	전쟁을 끝내고 시절을 보니 또한 아름다워.
橫能以義感人心	전횡은 의로써 사람의 마음을 움직였으니
未必一島皆君子	섬에서 죽은 사람 모두 군자는 아니었으리라.
滄海雖涸厥響流	바다가 마를지라도 그 명예는 흐를 테지만
百年富貴同穴蟻	평생의 부귀는 구멍 속 개미와 같네.
詐力猶能得天下	거짓과 무력으로도 천하를 얻을 수는 있으나
得人心服誠難矣	마음속에서 우러난 복종을 얻기란 진실로 어려워.
韓彭葅醢鯨布夷	韓信·彭越은 젓갈 담겨 죽었고 黥布도 죽임을 당했으니
漢祖同心只一二[123]	漢高祖와 마음 맞은 사람은 한 둘 뿐.

  주나라가 쇠하고 열국 시대로 접어들면서 각국에서 황금으로 식객들을 불러 모으는 습속이 형성된 후 잔재주라도 가진 사람들은 하나도 빠짐없이 열국의 도성으로 초치되었다. 닭 울음소리와 개 짖는 소리를 잘 흉내 내는 사람들조차 융숭한 대우를 받았고 모략에 뛰어난 상객들은 자신을 알아준 사람에게 목숨을 바쳤다. 의기투합히는 사람들과 어울리는 것이 중요하고 자신을 알아 준 사람을 위해 목숨도 바치는 시대 분위기가 형성되었다. 열국들은 혼란할수록 인재를 중시했고, 인재들은 지우를 입은 것에 대해 의리를 실천하는 것으로 보답하려 했다. 바로 의리를 강조하는 시대적 기풍이 마련된 것이다. 그러므로 신광한은 열국 시대에 의리를 중시

---

123) 『문집』, 권5, 「田橫義士歌」, pp.299-300.

하는 시대 분위기 속에서 의를 궁행한 전횡(田橫)과 전횡을 따라 자결한 500인의 검객들이 보여준 의리 정신에 주목하였다.

전횡은 적인(狄人) 출신으로 초왕(楚王) 항우(項羽) 편에 서서 한왕(漢王)과 대립하였으며 스스로 제왕(齊王)이 되어 한왕과 마찬가지로 남면하여 왕 노릇을 하였다. 그런데 한왕이 천하를 얻고 나서 전횡을 맞아들이려 하자, 그는 예전의 한왕은 천자가 되었는데 나는 도망한 포로가 되었다며 신하되기를 매우 수치스럽게 여겼다. 결국 낙양(洛陽)에서 30리 남짓 떨어진 곳에서 스스로 목을 베어 일생을 마감하였다. 그 소식을 전해들은 검객 500인도 전횡의 의를 사모하여 따라 목숨을 끊었다. 그들의 죽음에 천지가 놀라 동탕하고 사물이 제자리를 잃은 것이다.

전횡은 의로써 검객 500인의 마음에서 우러난 복종을 얻었으니 그 명예로움이야 후대로 전해지겠지만 무덤 속에 묻히게 될 그의 죽음은 안타깝기 그지없다. 한고조는 거짓과 무력으로 천하를 얻었지만 자신의 좌우인 한신(韓信)과 팽월(彭越), 경포(黥布)를 믿지 못해 죽였다. 천하를 얻었지만 심복을 한 둘 밖에 얻지 못한 한고조보다, 비록 자결하였으나 심복을 500인이나 얻은 전횡이 더 의로운 삶을 살았음을 그는 말하고 싶었던 것이다. 그는 불의가 자행되는 시대를 살면서 불의를 극복하고 의리가 구현되는 세상을 이루기 위하여 불의에 굴하지 않고 자신의 뜻을 편 전횡과, 그와의 의리를 지키기 위해 자결한 500인의 검객들이 보여준 의리 정신에 감명 받지 않을 수 없었다.

그는 경세에 대한 의지를 접지 못한 채 현실을 직시하고 의리가 실현되지 못하는 시대를 마음 아파하였다. 그러면서 환로에 있을 때에는 의리를 실천하는 데에 과감하였고, 의에 기초해 시대 상황을 규정했으며 귀거래기에는 전횡과 500인의 검객이 보여준 의리 정신을 함양함으로써 맹자의 호연지기를 본받으려 하였다. 이것은 그의 도학적 정신 지향의 또 다른 일면을 보여 주는 것이다.

2. 이문화국(以文華國)의 다양한 추구

여말선초는 신흥 사대부의 등장으로 문학이 관인(官人)과 처사(處士)의 두 가지 양상을 띠게 된 후, 조선이 정치, 문화적으로 안정되면서부터 모호하던 두 경계가 차츰 간극을 넓히면서 훈구(勳舊)와 사림(士林), 사장(詞章)과 도학(道學)으로 고착되기 시작한다. 그렇다고 해서 확연히 분별되지는 않지만 경향성의 경중에 따라 거칠게나마 한계 지을 수 있다. 두 면모는 한 개인에게 있어 사장 성향이 강하게, 혹은 도학 성향이 강하게, 때로는 두 성향이 대등하게 나타나기도 한다. 그것은 사대부라는 신분상의 특성에 연유하는데, 만약 학덕을 쌓아 정계에 진출하여 인의를 펼치면 대부가 되는 것이고, 그러다 자신의 뜻이 꺾여 관직에서 물러나 산천을 벗하며 심성을 도야하면 사가 되는 것이다. 그러므로 개인의 학문적 배경이나 출사의 기회, 치사의 빈도에 따라 그의 정치적 성향이 좌우되고 그에 부응하여 문학적 성향도 영향을 받는다. 시문에 있어 도학과 사장이 갖는 의미 역시 정치적 성향과 문학적 성향 양면을 모두 지니고 있다. 물론 시문이라고 하는 것이 개인의 철학적 사유나 정치적 입지, 사적 여건을 투영하지만 그것으로 전부 명확해지는 것은 아니기에 더욱 그러하다.

그의 사장적 국면을 증거하는 것으로는 사림의표(士林儀表)로 재덕(才德)을 구비해야 맡을 수 있는 대제학(大提學)(문형(文衡))을 62세부터 71세까지 10년간 보임했다는 사실과 "대대로 조서(詔書)를 맡았으니 이문화국(以文華國)의 솜씨는 신이 준 것을 얻은 자만이 그러할 수 있다."[124] 한 것이나 명의 조사인 장승헌(張承憲)으로부터 "문장이 섬려할 뿐 아니라 도기도 존경할 만하다."[125]는 칭송을 받은 것을 들 수 있다. 그 외에도 『명종실록(明宗實錄)』에 수록된 그의 「졸기(卒記)」에 "영성부원군(靈城府院君) 신광한이 졸하다. 광한의 자는 한지(漢之)요, 고령인(高靈人) 숙주의 손자로서 문장으로 드러났다."[126]고 한 것과 사관(史官)의 평에 "광한은 문아인(文雅人)이다."[127]한 것 등이 있다.

위에서 사장적 성향의 언표들을 나열한 것은 그의 사장적 면모가 그만큼 주목받지 못했음을 반증하려 해서다. 그의 문학을 이해하기 위해서는 그의 사장적 면모가 제대로 밝혀져야 하고, 그것을 기반으로 하여 도학적 지향과 사장적 지향이 어떻게 길항되었는지 고구되어야 한다. 그리고 그의 시문에 보이는 국면이 도학적이건

---

124) 『문집』, 권14, 「文簡申公墓誌銘幷序」, p.388. "世掌絲綸, 華國之手, 得於神授者然也."

125) 『문집』, 권14, 「文簡公行狀」, p.379. "申吏曹非但文詞瞻麗, 道器可敬.";『문집』, 권14, 「文簡申公墓誌銘幷序」, p.387. "申吏曹非獨文章瞻麗, 道器亦可敬." 이것은 그가 사장과 도학적 성향을 공유하고 있다는 방증이기도 하다.

126) 『明宗實錄』(『朝鮮王朝實錄』20, 國史編纂委員會.), 권19, p.308, 十年 乙卯 閏十一月 記事. "靈城府院君申光漢卒. 光漢字漢之, 高靈人叔舟之孫也, 世以文章顯."

127) 『明宗實錄』(『朝鮮王朝實錄』20, 國史編纂委員會.), 권19, p.308, 十年 乙卯 閏十一月 記事에 대한 史官의 評. "光漢, 文雅人也."

사장적이건, 또 문학적 비중이 높건 낮건 간에 존재하고 있는 그대로의 모습을 밝히는 작업 역시 중요하다. 그런 편린들이 모여야만 그의 시문의 미시망을 짜는데 유효하다는 점도 간과해서는 안 될 것이다.

이 절에서는 그가 정치에 참여하여 국가의 공적인 문서를 작성하면서 자신의 문재를 펼친 시들과 그의 사장 의식이 특히 제고되어지는 시기[128], 즉 탁월한 문재로 명의 사신을 영송(迎送)해야 하는 영위사(迎慰使), 원접사(遠接使)였을 때에 차운, 화운하여 명사(明使)와의 우의를 다지거나 민족적 자긍을 드러낸 시들을 대상으로 하여 사장적 특질을 분석하되 그의 가문적 배경, 문학적 자질, 이문화국적 의식과 연관 지워 내용 면에서 고찰하기로 한다.

1) 정치 현장에서의 문재 표출

신광한은 가계로부터 물려받은 그의 문학적인 재주를 발휘하는 것으로 정치 현실에 참여하고자 하였다. 이러한 의시 때문에 그는

---

128) 물론 사신을 접대할 때면 관직에 몸담은 관인으로서 당연히 문학으로 나라의 권위를 지켜 내거나 발양하는 데 최선을 다하기 마련이다. 이러한 관점에서 본다면, 그에게만 보이는 독특한 사장 의식을 발견해 내는 데 있어 『皇華集』所載 시나 明 나라 사신을 접반할 때에 차운한 시 등이 소재 선정 면에서 온당치 않게 보일 수도 있다. 그러나 그의 사장적 면목을 보려면 사장의 존립 근거인 사신 접대에 유용한 문학적 역할이 현시되는 시기의 시들이 중심이 될 수밖에 없다. 그리고 그의 『皇華集』所載 시들을 일별해 보면 여타 원접사나 영위사들의 『皇華集』所載 시들과 소재 선택 면에서나 내용 구현 면에서 다소 이질적이면서도 독특한 면을 발견할 수 있기 때문이다. 즉, 『皇華集』所載 시들의 내용 설정이 '以文華國'이라는 대전제 속에 국한되거나 그 이외의 것으로의 이탈이 허용되지 않는 것이 사실일지라도 '以文華國'의 정신을 실현하는 구체적 양상에 있어서는 그의 개성과 의도가 충분히 투영될 수 있음을 의미한다.

문인 관료로서 정치 현장에서 일어나는 일에 참여하여 임금의 측근에서 국가의 공적인 문서를 작성하는 일을 담당하였다. 다음 시는 어가(御駕)가 선릉(宣陵)에 행차했을 때 제천정(濟川亭)에서 임금을 모시면서 응제한 것이다.

平湖秋水政茫茫	너른 호수의 가을 물 아득하고
樓壓層霄是岳陽	누대는 높은 하늘을 누르는 岳陽이네.
廣樂似聞天上奏	天上의 廣樂 연주를 듣는 듯하고
紫煙猶起御前香	골짜기의 자줏빛 이내는 御前의 향기를 일으키네.
澄流變作恩波闊	맑은 물 넓은 은혜의 물결로 변하고
碧巘還添孝思長	푸른 산은 긴 효성스런 그리움을 더하네.
莫道洞庭天下勝	洞庭湖가 천하에 勝地라 말하지 마오
濟川從此擅風光129)	濟川이 이제부터 풍광을 도맡을 테니.

이 시는 임금이 제천정(濟川亭)에서 동정(洞庭)이란 어제를 내리자, 그가 제천정을 동정호의 악양루(岳陽樓)에 견주어 응제한 것이다. 首聯에서는 제천의 잔잔한 모습과 제천정의 위용을 기술하고 있다. 동정호와 악양루에 비의되었기에 형용한 것이 제천정의 실제보다 다소 과장되어 있음을 부인할 수 없다. 頷聯은 주연이 베풀어지는 모습을 연상시키는데 악기가 연주되는 광경을 천상의 광악(廣樂)에, 이내를 자연(紫煙)에 견주어 마치 선계인 듯 그려내었다. 頸聯은 응제시에 흔히 나타나는 내용상의 특징인 임금에 대한 찬미130)가 보인다. 눈에 들어오는 맑은 강물은 임금의 은혜로, 푸르게 높이 솟은 산은 임금의 효심으로 상징된다. 응제시라고 하는 형식이 다분히 임금을 의식할 수밖에 없으므로 임금에 대한 찬미

---

129) 『문집』, 권2, 「御題洞庭」, p.246.
130) 朴銀淑, 『高敬命 詩 研究』, 集文堂, 1999, p.98.

가 이상할 것은 없다. 尾聯도 제천이 동정호에 비해 못할 것이 없다는 의식이 드러나 있다. 시를 전체적으로 훑어보면 응제시의 정격에 가까운 작품이다. 그렇기는 하지만 이 시에서 문재에 대한 자신감과 함께 의욕에 찬 그를 발견할 수 있는 것은 임금을 칭송하는 내용으로 일관한 응제시기 때문만은 아니다. 그는 응제시를 빌어 정치 현실 참여에 대한 자부심을 드러내었던 것이다. 현실 정치에 참여하면서 문재를 표출하려던 그의 바람은 15년간의 귀거래기로 인하여 부득이 중단되었다. 다음 시는 그가 15년간의 귀거래기를 끝내고 다시 현실 정치에 발을 들여놓게 된 기쁨을 보여준다.

生還今日白頭臣　　오늘에야 살아 돌아온 늙은 신하
紫禁煙花正繞春　　궁궐의 이내 낀 꽃은 봄에 감싸여 있네.
鑾署玉堂驚入眼　　鑾署와 玉堂이 눈에 들어와 깜짝 놀라
淚流翻訝夢中身[131]　눈물 흘리며 문득 꿈속의 나인지 의심하네.

이 시를 짓게 된 경위를 '숙배후작(肅拜後作)'이란 시제에서 짐작할 수 있다. '숙배(肅拜)'는 일반적으로 관직에서 물러난 다음 바로 다른 관직에 제수될 때에는 좀처럼 사용하지 않는 표현으로, 한 동안 벼슬을 하지 않다가 오랜만에 벼슬을 받게 되었을 때에 주로 사용한다. 그러므로 벼슬을 주신 것에 대한 감사의 마음이 깊기에 손이 땅에 닿도록 머리 숙여 공손히 절을 올린 것이다. 이 시를 지은 것 하나만으로도 그가 현실 정치에 다시 참여하게 된 기쁨이 어느 정도인지 이해하고도 남음이 있다. 起句는 15년간 정치 현실에서 격리되어 늙어버린 자신에 대한 인지이고, 承句는 궁

131) 『문집』, 권4, 「肅拜後作」, p.281.

궐의 봄을 만난 물상들을 묘사한 것이다. '白頭'와 '春花'의 어색한 만남 속에서, 정치 현실에 함께 하지 못한 회한만큼이나 앞으로 정치에 의욕적으로 가담할 기대가 교묘하게 읽혀진다. 轉句의 난서(鑾署)와 옥당(玉堂)은 승정원(承政院)과 홍문관(弘文館)으로, 임금을 측근에서 보좌하는 곳이다. 그곳을 보고 깜짝 놀란 이유는 예전에 자신이 일했던 관청이라서 반가운 마음이 들어서겠고, 또 하나는 그곳이 정치 참여를 뜻하는 하나의 표상이었기 때문이다. 그는 승정원과 홍문관이 눈에 들어오자, 이제 자신도 다시 정치 현실에 참여하게 된 것을 실감한 것이다. 結句도 과장되어 있기는 하지만 그가 다시 출사하게 된 기쁨이 어떠한지를 엿보기에 충분하다. 그는 다시 벼슬하면서 관료들의 모임을 시로 나타내는 일에 자신의 문재를 한껏 펼쳐낸다. 다음 시들이 그 예다.

① 五衛分軍直　　五衛가 군사를 나눠 숙직을 서니
　　嚴更禁月高　　엄중히 야경을 돌아 궁궐 달이 드높구나.
　　長楊稀羽獵　　큰 버들엔 사냥 깃발 희끗거리는데
　　主將嘆霜毛　　장군은 흰 머리를 탄식하네.
　　共享昇平樂　　태평성세의 즐거움을 함께 누리고
　　同裳一世豪　　一世의 호걸들 같은 옷을 입었네.
　　擧觴論事業　　술잔 들어 큰일을 논하니
　　應不數蕭曹132)　蕭何와 曹參은 꼽지도 않으리라.

② 栢老中丞府　　잣나무는 中丞府에서 묵어가고
　　霜淸御史臺　　서리는 御史臺에 맑네.
　　風流多古事　　풍류를 즐기는 고풍스런 일 많으니
　　名望摠時才　　모두 당시에 명망 있는 인재라.
　　但使朝綱振　　다만 조정의 기강을 진작시키려 하니
　　何妨舞袖恢　　춤추는 옷자락이 넓은들 무슨 상관이랴?

---

132) 『문집』, 권2, 「部將契會圖」, p.253.

乘驄二十四　　　驄馬 탄 스물네 명
誰畵醉能廻133)　　술에 취해 돌아오는 모습 그 누가 그렸나?

③ 袞袞登淸選　　 연이어 과거에 급제하여
　 翩翩集夏官　　 날아와 兵曹에 모였네.
　 要將罇俎用　　 罇俎에 쓰일 인재를
　 擬試折衝間　　 적을 막는 데에서 시험하려 하네.
　 晩景江山麗　　 저녁 경치에 강산이 아름다운데
　 平時酒盞寬　　 태평한 시절이라 술잔이 넓네.
　 契心期助理　　 계를 만든 뜻은 나라 다스리는 것 돕고자 해서이지
　 非敢狃於安134)　 감히 편안함을 탐해서가 아니라오.

　①은 오위도총부(五衛都摠府)135) 부장(部將)들의 계회(契會)를 그
린 그림에 제한 시다. 首聯은 오위도총부 부장들이 하는 임무를
제시한 것이다. 그것은 밤이나 낮을 가리지 않고 궁궐을 지키는
것인데, '直'과 '嚴更'을 통해서 알 수 있다. '嚴更'은 야경을 자주
돌아 궁궐 출입을 엄중하게 단속함을 이른다. 頷聯에서는 버들 숲
사이로 사냥 깃발이 희끗거린다고 함으로써 계회가 이루어지는 곳
이 버들 숲임을 그려내었다. 頸聯의 내용은 나라가 태평하여 부장
들도 태평성세의 즐거움을 함께 누리고, 일세의 호걸인 부장들이
같은 옷을 입고 있는 모습에 대한 묘사다. 술을 마시며 큰일을 의
론하는 것이 한고조(漢高祖)의 공신이었던 소하(蕭何)와 조참(曹參)
마저도 끼워주지 않을 위세임을 尾聯에다 나타내었다. 계회도이기
에 頷聯, 頸聯, 尾聯이 주로 그려진 그림을 보고 시로 읊은 것이
지만, 首聯은 그림으로 그려지지 않은 오위도총부 부장들의 임무

---

133) 『문집』, 권6, 「書驄馬契會圖」, p.308.

134) 『문집』, 권6, 「夏官契會圖」, p.309.

135) 義興衛, 龍驤衛, 虎賁衛, 忠佐衛, 忠武衛 등 五衛의 軍務를 맡아 다스리는 正二品
　 衛門이다. (『古法典用語集』, 법제처)

와 궁궐에 뜬 달만큼이나 높은 기상을 보여주고 있다. 이러한 기상은 尾聯의 의기양양한 위세와 조응하면서 부장들의 당당한 모습을 시 전체에서 연상되게 하였다.

②의 시에서는 '총마계(驄馬契)'라고 불리는 사헌부(司憲府) 관원들의 계회를 묘사하고 있다. 사헌부 관원들이 총마를 타고 다녔기 때문에 계명을 '총마계'라 부른 듯하다. 首聯에는 사헌부의 상징물들이 포치되어 있다. 예전부터 백부(栢府), 상대(霜臺)로 불렸기 때문에 出句에는 '栢'을, 對句에는 '霜'을 놓았다. 거기에 담긴 의미는 물론 시속에 영합하지 않는 견정함[136]과 추상같은 공정한 법 집행이다. 首聯을 통해 사헌부가 고려 때에는 어사대(御史臺), 조선 초에는 중승부(中丞府)로 명명되었음을 알 수 있다. 그는 사헌부 관원들이 명망 있는 인재들로서 계회를 열어 풍류를 즐기는 생활을 보내기에, 규율에 얽매인 사헌부 관원들이지만 가끔씩 풍류를 통해 마음만은 여유로움을 읽어내었던 것이다. 사헌부 관원들이 계회를 하는 것은 사헌부의 기강을 바로잡고 조정의 기강을 진작시키기 위해서다. 그러므로 계회에서 술을 마시며 우의를 다지고, 흥에 겨워 춤을 추고 싶으면 소매 넓은 옷이라도 춤추는 데에 아무런 방해가 되지 않는다. 頸聯에서 그는 계회에 모인 자들이 흥이 올라 한껏 고무되어 있는 정경을 떠올리며 마치 눈앞에서 펼쳐지는 듯 묘사해 놓았다. 총마계회도에 무슨 그림이 그려져 있는지 정확히 알 수는 없다. 다만, 시의 내용을 통해 그림을 추정해보면, 계회하는 곳 바로 옆 버드나무에는 총마들이 줄지어 매어있는데 몇 명은 일어나서 어깨춤을 추고, 또 몇 명은 앉아서 술잔을 기울

---

136) 『論語』「子罕」. "歲寒然後, 知松柏之後彫."

이며 서너 명은 비틀거리면서 총마에 올라타는 광경이 담겨 있었을 것이다. 거기에 참가한 계원 수가 스물네 명인 것은 尾聯에서 확인할 수 있다.

③의 시는 하관(夏官)의 계회도에 쓴 것이다. 이 시에서는 과거에 급제한 여러 인재들이 하관에 임명된 것으로부터 시를 시작하고 있다. 하관은 바로 병조(兵曹)를 지칭하는 말이다. '袞袞'과 '淸選', '翩翩'은 과거 급제로 인해 관직에 진출한 젊은 인재들 중에 민첩한 자들이 많이 병조에 배정되었음을 나타낸다. 특히 '翩翩'에서 무리를 이룰 만큼 많다는 의미와 함께 몸놀림이 민첩한 젊은이들의 모습이 떠오른다. 병조는 육조(六曹)의 하나로 문관들이 임명되지만, 그들이 하는 일은 무관들과 관계된 것들이다. 그는 이러한 병조의 특수성을 頷聯에다 거론해 놓았다. 병조는 문관으로 쓰여야 할 재목들을 침입해 오는 적의 예봉을 꺾는 데에 쓰는 곳이라는 것이다. 頷聯의 '鐏俎'는 술과 음식을 담는 그릇으로서, 유사(有司)의 일을 가리킨다. 또 '절충(折衝)'은 쳐들어오는 적을 막는다는 의미이고, 그러한 일을 주관하는 자로 '절충장군(折衝將軍)'[137]이 있다. 그도 15년간 귀거래기를 끝내고 55세에 재출사할 때 절충장군에 임명되기도 하였다. 頸聯은 계회의 정경에 대한 스케치다. 出句는 주변 경물을 원경으로 하고, 對句는 계회가 치러지는 주연을 근접한 시선에서 포착한 것이다. 여기에 태평성세의 모습이 투영되어 있음은 물론이다. 편안함을 탐닉해서가 아니라 임금의 치세를 돕고자 한다는 그의 언급에서 계회가 단순히 유희 목적에서만 이루어진 것이 아님을 알게 한다. 이것은 계회의 정당성을 피

---

137) 西班 正三品 堂上官의 位階이다.

력한 부분이지만, 한편으로는 계회가 지향하는 바이기도 하였다.

위의 세 편은 공통적으로 조정 관료들의 회합138)을 그린 그림을 대상으로 지은 시들이다. 그가 이러한 시들의 창작에 유의한 이유를 짚어볼 필요가 있다. 그는 조정 관료들의 행사에 직접 참여하거나 계회도를 보면서 모임을 기록으로 남기는 일을 전적으로 도맡다시피 하였다. 그러한 경향의 작품들이 한두 편에 그치지 않고, 수십 편에 이르며 계회의 대상도 제각각이라는 점에서 그러하다. 마치 그가 기록관으로서 행사가 있는 곳마다 방문하여 행사를 시에 담아낸 것처럼 보이기까지 한다. 그가 관료들의 모임을 기록으로 남기는 데에 적극적이었던 것은 정치 현장의 일선에 자신이 참여하고 있다는 자부심을 보여주는 것이기도 하면서 동시에 관료 문인들의 문학적 재주를 자신이 대표한다는 의식을 지녔기 때문이리라. 이는 궁극적으로 그가 관료들의 모임에 자신의 문학적 역량을 발휘하는 것을 정치 참여의 한 방편으로 인식했음을 보여준다.

다음 시에서는 그가 정치 현장에서 정책을 대하는 기본적인 입장을 읽을 수 있다.

國泰當思亂	나라가 태평할 때 혼란을 걱정해야 하니
時平失狃安	시절이 평안할 땐 편안을 탐하는 데서 잘못되네.
民殃賢戒戰	백성들에게 재앙이 되기에 賢者가 전쟁을 경계하였고
言愼聖知難	聖人은 대처하기 어려운 줄 알기에 말하기를 삼갔지.
大事那無習	전쟁을 어찌 익히지 않았으랴?
先王或有觀	선왕께서도 보시곤 하셨지.
唐虞文敎盛	唐虞 시대 文敎가 성할 적에도
猶舞兩階干139)	양쪽 섬돌 가에서 劍舞를 추었지.

---

138) 이 외에도 42편이 더 있다.

이 시는 응제시 중 한 편으로 백성들에게 군사 훈련을 시켜야 한다는 내용을 담고 있다. 시가 지니는 의미만을 놓고 본다면 상앙(商鞅)의 『상군서(商君書)』「농전(農戰)」편을 보는 느낌마저 든다. 그가 정책을 대하는 시각은 首聯에 투영되어 있다. 그는 나라가 평안할 때에 혼란을 대비하여 방책을 도모해야 한다고 하면서 편안함에 빠져 혼란을 예견하지 못하는 데서 태평한 시절이 지속되지 못하는 이유를 찾았다. 이러한 그의 논리는 일반론에 가까워 보인다. 그러나 임금을 의식하고서 짓는 시에 자신이 평소 생각하던 정치적 입장을 피력한 것은 그의 의도가 개입되어 있는 것이 분명하다. 그는 현자가 백성들의 재앙이 전쟁이라고 경계한 것과 성인이 전쟁에 대해 말을 삼간 것을 상기시키며 백성들에게 재앙을 끼치지 않기 위해서는 전쟁에 대한 대책이 있어야 한다고 하였다. 頸聯에서는 전쟁을 백성들에게 가르치는 것이 선대부터 있어 온 일로, 새삼스러운 것이 아니라고 하였다. 尾聯은 다시 首聯과 관련되면서 태평할 때조차 혼란을 염려해 전쟁에 유념하였던 당우(唐虞) 시대의 검무를 떠올리며 논의를 마무리 짓고 있다. 그는 이 시를 지어 태평한 시기일수록 혼란을 생각해 적의 침략에 대한 준비를 게을리 해서는 안 된다는 자신의 주장을 임금께 펼친 것이다. 그가 이렇듯 적의 침탈을 방비하는 데에 관심을 가지게 된 배경을 다음 작품에서 확인할 수 있다.

① 무자년에 서융(西戎)이 습격하여 변방 장수를 죽이자, 조정에서 감사인 허굉(許磁)에게 변방 지역을 순찰하여 도적을 토벌하기에 편리한지

---

139) 『문집』, 권4, 「教民戰」, p.281.

를 아뢰도록 명하였다. 막하의 아홉 명을 따로 파견하였으니 모두 한 시대에 뽑혀진 인재들이었다. 위원군(渭原郡)으로부터 배를 타고 압록강으로 내려갔는데 중류에 바위가 있어 폭포가 몇 길이나 되었다. 배가 만약 여기를 지나면 뒤집히거나 부서지지 않는 것이 드물 것이다. 그런데 노를 잡은 자가 노를 놓쳐 막하들이 탄 배가 여기에 빠졌으나 다행히도 온전할 수 있었으니 어찌 하늘이 착한 자를 도운 것이 아니냐? 그렇지 않다면 어찌 꼭 사지에 두었는데도 살 수 있었겠는가? 아니면 제군들의 평지든 험지든 변하지 않는 마음을 견고히 하여 훗날 급류에도 버텨낼 주춧돌과 기둥으로 삼으려 한 것인가 보다. 술을 마시게 하고 좋은 모임을 만들게 한 것은 다시 살아난 것을 잊지 않게 하고자 했을 뿐만이 아니라고 하더라.140)

② 胡兵乘釁殺邊臣　　오랑캐들이 틈을 타 변방의 신하를 죽이자
　　王遣元戎出塞巡　　임금께서 元帥를 보내어 변새에 나가 순무케
　　　　　　　　　　하였네.
　　幕府此時皆俊傑　　막부엔 이 때 모두 준걸들이었고
　　風波當日任艱辛　　풍파 치던 날 임무가 어려웠지.
　　舟臨懸水驚千尺　　배가 천척의 폭포에 다가가 깜짝 놀라
　　命落深潭保九人　　깊은 못에 떨어졌으나 아홉 명의 목숨을 보
　　　　　　　　　　존했네.
　　夷險一心應已試　　평지든 험지든 한결같은 마음을 이미 시험했으니
　　世間誰作白頭新141)　세상에서 누가 흰 머리 다시 돋게 하랴?

　①은 재생계지(再生契志)이고, ②는 재생계축(再生契軸)에 쓴 시다. ①에서는 사건의 발단, 그들이 위험에 처하게 된 과정, 그리고 결말까지를 한눈에 볼 수 있도록 자세히 설명해 놓았다. ②는 시이기 때문에 ①에 비해 구체성이 떨어진다. 그렇기는 하지만 두

---

140) 『문집』, 문집, 권1, 「再生契志」, p.479. "歲戊子, 西戎襲殺邊將, 朝廷命監司許公磁 巡察邊地, 奏討賊便否. 別遣幕下九人, 皆一時選也. 自渭原郡乘舟下鴨綠江, 中流 有石懸水數仞. 舟若由此, 鮮不覆且碎. 而操者失其便, 幕府所乘舟陷于此, 幸而獲 全, 豈非天之佑善也. 大不然, 何必置之死地而生. 抑以固諸君夷險不易之心, 爲他 日急流之砥柱. 不但使啣杯酒作好會, 以無忘再生而已也云."

141) 『문집』, 권3, 「書再生契軸」, p.265.

작품이 모두 사건의 정황을 보여주는 데에는 부족함이 없다. 재생계의 빌미가 되었던 오랑캐들의 변방 장수 살해는 무자년 그의 나이 45세(1528년)에 일어났다. 이 작품들은 무자년에 지어진 것이 아니라 그 일이 있고난 후, 다시 살아남은 아홉 명이 계회를 결성하였을 때에 축하하며 지은 것으로 보인다. 재생계(再生契)를 하게 된 원인은 서융(西戎)의 침탈로 변방 장수가 죽게 되자, 조정에서 감사 허굉(許磁)에게 명하여 토벌 계획을 보고하게 하고, 막하 아홉 명을 파견하여 현장을 조사하게 하였는데 그들이 배를 타고 압록강을 따라 내려가다 폭포를 만나 배가 곤두박질쳤으나 아홉 명 모두 살아남아서였다. 당시 이 일은 조정의 우환 중 하나로 많은 사람들에게 관심의 대상이었다. 이 일을 기억하고 있던 그는 하늘이 착한 자들을 도왔거나 아니면 그들의 견정한 마음을 굳건히 하여 훗날 나라의 주춧돌과 기둥으로 삼으려 하였기에 사지에서 살아나올 수 있었다고 하면서 재생계를 축하하는 한편, 오랑캐의 변경 침입을 우려하였던 것이다.

그는 전쟁 뿐 아니라 백성들에게 가장 긴요한 의식에 대한 권면도 잊지 않았다.

五教由來知有本	五教가 예로부터 근본이 있음을 일있더니
民生耕織最堪傷	백성들이 밭 갈고 베 짜는 것 가장 슬프네.
虞謨載典先陳食	虞謨는 舜典에 실렸는데 음식 진열을 우선하였고
周道編詩重採桑	周道는 詩經으로 엮였는데 뽕잎 따는 것 중시했네.
遊豫亦能成助補	놀고 즐기는 것도 부족함을 보충하게 할 수 있지만
飢寒猶足兆興亡	주림과 추위는 오히려 나라의 흥망을 예견케 하네.
仁言一格天應動	어진 말씀 한번 이르면 하늘도 감동할 터
願頌豐年答聖王[142]	풍년들어 성왕께 보답하는 것 기리길 원하네.

백성들이 밭을 갈아 먹을 것을 생산하고 뽕잎을 따다 누에를 쳐 입을 옷을 짓는 것은 생존을 위한 것이기에 슬퍼할 만한 일이다. 그러나 백성들의 의식을 해결하는 것이 급선무였음을, 순전(舜典)에서 음식 진열을 우선한 것과 시경의 뽕잎 따는 것을 중시한 데에서 확인할 수 있다. 頸聯의 出句는 『맹자(孟子)』「양혜왕(梁惠王)(下)」의 내용을 용사한 것이다.[143] 임금이 봄에는 놀며 백성들이 밭가는 것을 살펴 부족한 자를 도와주고, 가을에는 즐기며 백성들이 추수하는 것을 살펴 넉넉하지 못한 자를 도와준다. 임금이 나라 곳곳을 다니며 놀고 즐기는 것은 백성들의 부족함을 보충해 줄 수 있는 선정의 하나다. 하지만 무엇보다도 먹을 것이 없어 주리게 하거나 입을 옷이 없어 추위에 떨게 하는 것은 나라가 흥할지 망할지를 예지할 수 있는 조짐이 되기에 충분하다. 그렇기에 그는 농상을 장려하는 조서를 반포하여 농사와 잠업에 힘쓰게 한다면 풍년이 들어 임금의 은덕에 보답하는 일이 일어나게 될 것이라 확신하고 있다. 그는 이 시로 인해 백성들을 주리게 하지 않고 추위에 떨지 않게 하는 것이 가장 좋은 정치임을 임금께 상기시켰다. 그는 응제시를 지음으로써 정치에 참여하여 정책을 건의하는 통로로 삼았던 것이다.

그는 시절에 따라 공적인 시작인 춘첩자(春帖字)를 지어 자신의 문재를 펼치기도 하였다.

---

142) 『문집』, 권4, 「務農桑」, p.281.

143) 『孟子』「梁惠王(下)」. "春省耕而補不足, 秋省斂而助不給. 夏諺曰, 吾王不遊, 吾何以休. 吾王不豫, 吾何以助. 一遊一豫, 爲諸侯度."

天地還如造化初	천지가 마치 조화의 시작인 듯
龍溝先見柳眉舒	궁궐 연못에서 먼저 버들개지 펴지는 것 보네.
唯將遲日歌賡載	더딘 날 賡歌를 부를 뿐
豈有詞臣賦子虛	文詞에 뛰어난 신하 중에 子虛賦를 읊을 자 어찌 있으랴?
恩露正團金勝裏	은혜로운 이슬 바로 金勝 속에 맺혔고
瑞雲高拱玉皇居	상서로운 구름 높이 궁궐을 둘렀네.
大平物色眞堪詫	태평한 경치를 진정 자랑할 만하니
雪盡南疇已決渠[144]	눈 다 녹은 남쪽 밭엔 이미 도랑 터졌네.

춘첩자(春帖字)는 입춘에 짓는 공적인 시다. 그는 '造化初'로써 입춘이 만물의 소생을 알리는 시기임을 그려내었고, 그 때문에 궁궐 연못에서 제일 먼저 버들개지가 펴지는 것을 본다고 하였다. 갱가(賡歌)는 『서경(書經)』 「익직(益稷)」에 나오는데, 서로 시사(詩詞)를 이어서 창화하는 것을 가리킨다. 그리고 자허부(子虛賦)는 사마상여(司馬相如)가 지은 부로, 자허(子虛), 오유선생(烏有先生), 무시공(亡是公) 세 사람을 가탁해 서로 문답한 것을 주 내용으로 하고 있다. 사마상여는 자허부로 무제(武帝)의 칭찬을 받아 郎이 되어 궁정문인으로 활약하였다. 頷聯에서 그가 표현하려고 한 것은 입춘을 맞아 태평성세를 예견하고 사마상여처럼 뛰어난 문재를 가진 자신에 대한 자신감을 드러내는 것이다. 은로(恩露)나 서운(瑞雲)은 임금의 선정을 상징할 때 흔히 사용하는 수사로, 임금을 의식한 공적인 시작에 쓰이는 수식어다. 금승(金勝)은 꽃 모양을 한 상서로운 물건으로, 고대에는 천하가 태평할 때 세상에 출현한다고 하였다. '大平'도 앞의 금승을 받는 표현이면서 입춘 풍경의 평화로움을 압축해 낸 것이다. 尾聯의 對句는 눈이 모두 녹아 봄물이

---

144) 『문집』, 권5, 「大殿春帖字」 제1수, p.296.

도랑에 넘쳐흐르는 입춘의 절기로서의 의미를 다시 한번 더 강조하고 있다.

이 시의 문면에는 태평성세에 대한 희망과 입춘을 맞은 기쁨이 투영되어 있지만 그 이면에는 조정의 정치에 참여하여 봄이 만물을 소생시키듯이 자신도 태평성세를 이룩하는 데에 일조하려는 의지와 강한 자신감이 배여 있다. 그는 절기를 맞아 지은 공적인 시에서 태평성세를 이루는 정치에 참여하여 자신의 뜻을 펴려는 의지를 담아내었던 것이다.

다음 시는 정치에 참여하여 국상(國喪)에서 자신의 문재를 드러내는 모습을 보여준다.

謳歌新數屬仁人	새 운수가 어진 사람에게 속한 것을 노래하였고
眼見龍飛四十春	용이 사십 년 동안 난 것 눈으로 보았네.
三島瑞雲鯨息浪	三島의 상서로운 구름에 큰 물결 잦아들고
九天恩露鳳啣綸	九天의 은혜로운 이슬에 봉황의 경륜을 머금었네.
百年幸會君臣契	평생 다행히도 君臣의 관계로 만나
一語偏承父子親	친하기로는 父子와 같다는 한 말씀 받았었지.
耿耿緘封空在髓	잊혀지지 않는 봉해진 글귀 부질없이 골수에 있으니
尙監知國不知身145)	상감께선 나라만 아셨지 자신을 생각하진 않으셨네.

이 시는 중종이 승하하자 그가 지은 중종의 만장(挽章)이다. 그는 먼저 중종이 중종반정(中宗反正)으로 왕위에 등극한지 40년 만에 승하한 것으로 시상을 전개하였다. 이것은 중종에 대한 그의 평이 아니라 임금의 등극과 승하를 서술하는 데에 흔히 사용하는 비유에 지나지 않는다. 중종이 이룩한 치세의 서기(瑞氣)가 삼도

---

145) 『문집』, 별집, 권1, 「中廟挽章」제1수, p.391.

(三島)146)에 연원하였고, 백성에게 베푼 은덕이 구천(九天)147)에서 받았다는 것은 그가 중종의 40년 치적에 대하여 칭송한 것이다. 頸聯에서 그는 35세에 전한(典翰)을 맡았을 때에 밤늦도록 중종과 마주하여 고금을 변론하였는데 중종이 "의리로는 君臣之間이나 친하기로는 父子之間이다."고 하신 말씀을 기억하여148) 시로 형상하였다. 중종이 자신을 돌보지 않고 오직 나라만을 걱정하였다는 것으로 그는 시를 끝맺고 있지만, 이는 승하한 임금을 칭송하는 일반적 진술이 아니라 그가 중종을 가까이에서 모시면서 직접 느낀 정회를 사실대로 편 것이다.

그는 중종의 만장 외에도 인종(仁宗)의 만사(挽詞)149)를 짓기도 하였다. 잇따른 국상에 만장과 만사를 지은 것에서 그의 문학적 재주가 당시 조정에서 인정받고 있었음을 알 수 있다. 그는 조정에서 일어나는 모든 일에 관여하여 그 일을 기록하는 데에 주도적인 역할을 하였던 것이다. 국가의 중요한 기록은 기사관이 있어 기록으로 남기므로 그의 기록은 단순히 역사에 전하기 위해 남기는 기사가 아니었다. 그가 기록을 담당하는 낮은 관직에 있지도 않았고, 높은 벼슬에 있으면서도 조정에서 일어나는 일을 시로 담아내는 데에 적극적이었던 이유는 무엇일까? 그것은 아마도 그가 정치에 참여하여 조정의 제반 업무에 관여하였고, 그 일에 관련된 일정이나 분위기를 문학적 수사를 동원해 격조 높게 표현해 내어 국가의 공적인 문서를 작성하였기 때문일 것이다. 그는 조정에서

---

146) 신선이 산다는 蓬萊, 方丈, 瀛洲의 세 섬을 가리킨다.
147) 하늘을 中央, 四正, 四隅의 아홉 분야로 나눈 것이다.
148) 『문집』, 권14, 「文簡公行狀」, p.376. "義雖君臣, 親則父子. 公承命佩服, 終身誦之."
149) 『문집』, 별집, 권1, 「仁廟挽詞」, p.391.

일어나는 일의 품격과 분위기를 드높이는 데에 자신의 문재를 집중적으로 표출하였고, 그것이 그가 정치에 참여하며 느낄 수 있었던 또 하나의 자부심이었던 셈이다. 정치 현장에서의 문재 표출을 정리하면, 그는 정치에 참여하여 관료의 모임을 기록으로 남기고, 응제시를 지어 자신의 정치적 입장을 개진하며 국상에서 자신의 문재로 국가의 공적인 문서를 작성하고, 춘첩자(春帖字)를 지어 자부심과 포부를 드러내기도 하였다. 이와 같이 그가 정치 현장에서 문재 표출에 심려를 기울인 것은 자신의 문학적 재주를 통해 정치 현장에 의리를 구현하려고 의도하였기 때문으로 보인다.

2) 명사(明使)와의 우의와 민족적 자긍

신광한은 15년 간(1524~1538) 여주 원형리에서 은거기를 보내고 난 후, 조정의 부름을 받고 출사하여 56세(1539년)에는 황제가 중종에게 내리는 존호(尊號)를 받든 정사 화찰(華察), 부사 설정총(薛廷寵)을 영송하기 위해 영위사(迎慰使)[150]로, 62세(1545년)에는 인종의 승하를 위로하고 명종의 등극을 하례하러 온 조사(詔使) 장승헌(張承憲)을 영송하기 위해 원접사(遠接使)[151]로 의주(義州) 의

---

150) 조선에서 諸方 사신이 입국하였을 때 그 노고를 위로하기 위하여 파견한 임시관직이다. 중국 사신에 대해서는 遠接使와 더불어 의주, 안주, 평양, 황주, 개성 다섯 곳에 迎慰使를 파견하였다. 중국 사신에 대한 영위사는 2품 이상의 朝官을 임명하는 것이 관례였고, 宦官이 사신으로 올 경우에는 정 3품인 承旨를 영위사로 보내기도 하였다.(『經國大典』, 註釋篇, 韓國精神文化研究院, 1986.)

151) 조선에서 의주에 파견하여 중국 사신(華使・天使)을 접대하던 임시관직이다. 2품 이상의 관리가 임명되는 것이 상례였으며 고려에서 조선 태조 조까지는 接伴使라 하였는데 태종 초에 遠接使로 바뀌었다. 원접사를 파견할 때에는 從事官, 製述官, 寫字官이 수행하였고 원접사는 학식과 시문이 출중할 뿐 아니라 풍채도 좋아야 하였

순관(義順館)을 두 차례나 내왕하게 된다. 또 63세(1546년)에는 관반사(館伴使)[152]가 되어 조사(詔使) 왕학(王鶴)을 접반한다.

그는 영위사, 원접사, 관반사로서 항상 사신의 곁에서 호종하고 객관, 승지, 고적, 누대, 강산을 함께 유력하며 사신이 지은 시에 차운하여 즉석에서 화답한다. 압록강 변 의순관에서 영접하면서부터 경도(京都) 양생방(養生坊) 태평관(太平館)[153]까지, 그리고 다시 의순관에서 전별하는 그 순간까지 오랜 시간 동행하므로 시문을 통해 조선의 역사, 문화, 풍속 등을 설명하고, 소국이지만 문화적 우수성을 지닌 나라임을 보여주며 개인적으로는 자신의 문재를 한껏 발휘하기도 한다. 시문으로써 공적으로는 민족적 자긍을 제고하고 사적으로는 자기의 조정에서의 정치적 기반을 공고히 할 수 있는 좋은 계기로 삼았다.

그는 원접사로서 가질 수밖에 없는 신분적 한계 때문에 개인적 정회를 억제하고, 모든 것에 객관성을 견지하였다. 문학적 자율성이 제한될 수 있었으나 그것을 제약이나 단점으로 여기지 않고 오히려 장점으로 삼아 민족적, 국가적 자존 의식을 객관적 입장에서 시화하여 명나라 사신에게 조선을 새롭게 인식시키기도 하였다. 이러한 면모는 주로 유적을 유람하거나 접대 행사를 통해 나타나며 산천, 누대, 객관에서는 아름다운 자연을 화려한 문재로 그려내는 시재 발휘로 이어진다.

다.(『經國大典』, 註釋篇, 韓國精神文化研究院, 1986.)

152) 서울에 머물러 있는 외국 사신을 접대하기 위해 임시로 임명한 관원으로 대개 정3품 이상 文官이었다. (『古法典用語集』, 법제처)

153) 조선조 때 중국 사신이 조선에 와서 머무는 숙소로, 지금 서울 태평로에 있었다. (『古法典用語集』, 법제처)

명사(明使)가 내려올 때 조정에서 원접사 선택에 신중을 기하는 것은 바로 조선이 전통 있고 유서 깊은 문화를 지닌 문화민족이라는 사실과 조선의 문학적 성취가 결코 명에 뒤지지 않음을 보여주려 해서다.154) 이것이 바로 원접사로서 반드시 수행해야 할 의무이므로 그의 시의 내용도 사신과의 우의와 민족적 자긍이 주를 이룬다. 그리고 이 두 가지를 완성할 수 있었던 원동력인 그의 가문의식에 대한 자부심도 간취할 수 있다.

문학적 소양은 원접사로서 반드시 갖추어야 할 조건이다. 왜냐하면 원접사의 임무가 천사(天使)를 위로하고, 접대하며 음주·수창해야 하고 나라의 문학적 수준을 대표155)해야 하기 때문이다. 그의 문재는 가계로부터 대물림 받은 것이었다.

그의 집안은 9대조 성용(成用)으로부터 자신에 이르기까지 10대가 연이어 과거에 급제하였고 정승이 된 사람도 네 명이나 되는 명벌이었다.156) 그리고 문사의 꽃이라 할 수 있는 문형(文衡)도 조부인 신숙주, 사촌형인 종호와 용개, 기재 자신이 모두 역임157)하였으며 이 네 사람 모두 호당(湖堂)(독서당(讀書堂)) 출신들이었다.158) 번성한 집안의 내력으로 그는 조상을 섬기는 데 극진159)하

---

154) 金德秀, 「朝鮮文士와 明使臣의 酬唱과 그 樣相」, 『韓國漢文學研究』제27집, 韓國漢文學會, 2001, p.110.에서 "小中華 또는 文明의 나라라 자처했던 조선은 사신과의 성공적인 酬唱으로 조선의 문명을 선양하고, 조선의 국제적 위상을 다지고자 했다."는 시각과도 상통한다.

155) 金德秀, 상게서, p.116.에서 "接伴官들은 조선을 대표하는 '能文者'로 선발되었다는 문장에 대한 강한 자부심과 문명국으로서의 자존심을 기저로 하여 명 사신들과 문재를 대결하려는 의식을 품었다."고 하였다.

156) 『문집』, 권14, 「文簡公行狀」, p.374. "自成用至公, 凡十代連登金榜, 而乘丹轂者四."

157) 『문집』, 권14, 「文簡申公墓誌銘幷序」, p.388.

158) 李憲求, 전게서, 「湖堂錄」 참고.

159) 『문집』, 권14, 「文簡公行狀」, p.383. "常教子弟曰, 爲吾子孫者, 寧爲祀先而死, 不

였고 부모에게 정성으로 효를 다하였다. 이러한 가계에 대한 자부심은 영위사로 화찰 일행을 송영할 때 그들이 조부인 신숙주의 성명을 물어오자 격발된다.

鳳彩騫騰一俊人　봉황 채색에 말 달려오는 준걸한 사람
雲幢玉節照靑春　구름 깃발 옥 깃발 봄날에 비치네.
命從北極頒恩詔　북쪽에서 황명이 내려 은혜로운 조서를 전해주고
詢及東方問姓申　동쪽나라 신씨 집안을 물어주시네.
地下有靈應識感　저승에 계신 혼령이 감동하시고
座中遺裔亦懷仁　자리에 있는 자손도 仁을 생각하네.
却因王事成私願　문득 공무 중에 개인적 소망을 이루었으니
歸告吾宗詫縉紳160)　돌아가 문중에 알리고 조정의 대신들에게 자랑하려네.

위의 시는 화찰과 설정총이 그에게 조부의 성명과 자손이 있는지를 묻자, 물어준 은혜에 감격하여 지은 것이다. 首聯은 황화 사신들이 조선에 오는 모습을, 頷聯은 황제의 조서를 전해 주러 온 사신들로부터 조부와 자손들에 대한 질문을 받은 기쁨을 드러내었다. 頸聯에서는 영광스러운 이 일을 돌아가신 조부께서 들으시면 지하에서나마 감동하실 것이고 좌중에 동석한 그도 사신이 베풀어 주신 은덕을 늘 마음에 품을 것이라고 하였다. 자신은 말할 것도 없고 죽은 사람이건 살아있는 사림이건 신씨 가문 모두기 시신의 인행에 감격하고 있음을 전하고 있다. 尾聯은 영위사로 사신을 호종하는 국가의 중대한 일을 수행하는 중에 사적으로 가문의 영광

可廢祀而生, 又語人曰, 世俗於先祖則不祀, 己則列鼎而食, 寧獨何心可享富貴, 是豺獺之不若.";『문집』, 권14,「文簡申公墓誌銘幷序」, p.389. "得新必薦, 不敢先嘗, 年旣高, 衰憊已甚, 殆不堪拜跪, 而祭必親之, 不許代以子弟."
160)『문집』, 별집, 권6,「天使華公薛公, 問及祖父姓名, 仍問有子孫否, 以詩謝之」제1수, p.458.

을 얻었기에 신씨 가문 종중에 알리고 조정에 돌아가 자랑하겠다
는 내용이다.

단순히 조부와 자손에 대해 물어주었기 때문에 기뻐한 것이 아
니라 그들로부터 지우를 받아서 그의 가문이 명나라에까지 전해질
수 있어서였다. 조부인 신숙주는 이미 학사인 예겸(倪謙)에게서 지
우를 받았고, 그는 공과좌급사중(工科左給事中)인 설정총으로부터
지우를 받았던 것이다.[161] 그의 조부 신숙주는 중국어에도 능통하
여 시문으로 필담하는데 그치지 않고 직접 대화함으로써 사신들과
가까워질 수 있었다. 그리하여 그 명성이 명 조정에도 알려져 화
찰과 설정총이 명성을 익히 듣고 있던 차에 그에게 물어본 것이다.

그의 문재는 조부인 신숙주에게서 물려받은 것인데, 다음 「봉별
화정부사대인(奉別華亭副使大人)」은 조부의 문재와 도덕에 대한
그의 자부심을 보여준다.

吾祖叔舟字泛翁	나의 조부이신 叔舟 님은 字가 泛翁이시니
曾從館件侍倪公	일찍이 관반을 따라 倪公을 모셨네.
文華已入編遼海	글재주는 이미 『遼海編』에 들어갔고
道德終歸勒鼎鍾	도덕은 마침내 솥과 종에 새겨졌네.
先代縱能基緒業	선대에서 비록 緒業의 터 닦았으나
後孫那得繼家風	후손들이 어찌 가풍을 이을 수 있으랴?
叨將駑質成龍日	외람되게도 노둔한 자질로 접반관이 된 날에
一顧堪驚冀北空[162]	은혜 입은 것 놀라 북쪽 하늘 바라보네.

이 시는 화정(華亭) 부사인 설정총을 떠나보내며 지은 것이다. 그

161) 『문집』, 별집, 권6, 「天使華公薛公, 問及祖父姓名, 仍問有子孫否, 以詩謝之」제2수,
p.458. "先祖受知倪學士, 後人叨識薛工科."
162) 『문집』, 권12, 「奉別華亭副使大人」제1수, pp.368 - 369.

는 주로 정사인 화찰보다는 부사인 설정총에게 지우를 많이 받았다. 首聯은 부사에게 조부의 이름과 자, 그리고 어떤 직무에 있었는지 설명하는 부분이다. 조부의 이름은 숙주인데 중국 사신들에게는 범옹(泛翁)으로 불리었고 관반사를 따라 예겸(倪謙)을 모시는 일을 맡았다고 한다. 이 시의 시제 밑에 달려 있는 주에는 조부인 숙주와 사신 예겸과의 교우가 상세히 적혀있다. 그것은 그의 조부가 중국어를 잘 하여 매번 예공(倪公)과 조용히 속마음을 털어놓아 예공이 외국에 있는 벗으로 여겨 죽을 때까지 끊이지 않고 서신을 왕래하였다[163]는 내용이다. 頷聯에서는 조부의 글재주가 뛰어나 이름이 예겸의 『요해편(遼海編)』에 실려 있고 도덕은 종과 솥에 새겨져 길이 기려진다고 하였다. 그는 조부가 가문을 빛내는 업적을 남겨 놓았으나 자신을 비롯한 후손들이 가풍을 이을 수 있을지 염려하고 있다. 하지만 자신도 변변하지 않은 자질로 화정 부사와 짝이 되었기에 은혜 받은 것에 놀라 북쪽 하늘을 바라보았던 것이다. 尾聯에서의 북쪽 하늘은 부사의 은덕, 더 나아가 황제의 황은을 은유하고 있다.

그는 평소 조부에 대해 경원하는 입장을 지녀왔다. 자신은 볼품 없는 사람으로 조부에 비교한다면 개미와 벌 만큼의 간극이 있다고 여겼다.[164] 그래서 사신의 새호(齋號)도 조부인 신숙주를 빌돋움하여 바라본다는 의미에서 '기재(企齋)'라 지은 것이다.[165] 조부

---

163) 『문집』, 권12, 「奉別華亭副使大人」注, pp.368 – 369. "祖父善華語, 每與倪公從容開抱, 倪公許以外國友, 與之通信, 終其世不絶云."

164) 『문집』, 권12, 「奉別華亭副使大人」注, pp.368 – 369. "光漢, 鄙人也. 望祖, 正所謂蟻蜂."

165) 『문집』, 문집, 권1, 「企齋記」, pp.471 – 472. "齋以企名, 何企也. 企吾祖也. 吾祖名堂以希賢, 吾名齋以企, 企吾祖, 所以希賢也. 希賢則希聖, 希聖則希天, 非企之所可及也.(후략)"

에 대한 경외심은 그의 가문의식의 근간을 이룬다. 이러한 가문의
식을 기저에 두고 형성된 그의 문학적 재능은 사신 행렬의 성대함
을 묘사하는 데서 먼저 나타난다.

天上仙查絶晚潮	하늘의 신선 뗏목이 저녁 바다를 가르니
魚龍驚怪避麟袍	어룡들 깜짝 놀라 기린 도포 피하네.
湖山久擅千年勝	강산은 오래도록 천년의 빼어남 도맡았고
詞藻今逢一世豪	문장은 지금 일세의 호걸을 만났네.
攔道威儀隨詔札	길 가득한 위의는 조서를 따라온 것
滿船簫管雜鉦鼗	배에 가득 통소와 피리소리는 징소리 북소리와
	섞인다.
咨詢此日應難徧	이 날 아마 두루 다 묻기는 어려우리니
柳遠江村處處謠166)	버드나무 먼 강 마을마다 노래 소리 나네.

위의 시는 그가 56세(1539년)에 영위사로 의주에 파견되었을 때
중국 사신 부사 설정총의 '渡鴨江' 시에 차운한 것이다. 首聯은
사신의 배가 저녁 바다를 가르며 나아오는데 바다 속의 어룡들이
노 젓는 소리에 놀라고 화려한 조복을 입은 사신을 보고 피한다고
하였다. 사신이 타고 오는 배를 '天上仙查'라 한 것167)과 사신의
옷을 '麟袍'라 한 것은 사신을 뜻할 때 사용하는 것으로, 행렬의
성대함을 수식할 때 자주 쓰고 있다. 그는 사신의 행차와 유관한
것들을 선경화시키는 경향이 있는데 사신을 접대하는 누각의 경관
을 묘사할 때에는 ''요지(瑤池) 일렁이며 높은 대를 감돌아 흐르니,
청절하여 티끌 한 점 없구나'168)라 하거나 '위로는 도사의 길로 통

---

166) 『문집』, 권8, 「次薛華使渡鴨江韻」, p.327.
167) 『문집』, 권8, 「次良策館韻」, p.330. "春指東杓路不迷, 仙查隨詔爛金泥."
168) 『문집』, 권12, 「次宴慶會樓韻」, p.361. "瑤池溶漾匝高臺, 淸切都無一點埃."

하고, 곁에는 불사초 자라네. 구름가의 창은 높은 산과 나란하니, 진세(塵世)와의 거리가 몇 길인지 알겠네. 구슬 같은 꽃과 나무 뒤섞여 우거지고, 옥 같은 전각은 주궁과 이어졌네.'169) 라 하였다. 頷聯은 압록강 가 의순관 주변의 경치가 아름답고 설정총의 시가 우수함을 보이고 있다. 頸聯 出句의 조서를 따라 길 가득 메운 위용은 사신을 호종하러 온 조선 병사들과 구름처럼 모인 요동 기병들이다.170) 호위병들이 늠름하게 수종하는 모습은 눈을 놀라게 하기에 족하고 사신이 타고 온 배에서 울려오는 음악 소리는 귀를 놀라게 하기에 충분하다. 그는 사신 행렬의 성대함을 선경화시킨후, 시각과 청각 이미지를 통해 화려하게 담아내고 있다. 尾聯은 사신이 오는 까닭이 관풍하려 해서인데 굳이 찾아다니며 묻지 않아도 마을 곳곳에서는 격양가 소리가 들려온다고 하였다. 사신 행렬의 성대함을 격양가 소리와 포개어 배치함으로써 화려함을 더욱 부각시킨 것이다. 여기에서 그의 문학적 재능을 발견할 수 있다. 그는 단순히 시어만을 현란하게 구사하지 않고, '魚龍驚怪避麟袍'에서처럼 객관적 사실을 다소 과장시키거나 시각, 청각 심상을 사용하여 사신들이 압록강을 건너오는 위용을 그려내었던 것이다.

그는 사람을 대할 때 귀천·현우를 가리지 않고 반드시 예의를 갖추었으니 동생, 조카, 친척이라노 손님처럼 대하여 온화한 기운이 마음속에 있는 듯 했으므로 어진 사람도 그를 친애하였고 어질지 않은 사람도 의지할 곳 있음을 알았다고 한다.171) 사신을 대할

---

169) 『문집』, 권12, 「次太平館太平歌韻」, p.361. "上通步虛道, 旁生不死草. 雲窓齊峻嶺, 去塵知幾仞. 琪花瓊樹雜菁葱, 璧房瑤殿連珠宮."

170) 『문집』, 권8, 「次義順館韻」, p.328. "星列從人皆國士, 雲屯遼騎盡遼兵."

171) 『문집』, 권14, 「文簡公行狀」, p.383. "接人, 無貴賤賢愚, 必禮貌之, 雖弟姪親戚,

때에도 조금도 예에서 벗어나지 않았다.[172] 그는 자신의 문재로 사
신과의 돈독한 우의를 그려내고 있다.

다음 「차모화관기별운(次慕華館記別韻)」은 사신과의 우의를 정
감 있게 보여준다.

相看已恨逢知晩	서로 보고는 늦게 만나게 된 것 이미 한스러워 했고
未別先懷此日情	헤어지기도 전에 먼저 이 날의 슬픈 마음 품어 보네.
天地有生唯一氣	천지에 생겨나는 것은 하나의 기일뿐이라서
華夷無處不同聲	華夷는 소리가 같지 않은 곳이 없네.
陽春白雪雖難和	陽春 白雪같은 노래에 화답하긴 어렵지만
霖雨崩山更可聽	霖雨 崩山같은 곡조는 더욱 들을 만 하네.
莫怪臨風重把手	바람 맞으며 다시 손잡는 것 이상히 여기지 마오.
一杯要與淚俱傾[173]	한잔 술 눈물 흘리며 함께 비우세.

이 시는 돈의문 서북쪽에 있는 모화관[174]에서 이별을 아쉬워한
사신의 시를 듣고 차운한 것이다. 일반적으로 차운한 시는 창자와
화자간에 시간, 공간을 함께 하지 못하지만 원접사로 사신을 수행
하며 차운한 시는 창·화자가 동일한 시공에서 얼굴을 마주보며
함께 하기 때문에 감정교유가 용이하고 정감도 공유할 수 있다.
위의 시도 사신을 앞에 두고 읊어서인지 시의 주제를 나타내는 尾
聯이 대화체 형식을 띠었다. 首聯은 사신과 원접사로 만나 교분을
맺은 것이 너무 늦었음을 한탄하고 우정을 나눈 지 얼마 되지 않

待之如賓, 一團和氣猶存於其中, 故賢者親愛之, 不賢者亦知有所依."
172) 『문집』, 권14, 「文簡公行狀」, p.379. "揖讓進退, 不失尺寸."
173) 『문집』, 권8, 「次慕華館記別韻」, p.322.
174) 중국사신을 영접하기 위한 곳이다. 조선은 처음부터 명나라에 대하여 극진한 사대정
    책을 쓰게 되어 서대문 밖에 迎恩門과 慕華樓를 세웠는데 세종 12년(1430년)에 모
    화루를 모화관이라고 개명하였다. (『古法典用語集』, 법제처)

앉는데 이별해야 하는 슬픔을 드러내고 있다. 頷聯에서 천지에 태어나는 것이 같은 기로 이루어져 명이건 조선이건 슬픈 정서를 담아내는 방식인 소리는 같다고 하였다. 이별을 목전에 두고 슬픈 감정이 일어나는 것은 사람이면 누구나 마찬가지인 것이다. 이것으로 그나 사신이나 모두 슬픔에 잠겨 있음을 은연중에 보이고 있다. 頸聯에서 '陽春'과 '白雪'은 모두 戰國시대 楚나라의 고아(高雅)한 가곡의 이름들이다. 그리고 '霖雨'와 '崩山'은 『열자(列子)』「탕문(湯問)」편에 나오는 거문고에 얹어 부르는 곡조다. 「탕문」편의 기사는 백아(伯牙)가 태산 북쪽에 노닐다 폭우를 만나 바위 밑에 머물렀는데 마음이 슬퍼 거문고로 먼저 '霖雨'를 연주하고 다시 '崩山'을 연주하자, 종자기(鍾子期)가 연주를 듣고 나서 백아의 마음을 잘 헤아렸다는 내용이다.[175] 그는 사신의 시를 '陽春'이나 '白雪'처럼 고아한 시로 높이고 그들 시에 화답하기 어렵다고 하면서도, 그의 이 시가 자신과 사신으로 하여금 백아와 종자기같이 서로 마음을 통하게 할 수 있기에 들을 만할 것이라고 하였다. 尾聯에서는 이별에 즈음하여 손을 다시 잡으면서 슬픈 심정으로 함께 술 들기를 권함으로써 이별을 아쉬워하는 자신의 정회를 사신에게 표달하고 있다.

그는 사신과의 농질감을 확인하기 위해 천하 만물이 하나의 기로 이뤄졌다 하고는 슬픔을 표현하는 소리도 명이나 조선이나 동일하다고 하였다. 그리고 사신을 이별해야 하는 괴로움을 대화체 형식으로 담아내었던 것이다. 그는 사신과의 우의를 펼쳐내는데 그

---

175) 『列子』「湯問」. "伯牙游於泰山之陰, 卒逢暴雨, 止於巖下, 心悲, 乃援琴而鼓之. 初爲霖雨之操, 更造崩山之音, 曲每奏, 鍾子期輒窮其趣. 伯牙乃舍琴而嘆曰, 善哉善哉, 子之聽. 夫志想象, 猶吾心也, 吾於何逃聲哉."

의 문학적 역량을 집중시켰다.

그가 사신을 처음 대면하였을 때에는 언어가 통하지 않아 난처해하기도 하였지만[176] 동질감을 확인하여 마음을 터놓고 친밀하게 되었다.[177] 교분을 깊이 쌓았기에 이별의 고통도 그만큼 배가된다. 그는 '생이별이 사별보다 더 슬픈 줄 알았으니, 맑은 눈물 강가에 떨어지는 것 가눌 길 없네.'[178]라 하거나 '눈가의 눈물 성대한 은택만큼이나 흘러내리니, 야윈 사람 이 때문에 근심 모여드네.'[179]라 하여 이별의 장면을 그려내었다.

그는 사신과 금단교(金斷交)를 맺을 만큼 친밀하였으므로 이별을 안타까워 할 뿐만 아니라 명나라 사신에게 관풍채시관(觀風採詩官)으로서의 역할을 넌지시 당부하는 것도 잊지 않았다.

天涯佳節過三三	하늘가에서 삼짇날을 보내느라
未見幽花映斷嵓	절벽에 피어있는 그윽한 꽃 보지 못했네.
客思攪時頻促駕	나그네의 시름이 일렁일 때 자주 말 재촉하였고
詔恩頒日已開函	조서의 은택이 내려오던 날 이미 상자 열었네.
張騫不免葡萄責	張騫은 포도의 견책 피하지 못했고
馬援終罹薏苡讒	馬援은 끝내 율무의 참소에 걸리었네.
只採風謠歸獻御	풍요를 채집하여 돌아가 황제께 바칠 뿐이니
奚囊無底口無緘[180]	奚奴의 시주머니는 밑도 없고 묶을 주둥이도 없네.

---

176) 『문집』, 권12, 「次新安館韻」, p.366. "滿賤險語還驚膽, 讀罷令人汗透衫."; 『문집』, 권12, 「次端午日小作五首韻」제5수, p.362. "只憑詩達意, 還愧語音妨."

177) 『문집』, 권8, 「次祁使六韻」제3수, p.322. "相逢未幾眼俱靑, 四海從是知一性靈."; 『문집』, 권12, 「次渡鴨綠江韻」, p.366. "區域雖分性命同, 此心明處一靈通."; 『문집』, 권8, 「次祁使六韻」제6수, p.322. "目擊先知道可通, 此心元不限西東."

178) 『문집』, 권12, 「次百祥樓祖宴值雨賦別韻」, p.365. "生別更知逾死別, 不禁淸淚墮江頭."

179) 『문집』, 권12, 「次安興館韻」, pp.366-367. "淚眼便應和霈澤, 棘人聊此撥憂端."

180) 『문집』, 권8, 「次祁使六韻」제4수, p.322.

위의 시는 예전 조선에 사신으로 왔던 기순(祁順)의 여섯 수의 시에 차운하여 자신의 심회를 읊은 것 중 네 번째 수이다. 먼저 원접사로 집을 떠나 객중에 삼진날을 맞게 되어 꽃구경 하지 못한 아쉬움부터 담아내었다. 집에 대한 그리움은 가절이기에 더해져 말을 서둘러 몰아 돌아가고픈 마음을 그려낸다. 황제의 조서를 받아 온 사신은 도성에 들어 조서를 이미 전하였고 귀로에 올랐다. 이로 보아 이 시는 아마 중국 사신을 전송하면서 지은 것 같다. 頸聯에서는 전한(前漢)의 무제(武帝) 때에 대월지(大月氏)에 사신 갔다가 흉노에게 사로잡혀 13년 만에 돌아온 장건(張騫)과 후한(後漢) 때 교지(交趾) 정벌에 나섰던 마원(馬援)을 통해 사행 길의 고통, 사신으로서의 처신의 어려움을 말하고 있다. 장건은 흉노에서 천신만고 끝에 귀국하면서 포도를 가지고 왔는데 그를 시기하는 사람들이 포도를 뇌물로 받은 구슬이라 하여 견책을 받게 되었다. 마원은 교지를 정벌하면서 늘 율무 열매를 먹어 장기를 이겨내고 개선할 때 수레 가득 싣고 왔는데 그를 참소하는 사람들이 율무를 뇌물로 받은 구슬이라 우기는 억울함을 당하였다. 조선에 온 사신은 장건이나 마원처럼 억울하게 견책을 당하거나 참소를 입을 신분상의 어려움이 없다. 尾聯의 내용처럼 조선에서 관풍하고 민풍을 담은 시를 가늘 채집하여 황제에게 바치면 될 따름이다. 尾聯의 對句는 해낭(奚囊)[181]으로써 사신이 많은 시들을 채록해 가기를 바라는 마음을 우회적으로 나타낸 것이다. 그는 사신에게 조선의 아름다운 풍속과 문화적 우수성을 황제에게 많이 전달해 주기

---

181) 당나라의 李賀가 명승지를 구경하며 얻은 시를 奚奴가 가지고 다니는 주머니에 넣은 고사. 전하여 詩草를 넣어두는 주머니.

를, 문재를 빌어 은근히 내비쳤다.

그는 자신의 문재로 명나라 문단의 번성함을 찬양하기도 하였다.

```
-- 전 략 --
擬和陽春愁巨筆        陽春같은 고아한 시에 화답하려고 근심스레 큰 붓
                      을 들어
任看光焰洩長虹        빛이 무지개 사이로 새어나온 것 바라보네.
久聞帝載歸皇極        오래 전에 황제의 일이 治世로 돌아갔다고 들었더니
復道騷壇得聖功        다시 문단이 큰 공을 이루었다 말하네.
舊學龔吳凌屈宋        예전의 龔用卿·吳希孟은 굴원·송옥을 능가하고
新聲華薛陋王鍾        새로 온 華察·薛廷寵은 왕희지·종요를 낮춰본다.
聯瞻威鳳儀東表        賢者가 조선에 거동하는 것 연이어 보니
益信詞臣盛土中        문사에 능한 신하 華夏에 가득함을 더욱 믿네.
物色雕鏤留更少        경치를 아로새기니 남은 것 적고
詩篇陶冶覺尤工        시편을 다듬으니 더욱 공교로워 진다.
筆驚風雨龍初躍        붓은 비바람에 놀란 용이 뛰는 듯 하고
章罷騫騰鶴欲沖182)   문장은 달음질친 학이 하늘높이 날아오르는 듯 하네.
-- 후략 --
```

위의 시는 도성에 있는 명 사신에게 연회를 베푸는 곳인 태평관
에서 지은 것이다. 먼저 그가 시를 지으려 하였으나 명 사신의 문
재에 압도되었다. 빛이 무지개로 새어나온 것은 사신의 문재의 화
려함을 가리킨다. 전에 사신으로 온 정사 공용경(龔用卿)과 부사
오희맹(吳希孟)은 굴원(屈原), 송옥(宋玉)을 능가하는 문학적 재주
를 지녔고 지금 사신으로 온 정사 화찰과 부사 설정총도 왕희지
(王羲之), 종요(鍾繇)보다 뛰어난 재능을 갖추었다고 하였다. 그것
은 다름이 아니라 황제의 사업이 치세를 이루어 문풍이 크게 진작
되었기 때문이라 생각한 것이다. 조선에 파견된 사신들의 문학적

---

182) 『문집』, 권8, 「次太平館六十韻」, pp.323 - 324.

역량이 모두 뛰어나 남기고 간 자취가 거대함을 보고 명에 문사들이 많다는 사실을 확신하였다. 그는 사신들이 경치묘사에 뛰어나고 시구단련에 공교하며 비를 타고 오르는 용 같은 붓놀림에 날아오르는 학과 같은 문장력을 갖추었다고 격찬하고 있다.

그 자신도 평소 문재를 자부해 왔었는데[183] 명 사신을 접대하고부터 '사신의 말씀 한마디는 윤상(倫常)을 밝히는 가르침인데, 형식을 꾸민 자허부 짓는 것 부끄러워.'[184] 라 하거나 '우물 안 개구리처럼 좁고 작은 것 스스로 한탄하며, 사마천(司馬遷)처럼 유력하는 그대 부러워.'[185] 라 하며 다소 위축된 모습을 보이기도 한다. 그러나 그의 문학적 재능은 조사(詔使)인 왕학에 의해 사신으로 왔던 장승헌보다도 나았다는 인정을 받게 된다.[186] 그는 명사(明使)와의 우의를 다지면서도 또 한편으로는 조선의 민족적 자긍을 명사에게 알리는 데 소홀하지 않았다.

소국으로서의 조선이 대국인 명과 나란할 수 있는 것은 경제나 군사력이 아니라 예의의 실천 유무에 달려있다. 그의 시에 보이는 민족적 자긍은 '孝'의 중시와 '禮'에 기반한 조선인의 군자적 기상, 기풍을 통한 태평성세에 의해 표출된다. 다음 시는 곽산(郭山) 효녀[187]의 단갈(短碣)을 보고 정사 화찰의 시에 차운한 것으로 비

---

183) 『문집』, 권4, 「次三從事統軍亭韻」 제3수, pp.285 - 286. "書生健筆還無敵, 一首能輕萬戶侯."

184) 『문집』, 권8, 「次華使謁聖韻」, p.321. "皇華一語明彝教, 羞殺雕蟲賦子虛."

185) 『문집』, 권8, 「次韻」, p.330. "自嘆井蛙徒局小, 羨君能作子長遊."

186) 『문집』, 권14, 「文簡公行狀」, p.380. "二十五年, 拜議政府左參贊, 館伴于詔使王鶴, 王鶴求見張天使皇華集, 見公所作嘆曰, 張天使見壓多矣."

187) 郭山(정주에서 서쪽으로 13리 떨어진 군 이름)에 四月이라는 여인이 있었는데 군인인 金末巾의 딸이었다. 19세에 어머니가 풍기병을 앓아 해를 넘기도록 낫지 않아서 지아비의 버림을 받았으나 四月이 산 사람의 뼈가 병을 고치게 할 수 있다는 말을

록 차운시이긴 하지만 '효'에 주목하여 민족적 자긍이 은연중에 투사되고 있다.

斯人已云逝	이 사람 이미 가버렸고
遺跡寄煙蘿	유적만이 이내 낀 덩굴에 기대어 있네.
誠同日皎皎	정성스러움은 해와 같이 밝고
名與山巍巍	이름은 산처럼 높아라.
身是母遺體	몸은 어머니께서 주신 것
一指於吾何	손가락 하나쯤이야 나에게 무엇이랴?
忘軀能報親	몸을 잊고서 어버이께 갚았으니
人紀從此扶	人倫이 이로부터 바로 서네.
勇烈有如此	이렇듯 용감하고 孝烈한데
誰謂女非夫	누가 여인을 장부 아니라 했나?
英聲粲黃絹	아름다운 명성이 절묘하게 빛나는 사람
不獨數曹娥	曹娥만이 아니네.
作詩潤色之	시를 지어 윤색했는데
天仙今又過	天使께서 지금 또 들르셨네.
短碣竪道左	짤막한 墓碣이 길 왼쪽에 서 있어
萬古長不磨	만고토록 길이 닳지 않으리라.
却被採風謠	문득 풍요로 채집되어
傳芳應更多[188]	향기 더욱 많이 퍼지리라.

이 시는 그가 '효'의 중시라는 의도를 가지고 적극적으로 먼저 사신에게 읊은 것이 아니라 정사인 화찰이 읊은 시에 차운해서 지어졌다는 점에서 그의 의도가 약화되는 한계를 피할 수는 없다. 그러나 사신을 접대하면서 조선의 자랑거리를 사신 앞에서 먼저 당당히 내세우는 것도 정황상 용이하지 않았을 것임을 고려한다면 차운한 시에서도 그의 의도를 드러낼 수 있는 여지는 있어 보인다.

듣고 스스로 손가락을 잘라 약을 만들어 병을 낫게 하였다. 이 일을 임금께서 들어 旌閭하고 賦役을 면제하였다.(『新增東國輿地勝覽』, 郭山郡, 孝子篇)

188) 『문집』, 권11, 「次正使郭山孝女韻」, p.352.

이 시는 절지(絶指)하여 병든 어머니를 낫게 한 효녀 김사월(金四月)의 묘갈을 보고서 일어난 감회를 편 것으로 요약된다. 묘갈의 주인은 세상 떠난 지 오래고 쓸쓸한 묘갈만이 길가에 버티고 서 있지만 후세에 드리운 효성과 명성은 해처럼 환히 빛나고 산처럼 우뚝하다. 그는 김사월이 어머니에게서 물려받은 몸이지만, 신체의 일부를 부모님께 보답함으로써 인륜을 바로 세운 공훈을 그려내고 있다. 남자보다도 더 과감히 효를 실천한 사월을 여장부로 높이고 동한(東漢)의 효녀 조아(曹娥)에 견주었다. 조아는 14세에 아버지가 강물에 익사하자 이를 슬퍼하여 17일간을 울다가 끝내 강물에 몸을 던진 사람이다. 절지한 사월의 효심을 순사한 조아의 효심에 비견하고 있는데 여기에는 그의 윤리관이 투사되어 있다. 그것은 바로 '예로부터 정성을 다하면 외물도 움직이게 하니 신명이 사람과 막혀 있지 않다. 허물을 보고서 인을 안다는 성인의 가르침 있는데 넙적 다리 벤 것이 예를 잃었다는 것은 말할 거리가 못 된다는 것.'[189]이다. 실례의 여하에 따라 포폄이 정해지는데 순사(殉死), 규고(刲股), 절지(絶指)의 행위 자체가 효를 순서 짓는 것이 아니라 행위를 하는 마음가짐이 효를 규정하므로 사월이 약으로 쓰지 말아야 할 것을 약으로 쓰면서도 스스로 기뻐하였으니 길흉을 점칠 필요가 없는 것[190]이라고 하였다.

1구~12구에서 그는 곽산 효녀 김사월의 행적과 효행을 객관적으로 서술하면서도 그의 내면에 일어나는 감흥을 주관적으로 정서

---

189) 『문집』, 권11, 「次副使郭山孝女韻」, p.352. "從來至誠物亦動, 明神不與人隔絶. 觀過知仁聖有訓, 刲股失禮無足說."

190) 『문집』, 권11, 「次副使郭山孝女韻」, p.352. "勿藥之藥自有喜, 吉凶何須待龜灼."

화하는 것을 빠뜨리지 않았다. 그는 김사월이 규방에서 살면서 부모 곁을 떠난 적이 없고 어릴 적에는 비범하고 곧은 자질을 지녔으며 남들이 알지 못하는 값비싼 명약이 바로 절지의 정성임을 알고 있었다[191]고 높이고 있다. 13구~18구는 효녀의 효성을 기리려는 모습들이다. 시인 묵객들은 시를 지어 공덕을 칭송하고, 명사(明使)는 직접 내방하여 묘갈을 둘러보고 효덕을 본받는다. 그는 효녀의 묘갈이 효성의 깊이만큼이나 만고토록 닳아 없어지지 않을 것이라 하였다. 마지막 두 구에서 그는 정사인 화찰이 곽산 효녀 김사월의 효행을 풍요로 채록하여 돌아가 황제께 아뢰어 만방에 드날리게 해 주기를 바라고 있다.

신광한은 곽산 효녀[192]를 소재로 하여 자주 시로 읊었다.[193] 그는 '孝'에 주목하고서 그녀의 성장 배경과 절지의 효성을 서술하였고, 곽산 효녀의 효열이 바로 지성감천이라는 그의 감상을 시화하였다. 그가 동일한 소재를 여러 번 읊은 이유는 물론 사신에게 화답하기 위해서였겠지만 그의 내심에는 조선이 효에 기반한 예의지국임을 강조하려는 마음이 있었을 것이다. 양곡(陽谷) 소세양(蘇世讓)도 明 사신의 영송에 참여한 적이 있으나 곽산 효녀를 소재로 한 시를 남기지 않았고, 호음(湖陰) 정사룡(鄭士龍)이 곽산 효녀를 소재로 한 시 1편 7수[194]를 남겨 놓았다. 호음의 시와 그의

---

191) 『문집』, 권12, 「次郭山孝女墓韻」, p.366. "生在閨門膝未離, 髫年應亦異貞姿. 千金秘藥人誰識, 一寸明誠爾自知."

192) 明에서 使臣이 오면, 조선의 接伴官들이 모시고 항상 들렀던 郭山 孝女碑다. 조선 문사와 明 使臣 간에 많이 수창되어 『皇華集』所載 詩의 주요 소재였다.

193) 주 188)의 시 외에도, 주 189)의 시와 주 191)의 시 3편이 있다. 주 188)의 시는 5언 18구의 5언 고시이고, 주 189)의 시는 7언 24구의 7언 고시이며 주 191)의 시는 7언 율시다.

시 3편을 비교해 보면 형식면에서 그의 시가 장편에 속하는 것을 논외로 하더라도, 주제 면에서 곽산 효녀의 효심을 구현하는 방식이 호음은 객관적 현상 자료를 나열하는데 중점을 두었다면, 그는 곽산 효녀에 대한 그의 정서와 감상을 펼쳐내는데 유의했음을 알 수 있다. 그러다 보니 시의 전개 양태가 호음 시보다 그의 시가 좀더 세밀하며 정서 구현 면에서도 더 주관적으로 감성화되어 있다. 이것이 여타 원접사나 영위사들의 『황화집』소재 시들과 변별되는 부분이기도 하다.

정사 화찰, 부사 설정총과 함께 곽산 효녀의 단갈을 보고 효행의 내용을 시로 읊어 내면서 편방(偏邦)인 조선국이 夷狄之國이 아니라 효행을 실천하는 예의 있는 나라임을 강조하려 하였다. 당시 '명나라에 사월과 같은 효행이 있다면 명에서는 성대하게 광포 (廣舗)하고 포양(褒揚)하겠지만 조선에서는 정문(旌門)만 해 놓고 비기(碑記)가 없으니 누가 조선을 절의를 숭상하는 나라로 여기랴?[195]'라는 혐의가 일었는데, 그는 조선의 절의 숭상 정신에 위해 한 내용을 시에 굳이 언급하지 않는다. 이것은 분명 조선이 예의 지국임을 강조하려는 그의 의도에 부합하는 조치다. 이러한 자존 의식은 기자(箕子)의 봉지였던 평양을 지나면서 강화된다. 기자가

---

194) 鄭士龍, 『湖陰雜稿』(『韓國文集叢刊』25, 민족문화추진회), 권6, 「次郭山金孝女詩韻」, p.197. ① "爲人子職當思孝, 豺獺猶能知所報, 母恩罔極病沈娿, 敢不百身期一效." ② "簡策聯翩書孝女, 幾人至性能如許, 忍斷春織不自疑, 只今異事傳征旅." ③ "新詩句句勝南金, 孝女聲名重自今, 漢署編摩應採錄, 却從東土費參尋." ④ "人有四端猶體四, 此皆在我非外事, 若當萌處不能充, 是體雖全均是棄." ⑤ "孝里荒涼幾歲月, 使華今日重標別, 淸篇和璧價連城, 獻闕還知免三刖." ⑥ "使節經閭一問之, 更煩椽筆爲題詩, 芳名定自流千古, 不必堅頑數尺碑." ⑦ "行路悠悠盡式門, 誰將文字慰貞魂, 從今名姓實區滿, 應爲皇華秀句存."

195) 『大東野乘』, 권4, 「稗官雜記」4. "若使中朝路邊有此事, 則其舗張褒顯之道, 必侈之又侈矣. 今只旌一門, 而迄無碑記, 華人豈謂我國能尙節義乎."

시행했던 정전제도(井田制度)가 평양에 남아 있는 것을 보고 '진시황이 정전제를 없애어 백성들이 불구덩이에 떨어졌네. 바다 귀퉁이 땅에 옛 유풍이 있는 줄 누가 알랴'[196] 라 하거나 기자의 사당을 보고는 '그때 주무왕(周武王)에게서 법을 받았고, 당시 공자께서 마음 알아주었네. 팔조금법(八條禁法)의 가르침 두어 괜히 사랑 끼쳤으나 천년동안 유음을 감상하는 이 없네.'[197] 라 하였다. 명에서는 사라진 태평성세의 제도가 조선에 남아 있다고 함으로써 문화적 우수성을 암시하고, 또 기자가 주무왕으로부터 정식으로 봉해졌음을 언급하여 정통성을 공고히 하며 공자로부터 인정받은 사실로써 도덕성도 확보한다. 그리고 팔조의 규율을 만들어 백성들이 편히 살 수 있도록 하여 정치적, 사회적으로도 안정된 나라였음을 상기시킨다. 그는 조선이 정치, 문화면에서 어느 것 하나 중국에 뒤질 것이 없고 대등하거나 도리어 능가하는 문화국임을 자임하였다.

다음 「차정사평양관사운(次正使平壤觀射韻)」을 통해 그가 말하고자 한 조선인의 기상과 용맹을 읽을 수 있다.

觀德要須明以侯	덕을 보려면 과녁으로 밝혀야 하니
畫布棲皮傍城隅	베에 그리고 가죽대어 성 모퉁이에 두었네.
洸洸武士氣如虹	날랜 무사들은 기세가 무지개 같아
奮臂爭能絡眷韝	팔 떨치며 다투어 팔찌 걸어 묶네.
抨弓毛羽落虛弦	활 당기자 깃털 빈 활줄에 떨어지고
省栝還敎鈞四鏃	틀 살펴 문득 네 개의 화살을 가지런히 하네.
百中終日不出正	백발백중이라 하루 내내 정곡에서 벗어나지 않아
軍前可梟克汗頭	군진 앞에 걸어 두느라 머리에 땀이 흥건하다.

---

196) 『문집』, 권12, 「井田遺制」, p.364. "秦氏廢井封, 民隨膏火中. 誰知海隅地, 還有古遺風."
197) 『문집』, 권8, 「次箕子祠韻」, p.323. "周武爾時能受法, 魯儒當日是知心, 八條有敎空遺愛, 千載無人更賞音."

分曹決勝自閑暇	무리 나눠 승부 가리는 것 절로 한가롭고
相與揖讓傳觥籌	서로 절하고 양보하며 술잔과 댓가지 건네주네.
客裏堪供一咲樂	나그네 길에 웃고 즐길 거리 되어
不覺白日從西流	해가 서쪽으로 흐르는 것 깨닫지 못하네.
一視應知無彼此	한번 보면 알게 되어 피차 구별 없으니
寸藝片善期必收	조그만 재주와 선이라도 반드시 거둬야지.
終當平虜捍邊鄙	끝내는 오랑캐를 평정하고 변방을 막아
不教飲馬長江水	장강의 물을 말 못 마시게 하리라.
屏衛皇家作干城	황제를 호위하는 간성 되어
永絶拔旌天驕子[198]	침입하는 버릇없는 녀석들 길이 끊으리라.

위의 시는 평양에 머물 때에 활 쏘는 광경을 보고 지은 것이다. 1구~6구는 과녁을 만들어 성 모퉁이에 두는 장면과 활쏘기 위해 대기하고 있는 무사들의 기세, 활 쏠 장구를 준비하고 화살을 고르는 모습들을 생동감 있게 사실적으로 묘사하였다. 성 안에는 용맹한 무사들이 구름처럼 모여 있는데 마치 비단 팔찌에서 날아오르는 날랜 송골매 같은 기세다.[199] 긴장된 분위기에서 무사들은 제각기 자신의 활을 당겨 보며 점검하고 네 발의 화살도 화살을 곧게 펴는 틀에 넣어 가지런히 맞추어 둔다. 그는 활 쏘는 데 있어서도 법도가 있고 마음을 다잡는 장중함이 있음을 발견해 낸 것이다.

7구~12구는 쏘기만 하면 백발백중 과녁의 정 중앙에 모두 꽂히는 무사들의 활 솜씨와 편을 갈라 자웅을 겨루는 모습이 경직되지 않고 여유로우며 예의를 갖추어 수작하는 모습을 담아내었다. 1구~6구가 활쏘기 시작 전의 모습이라면 7구~12구는 활쏘기가 시작된 후의 장면이다. 악어 북이 울리어 활쏘기가 시작되면 두 편이 번

---

198) 『문집』, 권11, 「次正使平壤觀射韻」, p.359.

199) 『문집』, 권11, 「次副使觀射韻」, p.353. "城中猛士雲爲屯, 氣如快鶻翻錦鞲."

갈아가며 사선에 절하고 오르니 이는 군자들의 다툼이다.[200] 과녁을 내걸고 재주를 겨루면 활의 힘이 거세어 화살이 별빛보다 빨리 날아가는데 푸른 산에 북소리 둥둥 울리면 승부를 가리려고 연이어 백발을 쏘게 한다.[201] 그는 활쏘기가 흥미진진하여 구경하느라 날이 저물어 가는 줄도 느끼지 못하게 되었다. '관사(觀射)'를 소재로 한 시는 여타 원접사나 영위사들의 시에 보이지 않는데 그가 '觀射'에 주목하여 조선인의 기상과 용맹성을 드러낸 의도는 무엇일까? 그것은 바로 『논어(論語)』, 「팔일편(八佾篇)」의 '子曰君子, 無所爭, 必也射乎. 揖讓而升, 下而飮, 其爭也, 君子.'인데 大射之禮가 조선에 시행되어 조선이 君子之國임을 밝히려 해서다. 즉 조선인이 용맹하고 무예가 뛰어나면서도 법도가 있고 예의를 지닌 민족임을 '觀射'를 통해 보인 것이다.

　13구~18구에서는 그가 '觀射'하고 난 후 조선인의 무예와 용맹성에 대한 효용을 사신에게 제시한다. 그것은 바로 조선이 황제의 나라를 호위하는 간성이 되어 북쪽 오랑캐를 토벌하고 변방 수비를 굳건히 하여 본토를 침입해 오지 못하게 하겠다는 것이다. 그는 서로 상충되기 쉬운 조선의 자주성과 명에 대한 사대성을 문학적 기교로써 조절하고 있다. 조선의 자주성만을 지나치게 펼치다 보면 명나라 사신의 심기를 불편케 할 수도 있으므로 시를 마무리하는 단락에서 조선이 명을 호위하는 번국(藩國)으로서의 역할을 맡는다고 함으로써 조선의 자주성이 명을 향한 사대성 내에서만

---

200) 『문집』, 권11, 「次副使觀射韻」, p.353. "鼓聲打破雙䥭頭, 揖讓上下君子爭."
201) 『문집』, 권11, 「次正使百祥樓觀射韻」, p.360. "張侯較藝弓力勁, 飛箭疾於星火流. 靑山殷殷雷鼓動, 決勝終敎連百中."

유지될 수 있음을 보이고 있다. 그는 사대성을 크게 훼손하지 않는 범위 내에서 어느 정도의 자주성 강조는 필요하다고 생각하였다. 이런 측면에서 본다면 그의 작시 태도는 다분히 명에 대한 사대성을 해치지 않으면서도 조선의 자주성을 명에 보여주어야만 하는 세심한 문학적 배려를 항시 견지했음을 발견할 수 있다.

그는 조선인의 무예와 용맹성을 다른 시에서도 자주 언급하고 있다. '구구하게 蜀에 근거해 공손을 비웃고, 싸우지 않아도 절로 버릇없는 녀석들 두렵게 한다. 굳센 풍골 갈리거나 씻겨 변하지 않고, 산바람·밤비는 어지러울 뿐. 서리와 벽력에도 털 하나 움직인 적 없고, 쓰러지고 절룩거려도 곤륜산 불타는 것 두렵지 않네.'[202] 라 하거나 '용맹은 항우(項羽)같으나 끝내 수치 당하였고, 충성은 악비(岳飛)같으나 화를 만났네. 아득한 성패는 뜬 구름과 같은데, 말없이 오랫동안 끝없는 근심 품었네. 어찌하면 두 장군을 불러 일으켜, 눈 보이고 귀 들리게 할까? 근엄한 모습 환히 빛나 천자를 호위하여, 한 사람은 서관을 또 한 사람은 북문을 지키게 하네. 융적(戎狄)을 누군가가 어찌해 버리고 강궐(羌厥)을 두렵게 하면, 빈 주먹 뻗을 뿐 기와 도끼 쓰지 않을 텐데.'[203] 라 하였다. 모두 나란히 서 있는 장군 바위에 빗대어 모진 풍우에도 굴하지 않는 조선인의 추상같은 기상과 아울러 항우처럼 용맹하고 악비처럼 충식한 조선인의 기개를 은유하고 있다. 이러한 자부심은 조선이 태평

---

202) 『문집』, 권11, 「次副使石將軍歌韻」, p.358. "區區據蜀咲公孫, 不戰自懾天驕魂, 頑骨不隨磨洗變, 山風夜雨徒紛紛. 千霜百霆曾不動一髮, 偃蹇不怕崐岡焚."

203) 『문집』, 권8, 「次石將軍歌」, p.321. "勇如項籍終包羞, 忠如岳飛亦罹憂. 悠悠成敗劇浮雲, 不語長含無限愁. 安得叱起兩將軍, 目有所見耳有聞. 威靈赫焰衛天子, 一守西關一北門. 誰何戎狄惜羌厥, 張此空拳不旆鉞."

성대를 이룬 문명국임을 천명하는 것으로 자연스럽게 이어진다.

寶唾映金郊　　좋은 시들 金郊館을 비추고
珊瑚玉樹交　　산호처럼 아름다운 나무 얽혀있네.
還驚莉棘裏　　문득 가시덤불 속에서
得見鳳鸞巢　　봉황과 난 새의 둥지 찾은 것 놀라워라.
問俗庭無訟　　習俗 물으니 관아에는 訟事 없고
觀風野有麕　　氣風을 살펴보면 들에 고라니 있네.
居夷曾不陋　　東夷에 사는 것 일찍이 비루히 여기지 않았으니
東海豈杯坳204)　　동해가 어찌 얕은 물이랴?

위의 시는 강음현(江陰縣) 서남쪽 30리에 있는 금교관(金郊館)에 묵으면서 지은 것이다. 首聯에서는 경관이 아름다워 제영한 시들이 대들보와 서까래에 가득 걸려 있고 주변의 나무들 역시 선경처럼 화려한 금교관의 모습을 적고 있다. 頷聯에서는 가시덤불 우거진 곳에 봉황과 난 새의 둥지가 있음을 발견하고 당황해 한다. 태평성세의 서조(瑞兆)인 봉황과 난 새의 둥지를 보고 풍속을 물어보니 과연 정치가 잘 다스려져 관아에는 쟁송하는 사람들이 없고, 사람들이 유순하여 고라니가 인가 가까이까지 내려와 놀고 있다. 성 밖의 들에는 농사지은 곡식 있음을 자랑하고 성 안에는 먹을 소금 없다고 탄식하는 사람이 없다.205) 소반에는 자라가 오르고, 부엌에선 산고라니 고기 내어와206) 함포고복하며 근심, 걱정이 없다. 그러나 백성들은 임금의 은혜가 넓어 태평하게 사는 줄 알지 못하고서 지금의 장리(長吏)가 청렴하다고 말할 뿐이다.207) 尾聯에서는

---

204) 『문집』, 권12, 「次金郊館韻」 제2수, p.363.
205) 『문집』, 권12, 「次開城府太平館韻」, p.368. "野外卽誇耕有粟, 城中誰嘆食無鹽."
206) 『문집』, 권12, 「次金郊館韻」 제1수, p.363. "菜盤供野鼈, 廚味薦山麕."

공자께서도 태평한 세상인 동이에 사는 것을 누추하게 여기지 않았다고 한 사실과 동해가 배요(杯坳)[208]처럼 얕지 않다는 점을 들어 지금도 조선이 태평하고, 넓고 깊은 동해가 상징하듯 유서 깊고 포용력이 있으며 무한한 가능성을 지닌 문명국임을 천명하였다.

인용 시 이외에도 그는 '길 양쪽 뽕나무 삼나무에 비 지난 자국 남았는데, 인가의 삽살개는 꽃 핀 마을에 졸고 있네. 천하에 일 없음을 알겠으니, 굳은 성문 일찍 닫을 까닭 없어라.'[209]라 하여 조선이 태평함을 시로 읊어 내었다.

조선의 기풍에 대한 표출은 종극에는 명에 대한 칭송으로 귀결된다. 즉, 조선이 자긍심을 지닐 수 있었던 것은 황제의 황은을 입었기 때문이라는 겸양이다. 이것 역시 그가 자주성과 사대성 사이에서 균형을 유지하려 한 문학적 장치로 보아야 하겠다.

渙澤仍成雨	빛나는 은택은 비를 이루고
需恩故作雲	내리신 은총은 구름을 만드네.
金花泥帶紫	황금 꽃은 붉은 금가루 띠었고
瑞節錦生紋	상서로운 깃발에는 비단 무늬 생기네.
山館空留詠	산의 객관에는 쓸쓸히 읊은 시 남아있어
天葩可挹芬	하늘의 꽃향기 맡을 수 있네.
偏邦何得此	외진 나라에서 어떻게 이것을 얻었나?
深荷聖明君[210]	천자의 은혜 많이 입어서라.

---

207) 『문집』, 권12, 「次開城府太平館韻」, p.368. "民生未識皇恩博, 只道如今長吏廉."

208) 『莊子』, 「逍遙遊」. "且夫水之積也不厚, 則其負大舟也無力, 覆杯水於坳堂之上, 則芥爲之舟, 置杯焉則膠, 水淺而舟大也."에 전고를 둔 단어로 '움푹 팬 곳에 담겨 겨우 지푸라기 정도만을 뜨게 할 수 있는 얕은 물'을 가리킨다.

209) 『문집』, 권12, 「次興義館韻」, p.363. "挾路桑麻過雨痕, 人間尨犬睡花村. 從知天下都無事, 不用重城早閉門."

210) 『문집』, 권12, 「次雲興館韻」, p.366. 이 시는 『문집』, 권8, pp.329-330.에도 같은 시제로 실려 있으나 首聯 出句의 '渙澤'이 '解雨', 首聯 對句의 '需恩故作雲'이 '需雲已作雲', 頸聯 對句의 '天葩'가 '天香'으로 되어 있어 글자의 출입이 다소 있다.

이 시는 곽산군(郭山郡) 북쪽 17리에 있는 운흥관(雲興館)에 유숙하며 객관의 이름을 통해 황제의 은택을 이끌어낸 것이다. 首聯은 구름이 일어난다는 '雲興'으로, 황제의 은택이 흩어져 비를 뿌리고, 또 은총이 구름을 일으킨다고 재치 있게 표현하였다. '雲興'이 '作雲'으로 화하여 황제의 나라가 제후국에게 은혜를 내려주고 제후국에서는 황제국의 은택을 받으려 하는 교화론적 관점을 유도한 것이다. 사신이 조선에 온 것을 '渙澤仍成雨'와 '需恩故作雲'으로 은유하였다. 頷聯은 사신의 화려한 행차를 보인 것이다. 頸聯에서는 운흥관에 읊어놓은 제영은 모두 역대 화사(華使)들이 지어 놓은 것이므로 그것으로 인하여 황제의 교화의 향기를 맡아볼 수 있다고 하였으니 황제의 교화가 예전부터 조선에 줄곧 이르렀음을 드러내고 있는 것이다. 그것은 尾聯에 이르러 분명히 나타난다. 이 것은 '요서의 산하는 모두 황제의 복지(服地)인데, 제나라 동쪽 울타리 나라가 어찌 변방이랴?[211]'라는 인식으로 전이된다. 교화를 받으면 교화한 곳과 같아진다는 이러한 사고는 '황제의 은덕 넓고 깊어 큰 은택 넘쳐흐르니, 서융과 남맥도 가리지 않네. 더구나 우리나라는 중국과 인을 함께 하는 나라로 매여 있어, 줄곧 변방으로 떨어져 있지 않았네.'[212]와 같은 맥락이다. 교화를 받은 조선으로서 중국을 사모하지 않을 수 없으니 해바라기가 태양을 향하듯 조선이 중국을 우러러 본다[213]고 하였으며 심지어 천하가 모두 형

---

211) 『문집』, 권8, 「次祁使六韻」제2수, p.322. "遼左山河皆帝服, 齊東藩翰豈要荒."

212) 『문집』, 권11, 「次正使西門嶺行韻」, p.360. "皇恩汪濊需洪澤, 不間西戎與南貊. 何況吾邦圉同仁, 向來未有藩籬隔."

213) 『문집』, 권12, 「次太平館太平歌韻」, pp.361 - 362. "君不見扶桑瑞旭騰上曉正晴, 下土葵心能自傾. 由來物性固如此, 何況東人向帝京."

제로서 조선도 황제의 나라에 속한다고 하였다.[214)]

결국 그는 조선의 자존의식을 유감없이 드러내고 난 후 그것을 가능하게 한 것은 중국의 교화를 입었기 때문이라며 해바라기처럼 중국을 영원히 받들 것임을 다짐한다. 다분히 명을 의식한 외교적 입장을 취하였지만 대국을 받들어야만 살아남을 수 있었던 당시에 소국의 원접사로서 보여준 최선의 시대인식이었고 문학적 의사표시였다.

그가 명사(明使)와의 우의를 돈독히 하고 조선의 민족적 자긍을 시로 담아 낸 것은 명과 조선 사이에도 의리가 통하는 관계로 만들려 하였던 그의 도학적 정신이 사장적 문재로 발현된 일면으로 읽어야 할 것이다.

---

214) 『문집』, 별집, 권6, 「次上使華公韻」, p.456. "四海一胞何陋有, 箕封應亦屬周家."

Ⅳ 신광한 시의 풍격

한 시인의 개성적 정신질량이 사회의 역사적 환경과 문화적 배경에 근거해서, 다른 시인들과 구별되는 하나의 자질이라는 명제적 진실을 전제한다면 문학적 형상화를 경유한 정신적 질량 역시 또 하나의 변별소인 것이다. 문학적 관점에선 그것을 풍격이라 규정하고 있는데 거기에는 시인의 창작 개성이 작품 속에 내용을 통해서 수사로 구현된 구체적 모습도 포함하고 있다.[215] 이런 측면에서 신광한의 시가 갖는 문학적 풍격은 그의 정신세계, 다시 말하면 그의 정신지향이 문학적으로 어떻게 복사되어 나타나는지를 구체적으로 보여준다. 앞의 Ⅲ장 1절에서 그의 탈속적 삶과 의리 정신을 '천리 동화의 탈속적 삶과 도학적 의리 정신의 함양'으로 나누어 고찰하였다.[216] 그의 도학적 정신지향의 핵심은 인욕을 제거해 내면에 본연지성을 확충하여 천리운행에 동참하는 것과 의에 대한 강한 집념으로 불의에 항거함으로써 의리 정신을 함양하는 것에

---

215) 정재철, 『이색 시의 사상적 조명』, 집문당, 2002, p.117. 이후 논자가 언급하는 풍격에 관련된 내용은 이 논저의 진술을 참고한 것으로, 따로 주를 달지 않을 것임을 밝혀둔다.

216) Ⅲ장 1절 참조.

놓여 있었다. 그러나 이 두 가지 정신지향이 그의 시의 산술적 비중에 있어서 서로 대등한 무게를 지니는 것은 아니지만 두 가지 정신지향의 결을 보여준다는 점에서 의의를 찾을 수 있다.

그의 정신지향의 결은 무엇보다도 내면적 침잠에 기초한 천리동화의 의지에 비중이 두어져 있는데 그것은 그러한 경향의 시가 산술적으로 많다는 점에서도 확인할 수 있는 일이지만 내용과 소재를 이용한 표현의 다양성만이 아니라 기술의 심각성에서도 짐작할 수 있다. 반면에 의리 정신의 함양은 전자에 비해 산술적 수도 적고 표현이 몇몇 상징으로 국한되어 있는 특징을 가진다. 미리 결론부터 말하면, 이러한 결과는 문학적 형상화를 경과한 풍격의 국면에도 그대로 적용된다. 그래서 선행 연구에서 그의 도학적 위상을 정립할 때에 외향적 발산보다는 내면적 침잠에 특징이 있다고 한 것도 이와 무관하지 않다.[217] 여기에서 '내면적 침잠'은 타인과 독립된 시인의 내면적 수양을 의미하고, '외향적 발산'이란 타인과 교섭된 의리의 실천을 가리키는 것이다.

그의 시의 풍격에 대해 언급한 전고를 살펴보면 대체로 '평담(平淡)'과 '웅혼(雄渾)'이라는 두 가지 풍격을 공통적으로 들고 있다.[218] 두 자료를 보면 '웅혼'은 기나 필력과 관계된 풍격이고, '평담'은 내용적 측면과 유관한 풍격이다. 즉 '웅혼'은 학습을 통해

---

217) Ⅲ장 1절에서 논의되었다. 그리고 윤채근, 「기재 신광한 한시 연구」(『어문논집』제36, 안암어문학회, 1997.) 참조.

218) 『문집』, 권14, 「文簡公行狀」, p.383. "爲詩, 本諸三百篇, 祖少陵而宗江西, 氣渾而雄, 律贍而富, 淸硏幽妙, 峻潔流麗, 如銅丸走板, 如繁星麗天, 衆體森備, 遠駕前古, 人謂善學老杜.";『문집』, 권14, 「文簡申公墓誌銘幷序」, p.388. "爲詩, 祖少陵而效江西, 務欲理勝而辭致分明, 風味高古, 而筆力雄渾, 無非菽粟之平淡, 而淸勁老健, 自有人不可及之妙."

구비한 풍격에 해당하고, '평담'은 시인의 작품 전반에 걸쳐 특징적인 모습을 보여주는 풍격인 것이다. 전자가 제재나 창작시기에 따라 다르게 창출되는 풍격이라면, 후자는 시인의 타고난 문학적 재력과 관련된 것으로 여간해선 변할 수 없는 풍격인 셈이다. 이를 좀더 쉽게 풀이하면 '평담'은 그의 일생 전부를 아우르는 풍격이고, '웅혼'은 그의 일생 중 특정한 한 시기를 대표하는 풍격이다. 이 장에서는 그의 시의 풍격을 논의함에 있어, 그의 생애 전 기간에 걸쳐 나타나는 내면적 침잠에 따른 물아합일의 경계와 관련된 것을 '평담'의 풍격으로, 장년기라는 특정 시기에 지녔던 호연지기의 발양이 시작품에 투영된 것을 '웅혼'의 풍격으로 나누어 각 풍격의 생성근거와 특성을 도출하려 한다. 물론 그의 정신지향의 양상과 수사적 측면에서의 결구 방식도 수렴되어 논의될 것이다.

1. 평담(平淡): 물아합일의 경계

신광한의 시에 나타나는 대표적 미감으로 '평담'을 들 수 있다. '평담'은 청정(淸靜)한 정신성이나 탈속적 서정과 밀접하게 관련된다. 그래서 표현 자체에서 환기되는 미감보다는 작자의 내면 정서, 함축과 여운에 의해 작품의 풍격이 형성된다.219) '청정'은 내면의 수양을 통해서 획득되기도 하고, 주변의 자연 경물 중에서 '청정'한 이미지를 통해 드러나기도 한다. 다음 「차납청정화사운(次納淸

---

219) 박은숙, 전게서, pp.198 - 199.

亭華使韻)」은 주변 물상의 청정함을 보여준다.

不敢留詩最上頭　　　정상에 시 남겨두지 못하지만
只憐佳趣儘淸幽　　　아름다운 정취 실로 淸幽함을 사랑할 뿐.
深潭露石偏宜釣　　　깊은 못에 솟은 바위 낚시하기에 알맞고
高柳垂枝半覆洲　　　큰 버들가지 늘어져 물가를 반이나 덮었네.
何恨杜陵長作客　　　두보처럼 오래 떠돈 것을 어이 원망하랴?
却成蘇子冠玆遊　　　동파가 되어 예서 노니는 것 최고로 여기는데.
差然未覺耽蕭散　　　얼핏 불식간에 소산함을 탐하노니
朱夏森如水國秋[220]　　한여름에도 섬의 가을처럼 서늘하네.

시를 구성하고 있는 주조가 전체적으로 공간에 대한 경물 묘사
에 치중하고 있다는 느낌을 지우기 어렵지만, 首聯의 돌올한 시상
의 전개와 '敢', '只'에서의 겸양적 표현에서 단순한 경물만의 묘
사가 아님을 감지할 수 있다. 납청정(納淸亭)에서 느끼는 청유(淸
幽)한 가취는 주변에 위치하고 있는 낚시하기 좋은 못 속의 바위
와 물가에 그늘을 드리운 버드나무로부터 온 것이다. '深潭', '釣',
'高柳', '垂枝'에서 어렵지 않게 그러한 면모를 찾을 수 있기는 하
나 '청유'의 가취가 의미하는 것이 이에서 그치지는 않는다. 그 속
에는 주변의 청정한 경물들을 완상함으로써 내면에 일어난 청정한
심적 상태가 무르녹아 있는 것이다. 이것은 頸聯의 납청정에서 오
래 노닌 자신을 두보와 소식에 견줌으로써 그들의 정신세계와 근
접하고 있거니와 尾聯의 소산함을 탐하는 그의 내면세계와도 연결
된다. 尾聯은 首聯의 청유한 가취를 다시 한번 그의 내면에 각인
시키는 역할을 하고 있다. 이 작품이 주변 물상의 청정함으로 그

---

220) 『문집』, 권8, 「次納淸亭華使韻」, p.327.

의 내면의 청정함을 복사해 낸 것이라 하더라도 내면의 청정함보다는 물상의 청정함이 더 짙게 물들어 있음을 부인할 수는 없다.

그러면 이 작품에서 그가 노래한 '청정'의 실상은 무엇인가? 頷聯과 尾聯에서 그 단서를 잡을 수 있는데 먼저 頷聯을 다시 살펴보자. 여기에서 '潭'과 '洲'는 물의 심상이 던져 주는 '淸'한 이미지를 연상시키고 '深', '釣', '高', '覆'에서는 세속과의 격절이나 단락(斷落), 즉 '靜'을 떠올리게 한다. '潭'과 '洲'도 '淸'한 이미지만이 아니라 외부와는 단절된 '靜'의 의미를 가지고 있는 것 또한 사실이다. 尾聯의 '蕭散', '秋'에서 '淸'을, '水國'에서 '靜'의 의미를 발견할 수 있다. 이런 점들을 종합해서 생각해 보면, '淸靜'이 마치 '淸'과 '靜'의 결합처럼 여겨지기도 한다. 이것은 다르게 표현하면 '淸'한 물상과 '靜'한 물상의 단순한 만남처럼 보이는 것이다. 하지만 頸聯에 보인 두보(杜甫)와 소식(蘇軾)의 정신경계가 지니는 함의 - 청정한 경계에서 자아를 외물에 투영하는 물아합일의 경역 - 를 추적해 볼 때, '청정'의 의미는 단순함에서 벗어나 복잡해진다. '청정'에는 '淸'과 '靜'의 물상이 빚어내는 이미지가 기본적인 속성으로 표면에 드러나 있으면서 그 이면에는 표면적인 청정에 교감한 내면적 청정이 상존해 있는 것이다.

이러한 결구 방식은 「산재우음(山齋偶吟)」시에서도 확인할 수 있다.

三月淸霜着柳堤	삼월이라 맑은 서리 둑의 버들에 내렸는데
朝暾初射竹窓虛	아침 햇살이 텅 빈 竹窓에 쏟아지네.
花枝欲嫩寒猶澁	꽃가지는 여린데 추위는 여전하고
鳥語思柔暖未舒	새소리 가냘픈데 따스한 기운 펴지지 않네.
多病主人頭盡白	병 많은 주인은 머리 다 희어

獨憐花鳥興全除 홀로 꽃과 새를 좋아하나 흥이 온통 깨졌네.
唯存舊習時相會 예전 습성 남아 있어 이따금 책을 볼 뿐이라
案上風飜太古書221) 서안 위엔 태고 적 책들이 바람에 날리네.

이 시는 '三月', '淸霜', '着', '朝暾', '寒', '澁', '白', '風'이 '淸'한 심상들을 조직하고 있으며, '柳堤', '竹窓', '虛', '病', '獨', '興全除', '案', '太古書'가 '靜'의 이미지로서 문면에 '청정'의 표면적 속성들을 도포해 놓았다. 이 시에서 '청정'의 이면적 의미는 어디에서 찾을 수 있는가? 尾聯에 주목을 요한다. 尾聯의 '舊習'이 무엇을 상징하는지를 밝힌다면 '청정'의 실제적 의미가 드러날 것이다. 문면의 의미로 볼 때, 구습은 그가 한가할 때에 책을 읽는 것을 가리킨다. 그는 한가로이 책을 보며 청정한 경계에서 탈속적인 삶을 살고 있다. 그는 청정한 경계의 내면화가 이루어지고 있는 시점을, 책상 위로 맑은 바람이 불어 책장을 넘기는 것으로 상징하고 있는 것이다. 지금까지 살펴본 平淡의 풍격을 띤 작품들은 표면상 절속의 공간을 공통적 배경으로 하고 있으나 그렇지 않은 경우도 눈에 띤다.222)

여기에서 짚고 넘어가야 할 것이 둘 있다. 하나는 바로 평담한 풍격을 산생시킨 그의 청정한 정신경계의 작용양상에 대한 문제다. 그는 우주의 청정한 경계를 내면으로 수렴하기도 하고, 내면의 수양을 통해 내적 청정을 이루기도 하며 자신의 내면에 가득한 청정

221) 『문집』, 별집, 권1, 「山齋偶吟」, p.393.
222) 『문집』, 별집, 권1, 「金吾蓮閣卽事」, p.396. "官閣沈沈導睡魔, 烏紗未整晩風斜. 新凉暗與淸香渡, 却到荷池雨便多." 이 작품에서 '靜'을 느끼게 하는 공간적 배경은 絶俗의 경계가 아니다. 그렇다면, '淸靜'에서 '靜'의 의미가 단순히 공간상의 隔絶함에서 오는 것만이 아니라는 것을 알 수 있다.

경계를 우주의 청정한 경계로 확산시켜 정신 경계의 상승을 성취하려고도 한다. 또 그런 과정에서 그는 물아합일의 경지를 형상화하기도 하는데 그것은 곧 우주의 청정 경계에 대한 그의 구심적 수렴과 원심적 확산이 교차하는 지점이다.[223] 그의 구심적 수렴과 원심적 확산이 차지하는 비율은 거의 대등하고, 시에 구심적 수렴과 원심적 확산이 함께 나타나는 경우도 적지 않다. 또 하나는 그의 청정한 정신 경계가 어디에 근원하느냐다. 단지 우주의 청정한 경계를 내면화한다고 청정한 정신경계가 전적으로 이루어지는 것은 아니기에 내면 수양의 구체적 과정에 대한 설명이 필요하다. 이 두 가지 문제를 해결하는 데에「우거하야서사(寓居夏夜書事)」시가 많은 시사점을 제시할 것이다.

披褐臥明月	옷 풀어 젖히고 달빛 아래 누워
脫巾露白頭	두건 벗으니 흰 머리 드러나네.
風來如有慰	바람 불어와 위로하는 듯
老去更無求	늙을수록 더욱 욕심 없네.
夜氣全仍暑	밤기운 여전히 더운데
蟲聲欲近秋	벌레 소리에 가을이 가까워지려 하네.
悠悠人世內	아득한 세상 속에
此意信淸幽[224]	이 뜻 진실로 청유하네.

이 작품은 먼저 소탈한 탈속적 삶으로부터 시상을 일으키고 있다. 옷을 풀어헤치고 달빛 아래 눕고 두건을 벗는 행위가 세속에

---

223) 유호진,「이색 시의 연구」, 고려대 박사논문, 1998, p.156에서 "기의 영향관계에 있어 우주의 기로부터 인간 사회의 기로 작용하는 구심적인 방향이 절대적인 것이 아니라 인간 사회로부터 우주로 작용하는 원심적인 방향도 가능하다."고 하였는데 이 책에서는 우주의 기를 그의 내면으로 포섭하는 것을 구심적 수렴, 내면의 기를 우주로 발산시키는 것을 원심적 확산이라 칭하기로 한다.

224)「문집」, 권3,「寓居夏夜書事」, p.275.

얽매이지 않고 자유롭게 행동하는 모습에 다름 아니다. 그러한 행동 중에서 특히 주목해야 할 것은 바로 밝은 달빛 아래 눕는 것이다. 여기에서 단지 달이 밤을 도드라지게 하는 매개물로서의 역할만을 담당하는 것이 아니라 또 다른 의미를 지니고 있음에 유의해야 한다. 달빛은 우주의 청정한 기를 표상하는 것으로서 그의 얼굴에 내려 비추고 있다. 그것은 우주의 청정한 기를 인간 사회, 곧 그 자신의 내면으로 수렴하는 내면 수양인 것이다. 그에게 있어 일차적 내면 수양 방향은 우주의 기가 그의 내면에 수직적으로 하강하는 것인데 그것이 구심적 수렴이다.225)

首聯에서 밝은 달을 통해 우주의 청정한 기를 내면에 함양하였다면, 頷聯에서는 다른 방식의 내면 수양을 보여준다. 頷聯의 '無求'는 그가 내면 수양의 방법으로 무욕, 즉 욕심을 없애는 것에 주력하였음을 알게 한다. 평소에도 그는 이른 새벽에 일어나 향을 피워 놓고 성정이 외물에 흔들리거나 물들지 않도록 내면적 성찰을 통해 성정을 지키면서, 아침 해가 떠오를 때 텅 빈 장막이 환해지고 구름 걷힌 곳에 먼 산이 푸르게 서 있는 모습을 바라보곤 하였다.226) 새벽의 맑은 기운 속에서 향을 살라 내면으로 침잠한 것은 인욕이 횡출하는 것을 막고 성정을 보존하려는 그의 의지가 생활화되었음을 의미한다. 그는 또 밤이 되면 등불 환히 밝히고

---

225) 그런 양상들을 그의 다른 작품에서도 확인할 수 있다. 『문집』, 권9, 「偶吟」, p.340. "空庭艸樹露華團, 山氣蒼然暑氣殘. 自愛企齋今夜月, 淸光來照駱峯顔."에서 結句의 '淸光來照駱峯顔'이 구심적 수렴이다. 『문집』, 권5, 「詠頭陀嶺上長松」, p.291. "西枝寒不彫, 東風吹寂寞. 徘徊撫長條, 歲暮欣有托."도 구심적 수렴의 양상을 보이고 있으나, 대상이 달이 아니라 큰 소나무라는 차이만 있다.

226) 『문집』, 권7, 「企齋曉坐」, p.319. "幽人早起營何事, 淸曉銷香護性靈. 朝日上時虛幌白, 宿雲收處遠山靑."

무릎을 꿇고 앉아 성인의 책을 읽으면서 성정을 지켜 좁은 방이 맑아지고 잡념이 사라지는 것을 깨닫기도 하였으며,[227] 바람이 매섭게 불거나 눈이 거세게 내려 방안이 쓸쓸해지는 밤이면 향로에 식은 재를 보며 인욕이 사라지고 도심으로 가득한 내면의 성찰을 경험하기도 하였다.[228] 이를 통해 그가 밤이건 새벽이건 가리지 않고 인욕이 일어나는 것을 억제하고 맑은 성정을 간직하려 부단히 노력했음을 간취할 수 있다.

여기에서 계절적 배경인 여름이 '청정'과 어떻게 연관되는지를 생각해 볼 필요가 있다. 계절적 배경인 여름은 頸聯의 '暑'로 제시되고 있는데 천리의 변화에 따라 여름에서 가을로 계절이 변해 가듯이 무더위가 극에 달하면 서늘해질 것이라는 통찰이 頸聯에 나타난다. 여름은 가을의 맑은 기운과 대비되어 가을의 맑은 기운을 돋보이게 하는 반사 효과를 내고 있다. 그러므로 여름은 가을이 빚어내는 청정한 경계를 뚜렷이 부각시키는 작용을 하는 것이다. 이제 頸聯의 '밤기운은 여전히 더운데 벌레소리에 가을이 가까워지려 하네.'에 담겨 있는 정신경계의 작용 방향을 해명해 보자. 首聯은 우주의 청정한 기를 내면으로 함섭하는 구심적 수렴이고, 頷聯은 무욕을 통한 내면적 수양이며, 頸聯은 그 과정 속에서 이룩한 그의 내면의 청정한 경계가 우주로 상승하는 원심적 확산이다. 그는 우주의 청정한 기를 내면화하여 내면을 청정하게 하였고 무욕으로 청정함을 강화하여 내면에 청정한 경계가 가득 차서 외부

---

227) 『문집』, 권5, 「獨夜」, p.295. "明燈危坐檢遺經, 獨夜翛然丈室淸. 萬慮欲澄生一感, 隔溪凉葉有風驚."

228) Ⅲ장 주 90) 참고.

로 발산하게 된 것이다. 그것은 頸聯의 천리 운행의 추이를 따르
는 물상에서 우주의 청정한 경계를 발견해내고 그 경계로의 정신
적 상승을 표로한 것과 다르지 않다.

頸聯에 나타난 정신 경계의 작용 방향은 인간 사회, 즉 그의 내
면에서 원대한 우주로의 수직적 상승으로서 원심적 확산이다.[229]
이러한 경지는 물아가 합일된 화해경(和諧境)에 속한다. 물아합일
을 통한 화해경에 이르면 구심적 수렴이나 원심적 확산의 구별이
사라지고 어느새 그의 정신이 우주 속의 청정한 경계까지 고양되
어 있음을 깨닫게 된다. 다시 함련의 '風來如有慰'를 보면, 맑은
경계의 근원인 바람이 그의 내면세계와 만나 동화되어 조화로운
경계를 만들고 있다. 화해경은 우주의 기와 그의 기가 맞닿음으로
써 이루어져 외물과 그와의 화해[230]로 표출되기도 한다.

그가 시를 마무리하면서 청정한 우주의 경계를 내면화한 후 심
성수양을 경과해 도달한 청정한 정신경계를 尾聯에서 '아득한 세
상 속에서 이 뜻 실로 청유하네.'라고 하여, 首聯과 頷聯 그리고
頸聯 6구를 개괄하고 있음에 관심을 요한다. 이 '청유(淸幽)'는 그
가 여러 시에서 누차 그려내었던 바로 그 청정한 경계를 뜻한다.
그러나 여기에서는 앞에서와는 다른 면모의 청정을 만나게 된다.
물론 전처럼 우주의 맑은 경계를 내면화하여 청한 경계를 만들고
거기에 격절의 이미지를 지닌 '靜'이 겹쳐져서 청정이 된다는 점

---

229) 그의 정신 경계의 상승은 『문집』, 권3, 「晚霽」, p.278. "開軒看雨霽, 獨立絶塵紛.
雲斂山爭出, 川生野忽分. 犢尋堤草亂, 人向隴田耘. 天地閑如我, 翩翩白鷺群."에
서도 확인할 수 있다. 천지 속의 한가로운 그의 정신경계는 깨끗한 심상의 백로가
무리 지어 나는 높이만큼 상승해 있는 셈이다.

230) 『문집』, 권3, 「七月十六夜, 月是夜乃望, 且入白露節, 實兼仲秋之勝」, p.269. "衰鬢
明應甚, 吟蛩近坐邊."

에서는 다를 것이 없지만 '靜'의 의미가 보다 더 강화된다는 차이가 있을 뿐이다. 그는 우주에 존재하는 청정한 기를 내면으로 수렴하여 내면을 청정하게 만들고, 무욕의 심성수양으로써 청정한 경계를 내면에 충일케 하여, 그의 정신 경계가 상승해서 우주에 유행하는 천리의 기와 화해하는 경계를 평담의 풍격으로 상정한 것이다. 그는 물가의 정자에 먼지 하나 일어나지 않는 주변의 청정한 경계를 내면으로 함섭한 후, 물이 비에 불어나고 구름이 바람에 흩어지는 것을 바라보며 심의(心意)가 편안해져 내면 경계가 우주의 천리 경계와 교감하는 것을 '幽事'로 설정하여 생활의 일부로 삼기도 하였다.231) 심지어는 기러기가 그려진 병풍을 보고는, 눈을 맞으며 갈대숲에 꼿꼿이 서서 인간 세상의 분잡함을 떨쳐버린 기러기를 상상하면서, 기러기와 그의 내면에는 우주의 청정한 기가 함께 흐르고 있다는 것을 떠올리기도 하였다.232) 이러한 경계가 평담의 풍격으로 집약되어 발현된 것이다.

물아합일의 경지는 성인이 도달한 정신 경계와 자주 연결되어 평담의 경계로 산출되기도 하는데,233) 이는 성인의 정신 경계가 우주의 본원인 천리의 운행이치와 궤를 같이하기 때문에 더욱 그렇다. 그가 내면에 충만한 청정한 정신을 청정한 경계로까지 상승시

---

231) 『문집』, 별집, 권1, 「水雲亭, 次湖陰韻」, p.401. "高亭臨水挾雲飛, 飄飄淸塵不用揮. 水爲雨肥分幾道, 雲因風散解重圍. 心能不競添新檻, 意與俱遲隱舊磯. 幽事已拚吾計得, 邇來無夢到黃扉."

232) 『문집』, 별집, 권6, 「題畵鴻雁障子」, p.460. "天淸山有雪, 月冷渚無雲. 寂歷寒蘆響, 依稀宿雁聞. 翻疑湘浦影, 却似洞庭群. 滿眼冥冥趣, 令人厭世紛."

233) 『문집』, 권9, 「遊聖居山萬日庵」, p.331. "峯回峽急洞天深, 忽聽風泉已洗心. 聞說聖居遺跡秘, 小庵孤絶寄雲岑"; 『문집』, 별집, 권6, 「次宋四宰觀水亭韻」, p.459. "爲愛江干草閣寒, 又供幽事添庭欄. 官從白首辭新命, 身向靑山釣舊灘. 動處正須尼聖取, 盈時還擬子輿觀. 分明水鑑淸無累, 自照何慙見肺肝."

키고 다시 화해경인 성인의 정신경계와 연결시켰을 때, 그 속에서 화해경을 세상에 구현하여 태평성세를 간절히 바라는 그의 염원이 자연스레 유로된다.[234]

지금까지 그의 청정한 정신경계가 평담의 풍격으로 형상화된 양상을 고찰하였다. 먼저 맑고도 세속과는 격절된 경지에서 우주의 청정한 기를 내면으로 수렴하여 내면의 정신 경계를 청정하게 하면서, 한편으로는 성리학적 심성수양인 무욕으로써 내면에 청정한 경계가 충일하도록 한 후, 자신의 정신 경계를 천리의 운행 속으로 상승시켜 화해경에 이르도록 하였다. 그는 화해경에 도달하여 물아합일에 이른 경지를 성인의 경지에 견주면서, 화해경을 현실에 구현하여 당대가 태평시대로 되기를 희구하였다. 내면에 충만한 청정한 경계가 천리의 추이에 동화되는 순간, 청정한 경계는 물아합일의 경계로 전화되는 것이다. 이 청정한 정신 경계 속에는 정신이 고양된 화해경을 세상에 구현해 보려는 그의 의지가 꿈틀거리고 있음도 간과할 수 없다. 그의 평담한 풍격은 무엇보다도 일생동안 좀처럼 변하지 않은, 내면을 지향하여 내면으로 침잠하려는 그의 의식이 투영된 산물이다. 그가 평소 견지하였던 내면적 지향이 평담의 풍격으로 산생되었다면, 장년기에 벼슬하면서 호기롭게 품었던 호연지기는 '웅혼'이라는 풍격으로 표출된다.

---

234) 『문집』, 권11, 「次副使太平歌韻」, p.356. "登高舘登高樓. 漢城佳麗是王州, 霧閣雲窓淸且幽. 平平俯周道, 處處生瑤草. 前峯與後嶺, 琬琰上千仞. 生祥降瑞氣惹惹, 五雲常繞蓬萊宮. (중략) 醺酣更唱太平曲, 枯草同霑雨露榮. 君不見干戈昔日風雨未肯晴, 洪濤殷地天柱傾. 願歌此曲俾勿壞, 萬世千秋拱玉京."

2. 웅혼(雄渾): 호연지기의 발양

 신광한이 의를 실천하는 데에 얼마나 과감했는지는 선행 연구를 보면 확인할 수가 있는 바지만,[235] 그로 하여금 과감한 의리 정신의 실천을 가능케 했던 호연지기는 '고도(高度)'로의 비상을 염원하는 그의 의식지향과 무관하지 않다. 이것은 내면의 청정한 경계가 천리 운행의 궤도 속으로 상승하여 청정한 경계를 빚어낼 때에 일어나는 정신경계의 상승과는 다소 성질이 다른 것이다. 청정으로의 상승은 일상생활에서 경험하는 쇄소한 주변 물상과의 만남이 내면의 정신경계에 자극을 주어 일어나는 것이라면, '고도'로의 비상은 일상생활의 특별한 경험, 예를 들면 높은 고개를 넘거나 골짜기를 지나며 또는 상상 속에 기러기가 되어 아래쪽을 조감하면서 품게 되는 정신의 호기이기 때문이다. 우리는 이 두 정신경계가 도달한 경역이 전혀 다른 것은 아니지만 각각을 유발하는 정신의 결이 다름을 인정하지 않을 수 없다.

 고도를 지향하는 의식과 고도에서의 정신경계의 자유로운 표요를 보여주는 국면을 「유성마령(踰星磨嶺)」시에서 확인할 수 있다.

緣雲躋石路透迤　　구름 잡고 바위 올라 길 구불구불한데
獨鶴高飛羽翮垂　　외로운 학 높이 날며 깃 아래로 드리웠네.
莫道星磨天下險　　성마령이 천하에서 험준하다 말하지 마오
世間何地是平夷[236]　　세상 어디인들 평탄하겠소?

---

235) Ⅲ장 1절에 상세하다.

236) 『문집』, 권5, 「踰星磨嶺」, p.290.

그가 기묘사화를 겪고 난 후 외직으로 출수(出守)하여 삼척부사 재임 시에 지은 작품이다. 일견 경물을 묘사한 듯하지만 세밀히 살펴보면 내면세계를 형상하는 데 주력하고 있음을 간취할 수 있다. 시를 구성하고 있는 네 구 전체에 걸쳐 그의 내면의식과 기상을 드러내는 데에 성공하고 있기 때문이다. 시체 면에서도 압축되고 긴장감을 주는 절구의 형식을 빌려 촉급한 호흡으로 한 달음에 읽혀지도록 하여 시 전체에 긴장감과 호쾌함을 던져 주고 있다. 성마령 정상에 오른 순간, 시야에 들어오는 천지의 광대함으로 내면에서 부상하는 거대한 기세를 놓치지 않고 모두 담아내기 위해서는 주필의 형식을 취할 수밖에 없었을 것이다.

起句에서는 성마령이 지상으로부터 얼마나 높은 곳에 자리하고 있는지를 보여준다. 구름을 부여잡고 바위를 오른다는 표현에서 성마령이 구름 위로 솟아 있음을 알 수 있고, 길이 구불구불 나 있다고 한 것에서도 지상과의 거리가 멀다는 사실을 짐작할 수 있다. 그가 실상 여기서 드러내고자 한 것은 성마령의 사실적 높이가 아니라 높이 솟은 성마령의 위용을 통해서 자신의 내면이 고도로의 지향을 이루고 있다는 점이다. 고도로의 지향은 평지나 낮은 곳에 있더라도 이루어지지 않는 것은 아니지만, 자신이 경험해보지 못한 경지를 대면하였을 때 내면에 잠재해 있던 의식이 발현되는 것이다. 그러면 그에게 있어 고도는 무엇을 상징할까? 바로 그 자신의 정신경계의 높이이다.[237] 다시 말하면, 자신의 정신을 높은 곳에 이르게 하여 정신의 자유로운 표요를 가능하게 하는 경계인 셈이다.

---

237) 유호진, 전게 논문, p.30.에서 高度로의 지향은 "자신의 의식수준이나 기상에 부족함을 느끼고 이를 벗어나 새로운 정신경지에 도달하려 하는 것."을 의미한다고 하였다.

承句에서도 고도로의 지향은 연속되는데 정신의 자유로운 표요가 더 구체적으로 나타난다. '獨'은 그의 정신경계의 올연함을 상징함과 동시에 괘애(罣碍)없는 광대무변한 공간을 암시하기도 한다. 여기에 등장하는 학은 그와 등가의 존재로서 청결, 결백의 이미지만을 나타내는 것이 아니라 드넓은 공간에서 자유로이 비상하는 정신경계를 표상한다. 학이 높이 날며 날개를 드리운 모습에서 우리는 광대무애(廣大無涯)한 공간에서 자유로이 표요하는 그의 고양된 정신을 어렵지 않게 발견할 수 있다. 고도인 성마령에서 그보다 더 높은 고도를 지향하는 그의 의식을 여기에서 엿보게 되는 것이다. 그는 자유로운 의식의 비상을 형상할 때마다 공간에서의 이동이 자유로운 새들을 자주 등장시킨다. 물론 이러한 국면들은 여타의 시인들에게서도 공통적으로 보이는 것이기는 하지만 그에게 있어서는 학, 기러기, 붕새에 국한된다는 점이 특이하다.[238] 학은 특히 '화정학려(華亭鶴唳)'[239]에서 나타나듯이 의리의 실천 유무에 따라 민감하게 반응하는 동물로, 기러기도 때를 어기지 않고 계절의 변화에 신의 있게 순응하는 동물로, 붕새 또한 『장자(莊子)』「소요유(逍遙遊)」에 나오는 바로 그 붕새의 이미지로 형상화되고 있는 것이다.

轉·結句에서는 起·承句에 나타난 고도로의 지향과 무애자유(無碍自由)한 정신적 표요를 통해 이룬 호연한 기가 호기로 표출

---

238) 『문집』, 별집, 권6, 「題畵鴻雁障子」제2수, p.460. "誰將鴻雁樂, 寫出海山秋. 落照紅留峀, 寒蘆雪覆洲. 自無繒繳慮, 寧有網羅求. 天地飄飄意, 何曾比一鷗.";『문집』, 별집, 권1, 「送濟州牧林錦湖」, p.392. "姻婭情親叔姪間, 昔年婉孌眼曾看. 唯將翰墨飛騰速, 未識風波道路難. 弓劍久從臨北狄, 節旄今復鎭南蠻. 平時事業非浮海, 擬作雲鵬九萬搏."

239) Ⅲ장 1절에 보인다.

되고 있다. 그의 웅혼한 어조는 '莫道', '平夷'로 구체화되었다. 높은 경계를 대면하더라도 조금의 위축이나 주저하는 자세를 보이지 않고 도리어 성마령의 위용을 일갈로 도외시하는 대범함은 놀랍기까지 하다. 그의 호기는 「蒙示鄭同知關東錄, 乃有洪相題跋, 且喩以繼續, 書一律于後」에서 "동쪽 산에 올라 천하가 작음을 보고, 가을 물줄기 좇다 바다 물결 드넓음을 깨닫네."[240]라 한 데서도 보인다. 이것은 공자가 말한 "동산에 올라 노나라를 작게 여기고, 태산에 올라 천하를 작게 여긴다."[241]는 호연한 어조와 맥락을 같이 하고 있다. 일견 대범하기조차 한 오연(傲然)한 웅혼함이 호연지기에서 비롯한 것임은 분명해 보인다.

이 작품이 웅혼의 풍격을 띠게 된 원인으로는 시의 문면에 드러나는 그의 웅혼한 기세에 있기도 하지만 구름, 바위, 높이 나는 학, 천하, 세간, 성마령이라는 높고도 범위가 큰 소재를 전면에 드러냈기 때문이기도 하다. 또 하나를 든다면, 시의 공간을 엮어가는 구조가 '緣雲', '躋石', '獨鶴高飛', '天下險', '平夷'에 보이는 수직적 구조로 이루어져 있다는 점이다. 起·承句는 그가 고개를 들어 위로 바라본 시선이라면, 轉·結句는 고개를 숙여 아래로 바라 본 시선이기 때문이다. 이 작품은 그의 기세가 장활하여 강한 힘이 느껴지고 필력이 막힘없이 통쾌하며, 정신 경계가 왕양호한(汪洋浩瀚)하여 끝이 없을 정도로 웅혼한 풍격을 잘 보여주는 명품이라 할 만하다.

---

240) 『문집』, 권6, 「蒙示鄭同知關東錄, 乃有洪相題跋, 且喩以繼續, 書一律于後」, p.310.
    "東岳試觀天下小, 秋河從覺海波寬."
241) 『맹자』, 「盡心(上)」. "孟子曰, 孔子, 登東山而小魯, 登太山而小天下. 故觀於海者,
    難爲水, 遊於聖人之門者, 難爲言."

시의 웅혼함은 고도를 지향하는 정신 경계와 의리 정신의 배양에 따른 호연지기가 구체적 형상으로 문학작품에 드러난 것이다. 앞의 작품이 고도를 지향하는 호연한 정신이 빚어내는 웅혼을 보여준 것이라면, 다음 작품에서는 고도를 지향하는 정신 경계와 함께 의리 정신의 실천을 통한 호연지기가 발양된 웅혼함이 드러난다.

1	雄蟠大關嶺	웅장히 서린 대관령
	艱險冒天台	험난함이 천태산을 능가하네.
	畏途不足說	가파른 길이야 말할 게 못되어
	盡室陟崔嵬	가족 데리고 높은 고개에 오르네.
5	嵌谷懔難視	깊숙한 골짜기 두려워 보기 어려운데
	地中聞驚雷	땅 속에서 큰 우레 소리 들리네.
	傴僂上半程	기어서 반쯤 오르자
	已覺出塵埃	이미 속세를 벗어났어라.
	沙白寒松亭	한송정 모래는 반짝이고
10	水清鏡浦臺	경포대 물은 맑네.
	東連渤海闊	동으로 넓은 바다와 맞닿아
	浩淼迷蓬萊	바다 끝없이 넓어 봉래산을 못 찾겠네.
	情朋送我至	다정한 친구들 나를 전송하러 와
	座有郭與崔	자리엔 곽위와 최익령.
15	同乘汗漫遊	함께 흥을 타고 땀 흘리며 놀고
	白日接行杯	낮술을 여러 순배 돌리네.
	醉折叢桂枝	비틀거리며 계수나무 가지 꺾고
	起舞崩崖隈	일어나 벼랑 가에서 춤추네.
	遙將貽美人	멀리 계신 미인에게 가져다 드리고자 하나
20	美人何杳哉	미인은 어찌 그리 아득하신가?
	艱辛試一嘗	고통을 맛보았으니
	九十九盤回	아흔아홉 구비를 돌아와서라.
	唯持正直心	다만 정직한 마음 지녀
	幸得橫雲開[242]	다행히도 구름 걷히네.

---

242) 『문집』, 권5, 「大關嶺, 凡九十九盤, 上五十盤, 小有寬平處, 云是半程, 崔同年益齡・郭秀才遼, 追到于此, 卽席書衣」, p.292.

앞의 작품이 짧은 호흡으로 문세가 긴장을 유지하는 절구로써 웅혼한 풍격을 그려냈다면 이 작품은 긴 호흡으로 문세가 이완되는 고시로써 웅혼함을 연출하고 있다. 이를 두 단락으로 나눌 수 있는데 자세히 음미해 보면 전반부 12구와 후반부 12구로 정확하게 양분된다. 앞의 시가 고도의 경계를 대면했을 때 그의 내면에 일어나는 웅혼한 기세를 놓치지 않으려고 짧은 호흡의 절구로써 주필시의 형식을 취했다면, 이 작품은 고도의 정신경계를 대면하였지만 긴 호흡으로 여유가 있는 고시를 통해 웅혼한 기세를 의도적으로 잘 배치하여 드러내고 있다. 전반부는 대관령을 오르면서 시각과 청각으로 감각한 주변 물상들의 사실적 묘사가 주를 이루고 있는 반면, 후반부는 대관령을 오른 후의 개인적 심회에 대한 노정이 핵심을 이룬다.

전반부에서는 먼저 앞을 가로막고 버티고 서 있는, 천태산보다도 웅험한 위용의 대관령으로써 시상을 일으키고 있다. 거대하고 험준한 대관령을 묘사하여 그에 내재한 웅혼한 정신역량을 분기시켜 웅험한 그 산세에 압도당하지 않으려는 호기를 보인다. 그러나 5, 6구의 '㦿', '難視', '驚'을 보면 마치 호기가 대관령의 웅험한 장면에 위축된 듯하지만 실상 이러한 묘사는 대관령의 웅장함을 도리어 부각시켜 준다. '傴僂', '上半程'에서도 대관령의 수직적 높이를 짐작할 수 있고, 절반만 올랐음에도 출세간의 경지를 맛보았다고 한 언급에서 그 거대함을 헤아릴 수 있다. 객관적 사물의 웅대함에 대한 묘사는 그 자체로서도 유의미하지만 속세를 벗어나 고도를 지향하는 그의 정신역량의 크기를 비유한다는 점에서도 가치가 높다. 멀리 바라다 보이는 한송정의 백사장, 경포대의 맑은 물, 동해의 광활함은 그의 정신경계가 높을수록 넓은 정신지평을 확보한다[243]는 사실을 일깨워준다. 전체적으로 문면에는 대관령을 등반하며 감각한 물상을 객관적으로 묘사하고 있으나, 문면 이면으로는 고도를 지향하는 그의 높은 정신경계와 넓은 정신지평이 끊임없이 투영되고 있는 것이다. 후반부에는 전반부에서의 그의 높은 정신경계가 계속 잠류하면서도 전반부와는 다른 양상의 정신경계가 드러난다.

후반부에는 의가 행해지지 않아 군주의 성총을 가리고 있다는 시대인식 하에 의가 행해지는 성세를 이루고자 의기투합하는 무리들과의 연대의식이 드러나고, 기묘사화를 겪은 고통이 암유되며 무엇보다도 의를 실천하려는 강인한 의지로 시대를 바로잡아보려는 희망에 찬 자신감을 읽을 수 있다. '情朋'은 구체적으로는 최익령(崔益齡)[244]과 곽위(郭違)며 그와 뜻을 같이하여 교유하던 인물이다. 그가 그들과 장엄한 공간에서 웅혼의 정신경계를 공유하며 자유무애하고 탈속적인 교유를 함께 즐기는 것으로써 강한 유대감을 보이고 있다. 그와 그들이 교유하는 동안에도 잊지 않는 것은 멀리 계신 미인에 대한 연모인데 그 미인이 군주를 상징한다는 것은 익히 알려진 바다. 군주를 흠모하는 그들의 마음이 간절하기는 하나 의가 실행되지 않아 군수는 아득히 멀리 있는 존재로 여겨진다. 이러한 결과를 초래한 것이 다름 아닌 기묘사화라는 불의한 사건

---

243) 유호진, 전게 논문, p.31.

244) 그가 최익령과 교유한 시들이 『문집』에 많이 보인다. 몇 작품을 소개하면 다음과 같다. 『문집』, 권5, 「與崔同年秋鷹」, p.291.; 『문집』, 권5, 「朝起次崔同年韻」, p.291.; 『문집』, 권5, 「崔同年寓中臺寺見贈次韻簡答」, p.293.; 『문집』, 권5, 「崔同年寓中臺寺見贈次韻簡答」, p.298.; 『문집』, 별집, 권2, 「崔同年鏡浦別墅卽事次昌邦韻」, p.410.; 『문집』, 별집, 권2, 「次崔同年韻」, p.412.

이라는 사실에 시선이 옮겨지면서 그때 경험했던 고통을, 대관령 아흔아홉 구비를 오르는 고통으로 환치하고 있는 것이다. 그는 사화의 고통을 체험한 시에서 "평소 안위의 구분을 알기에, 다리 밑의 풍파야 놀랍지도 않네."[245]라 한 것에서, 그의 호연한 기가 사화체험을 통해 더욱 강인하게 단련되었음을 확인할 수 있다. 그는 시상을 거두어들이는 마지막 두 행 속에 그의 호연한 기가 어디에 연유한 것인지를 보이는 한편, 밝은 세상의 도래에 대한 의욕을 담아내고 있다. 그는 의에 기반한 정직한 마음을 견지함으로써 내면에 호연지기를 함양해 왔다. 그의 호연지기는 의에 기반한 정직심(正直心)에 연유하고 있는 것이다. 정직한 마음이란 주변 상황에 개의치 않고 불의에 저항하는 정신을 가리킨다.[246] 정직심으로 대관령을 가로막았던 구름을 걷히게 한 것처럼 정직한 마음가짐으로 호연지기를 발양함으로써 태평성세를 여는데 일조하리라는 강한 자신감을 드러낸다. 이와 같은 그의 웅혼함이 풍격으로 드러난 데에는 끊임없는 의리 정신의 함양을 통해 형성된 호연지기가 잠류하던 고도로의 정신경계와 만나 발양되었기 때문이다.

이 작품이 앞의 작품에 보인 웅혼의 풍격과 성질이 조금 다르다는 것을 확인할 수 있었을 것이다. 전자가 주로 고도로 지향하는 정신경계를 웅혼의 풍격으로 산생하였다면, 이 작품은 고도를 지향하는 정신경계와 의리의 실천에 근원한 호연지기가 중첩되면서 웅혼의 경지를 산출하고 있는 것이다. 하지만 한 가지 안타까운 사실은 그의 웅혼함이 일생 전반에 걸쳐 고루 드러나지 않는다는 점

---

245) 『문집』, 별집, 권2, 「風雨, 過月溪峽」, p.409. "平生粗識安危分, 脚底風波未足驚."
246) 그러한 면모는 Ⅲ장 1절에 자세하다.

이다. 그것은 바로 그 자신이 보다 더 강한 의리 정신의 표출보다는 내면을 지향하는 의식적 특성에서 원인을 찾을 수 있을 것이다.

신광한 시의 풍격은 일생동안 줄곧 변하지 않는 내면으로의 지향이라는 의식적 특성이 '평담'의 풍격으로, 장년기에 의리 정신을 실천함으로써 함양된 호연지기와 고도를 지향하는 정신 경계가 '웅혼'의 풍격으로 나타난다. 논의 도중에 그의 평담한 경계와 웅혼한 경계가 도달한 경지는 다르지 않으며 다만 그 결만이 상이할 뿐임을 언급했었다. 그 언급에 대한 결과는 작품 분석을 통해 어느 정도 드러났다고 생각된다. 그것은 평담과 웅혼의 풍격에서 태평성세가 공통적으로 등장하는 것에서도 알 수 있다. 다만 평담에서 느껴지는 물아합일의 경계가 웅혼에서 느껴지는 호연지기의 발양과는 그 미세한 결을 달리한다는 점은 인정해야 할 것이다.

V ▶ 신광한 시의 수사

　문학은 수사가 내용의 지배를 받는다고 알려져 있다. 그 때문인지는 몰라도 그 간의 문학 관련 연구들이 내용적 측면에서 주로 이루어져 왔던 것이 사실이다. 물론 이상적인 연구야 두 말할 필요도 없이 내용과 수사를 잘 아울러 수사를 통해서 내용을 잘 구명해내는 것이리라. 그럼에도 문학을 연구할 때에, 수사는 으레 내용을 분석하기 위한 문학의 부분적 가치 이상의 지위를 점유한 적이 없다. 내용을 해명하기 위한 수사의 기능도 중요하지만 수사 자체의 위상 또한 주목받을 의의가 충분히 있는 것이다. 이런 인식에 근거하여 최근에는 풍격이라는 이름으로 연구가 진행되어 내용 연구에 걸맞게 수사 연구도 어느 정도 제 자리를 찾아가는 지위 격상이 이루어지고 있어 그나마 나행이라 하겠다. 하지만 풍격 연구도 내용과 수사의 총화로서 접근되지 못하고 내용 연구가 압도적 비중을 차지하고 수사 연구는 경미한 경우가 허다하다.247) 또

---

247) 이런 현상이 일어나는 가장 큰 이유는 형식 연구의 지난함 때문이다. 내용을 전달하는 방식인 수사를 연구하려면 무엇보다도 연구자들이 평측에 익숙해야 할 뿐만 아니라 작문작시를 자유자재로 하여 작문작시자의 結構 방식에 교감해야 한다. 그래야 일반적인 틀에서 탈각한 작문작시자의 수사적 독특성을 찾아낼 수 있게 되어 작

하나의 문제는 내용에 제한된 수사만큼이나 수사에 제한된 내용
또한 있을 수 있다는 점이다.[248] 미세하기는 하지만 그런 가능성을
인정할 때에 비로소 문학 연구는 다양한 스펙트럼을 가지게 되고
다차원의 세계를 경험할 수 있을 것이다.

이러한 문제 인식하에 송시풍에서 당시풍으로 변해가는 과도기
를 살았고 사장파와 도학파로서의 면모를 겸유했으며 해동강서시
파로의 귀속여부가 논란이 된[249] 그의 시의 수사적 특질에 주목하
려 한다. 그는 조선의 16C에 활동했던 문인들의 문학적 성향과 시

가군의 개성적 수사를 유별해 낼 수 있을 터이다.

248) 우리는 내용이 수사보다 중요하다는 사고에 익숙하다. 得意忘言이나 得魚忘筌이 그
렇다. 그러나 모든 작문작시자가 그러한 사고를 가지고 작문작시에 임했다고 일괄적
으로 규정하는 것은 무리다. 내용을 수사보다 우선시하였을 수도 있고, 적어도 내용
과 수사를 대등하게 여겼을 수도 있다. 그러므로 내용 위주의 연구에 비례해서 수사
위주의 연구가 진행되어야만 말 그대로 내용과 수사가 잘 조화된 이상적인 문학 연
구가 될 수 있다. 그렇게 하는 것이 바로 작자를 대하는 객관적 태도다. 간혹 수사
에 중심을 둔 연구가 내용 중심의 연구에 비해서 논지 전개가 매끈하지 못하고 실속
이 없어 보일 수 있으나 이러한 시도들의 누적이 문학 연구의 올바른 방향을 인도하
는 밑거름이 될 것이다.

249) 申緯(「論詩絶句」, 『警修堂全藁』, 권48)가 처음으로 이 땅에도 海東江西派가 있
다(學副眞才一代論, 容齋正覺入禪門. 海東亦有江西派, 老樹春陰挹翠軒.)고 지적
한 이후, 金台俊(『朝鮮漢文學史』, 朝鮮語文學會, 1930.), pp.126－132에서 挹翠
軒 朴誾, 容齋 李荇, 鄭士龍, 盧守愼, 朴祥, 成俔, 申光漢, 黃廷彧을 '海東의 江西
派'로 규정하고 다시 成俔, 朴祥, 申光漢, 黃廷彧을 '詩中四傑'이라는 항목으로 묶
었다. 하지만 증빙자료가 소략한 것이 아쉽다. 이를 이어 李家源(『韓國漢文學史』,
보성문화사, 1961.)은 朴誾과 李荇만을 해동강서파로 규정하였고, 閔丙秀(「朝鮮前
期의 漢詩硏究」, 『漢文敎育硏究』1집, 1986.)는 朴誾, 李荇, 鄭士龍, 黃廷彧만을
해동강서시파로 인정하였으며 李鍾默(『海東江西詩派硏究』, 태학사, 1995.)은 朴
誾, 李荇, 朴祥, 鄭士龍, 盧守愼, 黃廷彧을 해동강서시파로 여겨 金台俊이 규정한
8인 중에서 역시 成俔과 申光漢을 제외하였다. 沈慶昊(「企齋 申光漢論」, 『韓國漢
詩作家硏究』4, 태학사, 1999.)와 姜繡瑛(「企齋 申光漢의 詩世界 考察」, 한양대
석사논문, 1998.)도 신광한을 해동강서시파로 인정하지 않았고, 吳賢淑(「企齋 申光
漢의 詩世界 硏究」, 단국대 석사논문, 1992.)만이 신광한을 해동강서시파로 규정하
는 적극적인 해석을 시도하였다. 이들도 신광한을 해동강서시파에서 제외시킨 근거
를 충분히 제공하지 못하였으며 오현숙 역시 해동강서시파로 해석하는 긍정적 자료
를 확보하지 못하였다. 어쨌거나 학계의 중론은 신광한을 해동강서시파로 보지 않는
데에 거의 의견일치를 보고 있는 셈이다. 이 책에서는 신광한만 주목하느라 성현에
대해서는 다루지 못했다. 성현의 경우는 차후의 과제로 돌린다.

풍의 수용방식 및 변모과정 등을 해명하는 데에 중요한 열쇠를 쥐고 있는 인물이다. 그것은 당시에 함께 활동했던 사람 중에 그만큼 훈구 가계와 사림적 성향을 띤 사회적 지위가 복잡하게 얽혀 있고, 송시풍에서 당시풍으로의 과도기적 시풍의 변화 속에 있어 시의 양상이 다양하며 시에서 해동강서시파의 공통적 풍격인 '奇'와 유사한 수사적 특성250)이 발견되는 사람이 드물기 때문이다. 하지만 이 시점에서 그의 시의 수사적 특질에 관심을 갖는 것은 내용, 풍격에 대한 논의로는 그의 글쓰기 양상의 전모를 밝힐 수 없다는 인식에서 비롯된 것이다. 이러한 전제하에 그의 시의 내용과 수사를 분리하여 논의하지는 않지만, 수사 측면에 주로 전심하여 두드러진 면모를 조명하려 한다.

그의 시의 수사적 특질을 살필 수 있는 자료는 다음과 같다.

> ① 문을 지으매 반드시 한유(韓愈)와 맹자(孟子)를 법으로 삼아, 성대함이 만 이랑의 큰 파도가 출렁거리는 것과 같아, 기이하기를 구하지 않아도 절로 기이하고 변화할 수 있었다. (중략) 시를 지으매 삼백편에 근본 하였고 두보(杜甫)를 祖로 삼고 강서(江西)를 宗으로 삼아 기가 혼웅(渾雄)하고 율이 섬부(瞻富)하며 청연(清研)·유묘(幽妙)하고 준결(峻潔)·유려(流麗)하여, 구리 구슬이 널판에서 달리 듯하고 빽빽한 별이 하늘에 걸려 있는 듯하며, 여러 체를 두루 갖추어 전고(前古)보다 매우 뛰어나니 사람들이 노두(老杜)를 잘 배웠다고 하였다.251)

---

250) 여기에서 다루지는 않지만 그의 저작으로 알려진 「企齋記異」만 해도 해동강서시파와의 친밀성이 없지 않다. 「企齋記異」에 나타난 내용과 수사상의 기이함은 蘇在英(『企齋記異研究』, 고려대학교 민족문화연구소, 1990.); 柳奇玉(『申光漢의 企齋記異研究』, 한국문화사, 1999.); 윤채근(「企齋記異: 寓意의 小說美學」, 『한국한문학연구』제24집, 한국한문학회, 1999.; 「중세 동아시아 소설에 나타나는 방황과 미로의 유형들과 그 의미 - 금오신화, 전등신화, 전기만록, 기재기이를 중심으로 -」, 『한문학논집』제21집, 근역한문학회, 2003.)에 자세하다.

251) 『문집』, 권14, 「文簡公行狀」, p.383. "爲文, 必以韓孟爲範, 汪汪如萬頃洪濤淪漣蕩漾, 不求爲奇而自能奇變. (중략) 爲詩, 本諸三百篇, 祖少陵而宗江西, 氣渾而雄,

②	문을 지으매 맹자(孟子)와 한유(韓愈)를 준칙으로 삼았다. 시를 지
으매 두보(杜甫)를 祖로 삼고 강서(江西)를 본받아 理가 빼어나면서도 말
의 이치를 분명하게 하려고 힘썼으며, 풍미가 고고하고 필력이 웅혼하여
콩과 조처럼 평담하지 않은 것이 없고, 청경(淸勁)·노건(老健)하여 절로
남이 따를 수 없는 묘함이 있었다.[252]

위의 두 자료는 그의 시문의 수사와 풍격적 특징을 밝혀내는 데
에 가장 핵실한 텍스트다. 왜냐하면 자료가 그의 문집에 함께 실
려 있을 뿐만 아니라 ①은 그의 제자이면서 외 조카인 조사수(趙
士秀)가 그의 부탁을 받고 쓴 것이고,[253] ②는 그에 대해 경모하
였던 홍섬(洪暹)이 지은 것이기 때문이다.[254] 물론 행장과 묘지명
의 문학 양식이 갖는 한계-망자에 대한 폄훼보다는 포양이 주를
이루어 객관성을 견지하기 어렵다는 사실-를 감안하고서 자료를
문면 그대로의 의미로 받아들일 경우, 두 자료에서 모두 '祖少陵
而宗江西'라고 말한 부분이 주목된다. '祖少陵'은 당시 시인이면
누구나 적용되는 평이기에 문제될 것이 없으나, '宗江西'[255]는 문
제가 아닐 수 없다. '宗江西'를 소극적으로 해석하여 시대조류에
동조한 일반적 서술로 보면, 지금 학계에서 '해동의 강서파'로 규
정되는 인물들에게도 그들의 개인문집이나 행장에 '江西'나 '黃

律瞻而富, 淸硏幽妙, 峻潔流麗, 如銅丸走板, 如繁星麗天, 衆體森備, 遠駕前古, 人謂
善學老杜."

252) 『문집』, 권14, 「文簡申公墓誌銘幷序」, p.388. "爲文, 以孟子昌黎爲準則. 爲詩, 祖
少陵而效江西, 務欲理勝而辭致分明, 風味高古, 而筆力雄渾, 無非菽粟之平淡, 而
淸勁老健, 自有人不可及之妙."

253) 『문집』, 권14, 「文簡公行狀」, p.384. "表姪知敦寧府事趙士秀自幼受業, 薰沐於門
久矣. 叔嘗謂余曰, 老夫心事, 唯子深知, 身後之言, 屬之子矣. 噫. 公命我聞之矣."

254) 『문집』, 권14, 「文簡申公墓誌銘幷序」, p.389. "暹先大夫文僖公名有藻鑑, 每語暹
曰, 士多失節於處窮, 唯漢之在驪興時, 厄不求通, 貧不干人, 所謂遯世無悶, 不變
塞焉者, 吾於漢之見之矣."

255) 이 부분이 그의 해동강서시파로의 귀속여부 논란을 불러일으킨 불씨인 셈이다.

陳'[256) 등 해동강서시파와 관련된 언급이 분명히 나타나 있지 않은 경우도 있다.[257) 반면에 적극적인 해석을 시도하면 그의 시문에서 '해동의 강서파'로서의 면모를 찾아내야[258) 한다. 자료에서 또 하나 특기할 것은 '선학노두(善學老杜)'와 '청경(淸勁)·노건(老健)' 부분이다. '선학노두'는 강서시파의 삼종(三宗)[259)으로 알려진 '진사도(陳師道)'를 평할 때 쓰는 말[260)이며 '청경·노건'[261)은 강서시파의 '수경(瘦勁)'[262), '기건(奇健)'[263)과 닮아 있기 때문이다.[264) 결

---

256) 강서시파로 대표되는 黃庭堅과 陳師道를 가리킨다.

257) 이런 현상은 개인의 문집에 이와 관련된 언급이 없었는데, 후대 평자들이 그들의 시문 중에서 '해동의 강서파'의 공통 풍격인 '奇'와 연관된 풍격을 발견해 시화서에 수록하면서 빚어진 것으로 보인다. 그 대표적인 시화서가 바로 許筠의 『國朝詩刪』이다. 『國朝詩刪』에서 『海東의 江西派』를 살펴보면, 李荇(不減唐人高處, 諸篇從黃陳中來殊蒼古), 朴誾(奇), 朴祥(雄麗), 成俔(雄迅), 鄭士龍(詞家老匠), 盧守愼(奇思奇語), 黃廷彧(奇) 등이 보인다. 따라서 김태준, 이가원, 민병수, 이종묵, 심경호, 강소영 등도 『國朝詩刪』의 평을 참고하여 판단한 것인 듯하다.

258) 이 작업을 성공적으로 수행하는 데에는 여러 가지 장애가 놓여 있다. 우선, 필자 역시 평측에 어두울 뿐만 아니라 직접 작문작시할 수 없어 그의 결구 방식에 교감할 수 없다는 점이다. 또 하나는 강서시파의 특성이 구체적이지 못하고 추상적이어서 해동강서시파의 특성 역시 명료치 않다는 사실이다. 李鍾默(전게서)은 강서파의 특성을 '拗體의 시도, 奇字의 단련, 詩語의 확장, 句法의 변화, 典故의 활용, 意境의 안배'로 설정하였고, 吳台錫(『黃庭堅詩研究』, 경북대학교 출판부, 1991.)은 황정견 시의 형식상의 특징을 '構成, 格律, 句法, 詩語'로 들었다. 崔琴玉, 「陳師道詩研究」, 서울대 박사논문, 1993.은 진사도 시의 句法의 특징으로 '句式, 對偶, 拗句, 用字, 用典, 換骨脫胎'를 꼽았으며 『中國詩話辭典』(北京出版社, 1996, p.695. 참조.)에서는 강서시파의 주요특징으로 '奪胎換骨, 典故, 拗律, 去陳反俗·好奇尙硬'을 제시하였다. 이렇듯 각기 기준이 조금씩 다를 뿐만 아니라 이것이 강서시파의 특성의 전부도 아니다. 게다가 각 특성의 너비와 깊이가 모호하여 특성의 경계를 정하기도 쉽지 않다. 이러한 장애로 이 연구가 일정한 궤도로의 진입에 실패할 가능성 또한 크다는 우려를 감내하지 않을 수 없다.

259) 山谷 黃庭堅, 後山 陳師道, 簡齋 陳與義를 말한다.

260) ① 陳履常(진사도: 필자주)···其作詩淵源, **得老杜**句法, 今之詩人不能當也. ② 後山**學老杜**, 此其逼眞者, 枯淡瘦勁, 情味深幽. ③ 全篇勁俗淸瘦, 尾句尤深邃, 此其所以**逼老杜**也. ④ 胎息古人, 得其神髓, 而不自掩其性情, 後山所以**善學杜**也. (范月嬌, 『陳師道及其詩研究』, 文史哲出版社, 1988, pp.193 - 194. 참조).

261) 여기서의 '淸勁·老健'은 老杜의 풍격인 '勁健·淸瘦', '枯淡·瘦勁'과 흡사하다. 이는 그가 老杜의 영향을 받은 것이면서 '瘦勁'이 강한 진사도와 '奇健'의 황정견을 골고루 흡수한 결과로 보인다. 주 260) 참조.

국 그의 시의 수사적 특질을 분석하여 두 자료의 사실성을 검증하는 일만 남았다. 이제 그의 시문에서 수사적으로 두드러진 면모들을 하나하나 발굴해내어 논의를 진행하고 결과를 정리하려 한다.

수사를 논할 때에는 흔히 평측을 따져 요체인지를 확인하고 운자를 찾아 평성운인지 측성운인지 또는 험운인지 살피며 대우의 여부, 자구의 단련과 구법의 변화, 전고의 활용이나 결구의 방식, 시어의 확장, 의경의 안배 등을 점검한다. 하지만 이 책에서는 그의 시에 있어서의 수사적인 특질을 포괄하는 개념으로 '산문화'[265]를 설정하고 그 과정에서 나타나는 수사적 특질들을 개별로 부각시켜 논의할 작정이다.[266] '산문화' 과정에서 나타나는 수사적 특질들로는 대우(對偶)[267]와 투춘체(偸春體)의 빈용, 시어의 중복[268]

---

262) 宋之學杜者, 無出二陳. 師道得杜骨, 與義得杜肉; 無己(진사도: 필자주)瘦而勁, 去非(진여의: 필자주)贍而雄; 後山多用杜虛字, 簡齋多用杜實字. (胡傳安, 『詩聖杜甫對後世詩人的影響』, 幼獅出版社, 1994, p.138. 참조.) '瘦勁'은 진사도를 대표하는 풍격이라 하겠다.

263) 胡傳安, 상게서, p.124에서 "황정견은 두보를 많이 배워 '雄健'이 너무 지나치다."고 하였다. 그렇다면 '奇健'은 황정견의 대표 풍격이라 할 수 있다.

264) '善學老杜'나 '淸勁·老健'은 같은 말을 다르게 표현한 것일 뿐, 그의 시의 수사적 특질을 개괄한 평어라 할 수 있다.

265) 강서시파들이 '以文爲詩'를 표방한 사실을 고려할 때, 그의 시에 나타난 '산문화'경향도 그들과 맥락이 맞닿아 있다는 면에서 주목할 필요가 있는 것이다.

266) 그의 시에서 拗體의 적용여부를 확인하는 압운이나 평측을 분석하는 것은 별도의 작업을 요한다.

267) 對偶는 주로 絶句보다는 律詩에 사용하는 용어다. 대개 律詩의 頷聯과 頸聯에 대우를 두는 것이 정격으로 여겨진다. 絶句에서는 起句와 承句에 대우를 두지 않아도 상관없다. 하지만 그는 絶句의 起句와 承句에 대우를 자주 적용하고, 律詩에서는 頷聯과 頸聯만이 아니라 首聯에도 빈번하게 대우를 하고 있다. 그러므로 이 책에서의 대우는 律詩의 頷聯과 頸聯에 당연히 놓이는 대우를 대상에서 제외하고, 律詩의 首聯에도 대우를 두는 이른바 '偸春體'와 絶句의 起句와 承句에 대우한 것으로만 대상을 국한하였음을 밝혀 두고자 한다. 최근 대우를 중심으로 하여 대우와 첩어의 관련 양상을 연구한 업적으로 윤채근, 「소세양론: 16세기 사장파의 형식지향적 국면」, 『한국한시작가연구』4, 태학사, 1999.을 주목할 만하다.

268) 이 책에서의 詩語의 重複은 시에 근체시에서 허용하는 낱자가 두 번 들어가는 경우

등을 들 수 있다. 간단히 두 가지 특성만을 들었지만 그 특성을 위주로 설명하는 과정에서 자구의 단련이나 구법의 변화, 전고의 활용, 결구 방식과 시어의 확장, 의경의 안배 등이 함께 다루어질 것이다. 먼저 대우와 투춘체의 빈용에 대해 살펴보자.

1. 대우(對偶)와 투춘체(偸春體)의 빈용269)

신광한은 절구에서 기구와 승구에 대우를 즐겨 사용하였다. 다음에 인용하는 두 시를 통해서 그런 면모를 확인할 수 있을 것이다.

① 才名遠愧杜陵賢　　재주와 이름은 두보보다 훨씬 못하지만
　生理堪誇我在前　　살림살이는 내가 앞선다고 뽐낼 만하네.
　春雨不愁茅屋漏　　봄비에 지붕 새어도 걱정 않는 건
　野橋今復見携錢270)　다리에서 방금 다시 돈 가지고 오는 것 봐서라오.

② 閑將紫竹剝爲扇　　한가로이 보랏빛 대 쪼개 부채를 만들고
　更採靑芒捆作鞵　　다시 푸른 억새 뜯어 삼아 신을 만드네.

보다 많은 낱자의 중복과 단어의 중복, 문장의 중복을 대상으로 국한한 것이다.

269) 내우가 自然界의 對稱에서 근원하고 산문외 글쓰기에서 원용되었으며 字數相等, 語法相似, 意義相關인 두 개의 구를 뜻한다는 일반론(張夢機, 『古典詩的形式結構』, 駱駝出版社, 1997, pp.139－160; 黃慶萱, 『修辭學』, 三民書局, 2002, pp.591－628; 王希杰, 『修辭學通論』, 南京大學出版社, 1996, pp.432－438. 참조.)외에 대우의 역할이 알려진 바 없고, 시에서 하는 작용에 대한 자세한 검증이 시도된 것도 아직 보지 못했다. 더구나 개별 시에서 대우가 시의 의미화에 기여하는 정도는 작자와 시마다 다르기에 일률적으로 규정하기도 어렵다. 또 대우는 율시만 아니라 절구에도 자주 보이는 현상이다. 대우가 갖는 가치에 대해 명확한 입장이 없으면서, 나타나는 현상을 해명하려는 것이 어찌 보면 무모해 보이기조차 하다. 그럼에도 대우에 주목하는 이유는 시 속에서 대우를 사용하는 작자의 의도를 읽어낼 수 있어서다.

270) 『문집』, 권3, 「簡謝金使君惠買瓦錢」, p.262.

珍重山僧情意厚 　귀중하신 스님 마음씨도 두터워
企齋從此野裝佳[271] 나는 이제 나들이 장구 멋있어 졌네.

①의 시에서 起句와 承句는 대우(對偶)를 이루고 있다. '才名'
과 '生理', '遠'과 '堪', '愧'와 '誇', '杜陵賢'과 '我在前'이 대를
이룬다. 절구는 대개 기구에서 시상을 일으키고 승구에서 시상을
받으며 전구에서 시상을 전환시켜 결구에서 끝맺는 것이 상례다.
그런데 그는 시상을 일으키는 기구와 시상을 받는 승구에 대우를
맞춤으로써 기승구의 시상이 하나로 연결되어 기승구가 함께 시상
을 일으키는 역할을 한다. 다시 말해 절구에서 시상의 양이 많을
때, 대우를 사용하면 표면적으로는 두 구에 걸쳐 시상을 펼치고
있는 듯 보이지만 실은 하나의 긴 구에 시상을 한꺼번에 담아내는
듯한 효과를 내는 것이다. 이런 효과는 두보와 그를, 당나라와 조
선이라는 먼 공간적 거리와 아득한 시간적 거리를 초월하여 동일
한 시공에 놓이게 한다. 시공을 같이해야 현실감이 높아지고, 그가
두보보다 낫다는 비교우위가 사실성을 띠게 되기 때문이다. 이 시
를 다시 살펴보면 기구와 승구가 기존의 기구 역할을 하고 전구는
그대로 전구, 결구도 결구 그대로 승구의 시상을 이어받는 기능만
사라진 셈이다. 이렇게 함으로써 그가 원하는 대로 시상을 전개하
면서도 독자에게 절구에 승구가 결락된 듯한 느낌을 주어 생경함
으로 당황하도록 하여 시를 재음미하게 한다. 이럴 경우 절구에
대우를 사용한 효과는 극대화될 수밖에 없다.

또, 시를 지을 때에 범제(犯題)하지 않는 것을 원칙으로 하는데

---

271) 『문집』, 권3, 「簡謝報恩僧寄竹扇芒鞋」, p.262.

그는 범제를 피하려고 '瓦' 대신에 두보(杜甫)의 「모옥위추풍소파가(茅屋爲秋風所破歌)」를 끌어왔다. 시에서 시제의 '錢'자를 범하기는 하였지만 어찌 보면 이것은 그가 의도적으로 범한 듯 보인다. 이 시는 전구와 결구를 바꾸어도 시상의 변화는 결코 일어나지 않는다. 그럼에도 결구를 전구로 하고 전구를 결구로 하지 않은 데에는 까닭이 있다. 만약 결구를 전구에 배치하고 전구를 결구에 배치하면 '지붕 이을 돈을 받았다.'는 원인이 앞에 오게 되고, 그래서 '봄비에 지붕 새는 것을 근심하지 않게 되었다.'는 결과가 뒤에 위치하게 된다. 그러면 원인 다음에 결과가 오게 되어 시에 긴장감이 사라져 밋밋해져 버린다. 지금 그가 시에 담아내려는 가장 핵심은 '돈을 보내 준 것에 대한 감사의 표시'다. 더 간단히 말하면 바로 '돈'이다. 왜냐하면 여기에서 그가 원인과 결과를 분리해서 '돈이 있어서'와 '지붕 샐 걱정하지 않는다.' 이 두 가지를 다르다고 생각하지 않지만 우선순위에 있어서는 아마도 결과보다 원인이 앞서는 것 같기 때문이다. 그래서 중요한 시상을 담아내는 結句, 그 중에서도 가장 마지막 자에 '錢'자를 놓은 것이다. '錢'자를 맨 마지막 자에 배치함으로써 감사의 뜻을 간곡하게 전하고, 아울러 '운자(韻字)' 자리에 두어 독자의 눈에 확 들어오게 하며 앞서도 말했듯이 범제의 효과도 거두고 있다.

②의 시도 ①의 시와 시상 전개가 유사하다. ② 역시 기구와 승구가 대우를 이루고 있다. '閑'과 '更', '將'과 '採', '紫竹'과 '青芒', '剖'와 '捆', '爲'와 '作', '扇'과 '鞋'가 대를 이룬다. 또 '閑'과 '更', '將紫竹'과 '採青芒', '剖爲扇'과 '捆作鞋'도 교묘하게 대를 맞추고 있다. ①과 마찬가지로 그는 시상을 일으키는 기구와

시상을 받는 승구에 대우를 맞추어 기승구가 함께 시상을 일으키는데 문면상으로는 두 구에 걸쳐 시상을 펼치는 듯하지만 읽어보면 기승구의 시상이 한꺼번에 뇌리에 들어오게 된다. ①이 하나의 시상을 두보의 우위와 그의 우위로 나누어 전개하였다면, ②는 아예 하나의 시상을 가진 두 가지 사물을 따로 나누어 한 구에 한 사물씩 대응시키면서 시상을 펼치고 있다. 기구와 승구는 호문(互文)을 하여도 상관없을 듯하다. 이 시도 기승구가 기구의 역할을 하여 마치 승구가 비어버린 듯한 느낌을 준다. 전구와 결구를 바꾸면 ①과 같이 결과와 원인의 순서로 되어 시에 긴장은 고조되겠지만 그의 기쁨을 나타내는 시적 경쾌함은 떨어진다. ①과 ②가 시제에서 모두 감사의 뜻을 전하고 있지만 엄밀히 말해서 ①은 '상대방에 대한 감사'에 초점이 맞춰져 있고, ②는 '자신의 기쁨'에 초점이 있다 보니 이런 차이가 벌어진 것이다. 또, ①에서는 범제를 자제한 편이지만 ②에서는 범제에 조금의 거리낌도 없고, 도리어 '竹'과 '芒'을 구의 중간인 4자에, '扇'과 '鞵'를 구의 마지막 자에 배치하여 균형감과 선명성을 제고하고 있다.

②에서 주목을 요하는 것으로 결구방식(結構方式)을 들 수 있다. 결구란 시를 전개하는 방식으로, 구체적으로는 '이시위시(以詩爲詩)', '이문위시(以文爲詩)'를 가리킨다. 이 시는 시로써 시를 쓴 것이기보다는 문으로 시를 쓴 것에 가까워 보인다. 그 점은 ①과 ②의 대비를 통해서 충분히 드러난다. ①의 대우를 결구하는 방식이 '이시위시'라면, ②의 대우를 결구하는 방식은 '이문위시'에 가깝기 때문이다. ②는 기구나 승구나 다 마찬가지인데 사건의 과정을 순서에 맞게 써 내려가는 형식을 취하고 있다. 굳이 '而'자를

넣어 '산문'임을 드러내지 않더라도 자연스럽게 산문처럼 편안히 읽히는 것이다.[272)]

절구의 기구와 승구에 대우를 적용한 사례가 그에게서만 나타나는 특징적인 국면은 아니다.[273)] 왜냐하면 당풍 시인[274)]이건 해동강서시파(海東江西詩派) 시인이건 구분할 필요 없이 그들의 절구에 나타나는 대우는 강서시풍에 침염된 결과로 보이기 때문이다.[275)] 그러면, 당시 시인들을 모두 해동강서시파로 규정할 수 있느냐는 문제가 제기된다. 이에 강서시파 수용 정도를 문제 삼지 않을 수 없다.[276)] 그는 절구에서 대우를 자주 사용하고 있고, ②와 같이 대우를 산문처럼 결구하는 데에도 공을 들이고 있기 때문이다. 그의 이러한 의식은 율시에서 더 뚜렷이 드러난다. 일반적으로 율시에서 함련과 경련에 대우를 두는데 그는 수련에도 대우를 배치하는 이

---

272) 이런 시들이 꽤 많이 눈에 띈다. 『문집』, 권6, 「飮梨花酒, 味勝洞庭春色」, p.301. "軟於酥粉甛於蜜, 美味端宜病渴人."; 『문집』, 권3, 「簡謝李使君惠山灰銀魚」, p.265. "薪窮作灰能傳火, 目變爲銀更擅珍. 燔炙豈宜供野老, 割烹端合享嘉賓."

273) 盧守愼, 『穌齋集』(『한국문집총간』35, 민족문화추진회, 1988), 권1, 「紅梅」, p.160. "淺紅初綻雨中肥, 淡白還斜竹外枝. 偶是東風添醉面, 雪霜標格我曾知."; 金淨, 『沖庵集』(『한국문집총간』23, 민족문화추진회, 1988), 권1, 「病中」, p.99. "松瘦霜下後, 鶴竦露淸餘. 顔貌雖凋悴, 肝腸更洞虛." 이러한 예를 든 이유는 그의 시에 나타나는 절구에서의 대우가 해동강서시파(노수신)의 시에도, 당풍 시인(김정)의 시에도 나타난다는 사실을 환기하기 위해서다.

274) 이종묵, 전게서, pp.20～29.에서 "사화에 희생된 인물들이 당시풍의 시인이라는 평을 받으면서도 강서시파의 면모를 함께 하는 것은 그들의 정치적 좌절이 강서시파의 시를 읽게 한 원인이었으리라."고 추정하면서 李冑, 金淨, 奇俊 등을 강서시파적 성향이 시에 나타나는 인물로 들고 있다. 그러면서 "曹伸을 해동강서시파에 포함시키는 것이 타당하다."고까지 조심스럽게 말하였다. 다만 이종묵은 사화를 당한 인물들이 보여주는 강서시파의 구체적인 면모를 적시하지는 않았다.

275) 그것은 당시 시단을 풍미했던 강서시파의 '以文爲詩'의 작법에서 찾을 수 있다. 절구에 대우를 빈번히 두는 자체가 산문화의 수용이고, 대우를 적용할 때에도 산문과 같이 結構하는 점을 들 수 있다.

276) 섣불리 논단할 것은 아니지만 그의 시에 있어서 수사적 특질만 놓고 본다면 강서시파를 상당한 정도 수용한 것으로 보인다.

른바 '투춘체(偸春體)'277)를 즐겨 사용하고 있다. 투춘체는 율시의 首聯에 대우를 배치하여 율시의 장법을 무시함으로써 자유로운 장법을 추구하고자 하는 것이다. 이는 기존의 형식을 파괴해 보려는 일련의 목적을 가진 의도된 시도다. 그가 투춘체를 시에 자주 쓴 것은 이전의 수사를 답습하지 않고 새로운 수사를 추구하려 한 선상에서 보아야 한다. 투춘체 자체가 시의 처음부터 대우를 사용함으로써 사건이나 시상을 병렬한 듯한 인상을 주게 되어 산문적 취향을 띤다는 사실을 부정할 수는 없다. 하지만 고식적인 투춘체의 적용은 더러 문세를 막기도 하는 역작용을 일으킨다.278) 그는 수련, 함련, 경련 모두에 자면상 정밀한 대우를 두는 방식을 대체로 준용하고 있는 편이다. 다음 시가 그 예다.

京國衣冠同里閈　　서울에서 함께 벼슬했던 사람과 한 마을에 살았더니
江湖煙雨獨琴罇　　강호의 안개비에 거문고와 술동이만 덩그러니.

---

277) 투춘체를 설명한 자료로는 "其法頷聯雖不拘對偶, 疑非聲律, 然破題已的對矣, 謂之偸春格, 言如梅花偸春色而先開也."(시인옥설); "起聯相對而次聯不對者, 謂之偸春體, 言如梅花之先春而開."(한어대사전)이 있다. 두 자료를 종합하여 설명하면, 투춘체는 수련에 대우를 하고 함련에 대우를 하지 않은 것이라 할 수 있다. 이것은 좁은 의미의 투춘체다. 그러나 후대로 내려오면서 투춘체는 수련, 함련, 경련 세 연에 걸쳐 대우를 적용하는 것까지로 의미가 확장된다. 투춘체는 율시의 한 체로, 初唐詩에 잠시 쓰였던 것인데 宋代의 陳師道에 이르러 격식 파격의 한 방법으로서 빈번히 쓰였다.(崔琴玉, 전게 논문, p.195. 참조.)

278) 투춘체의 역작용을 해결하기 위해 송대의 강서시파들은 주로 함련에 자면상의 대우가 아닌 의미상 대우를 즐겨 썼다. 진사도의 경우에도 간혹 수련, 함련, 경련에 모두 자면상의 대우를 적용하기도 하였으나 그 수가 많지 않고, 틀에 박힌 정형성을 탈피하고자 함련에 의미상 대우를 쓰거나 산체화해서 막힌 흐름을 풀어주는 방법을 쓰는 경우가 많다.(최금옥, 상게 논문, pp.197－198. 참조.) 그러나 실상 진사도의 시를 살펴보면, 함련에 의미상 대우를 둔 것은 많이 발견되지만 산체화를 보여주는 것은 흔하지 않다. 기재 신광한의 경우에는 수, 함, 경련에 자면상의 긴밀한 대우를 두면서도 함련에 송대 강서시파인 진사도처럼 의미상 대우를 쓰는 대신, 산체화(산문식 결구)를 즐겨 사용했다. 이러한 차이는 그가 강서시파의 영향을 그 나름대로 개성적으로 변용·발전시켰음을 추단케 한다.

耳聞張趙交傳紋　　귀로는 장씨와 조씨가 서로 인끈 전하는 소리 듣고
眼見朱陳絶打門　　눈으론 주씨와 진씨가 발길 끊긴 모습 보네.
五馬已回嚴武駕　　태수는 이미 엄무의 수레 타고 돌아갔고
百花空老杜陵村　　온갖 꽃들은 부질없이 두보의 마을에서 묵어만 가네.
金章更有俱存樂　　금장에다 또 부모님 살아계신 즐거움 있으니
移鎭西原爲樹萱[279)　　서원으로 진을 옮겨 원추리 심겠네.

　　이것은 중원에서 서원으로 옮겨가는 우 사군을 송별한 시다. 首聯의 出句와 對句가 대우를 이루어 '京國'과 '江湖', '衣冠'과 '煙雨', '同'과 '獨', '里閈'과 '琴罇'이 대가 된다. 아울러 내용상으로도 出句가 그와 우 사군이 중앙에서 함께 벼슬하던 과거 인연을 언급한 반면, 對句는 현재 이별의 석상에 함께한 장면을 그리고 있어 내용상의 대도 이루고 있다. 首聯의 구식은 4·3/4·3인데 頷聯과 頸聯도 대우를 이루고 있어서 頷聯이 1·6/1·6,[280) 頸聯이 2·5/2·5의 구식을 보인다.[281) 1·6/1·6식과 2·5/2·5식은 구식으로만 보아도 정형을 벗어난 변격으로 산문체에 가까운 구식이다. 頷聯과 頸聯은 우 사군과 그가 처한 상황이 교묘하게 대를 이루면서 오버랩 되고 있다. 頷聯의 出句는 타지로 옮겨가는 우 사군의 분주한 모습, 對句는 우 사군과 격조하게 될 자신의 모습, 頸聯에서는 서원의 사군으로 떠나간 우 사군과 묵묵히 원형리를 지킬 ㄱ 자신을 대비시켰다. 그것은 문면상에서 보이는 頷聯의 '耳'와 '眼', 頸聯의 '五馬'와 '百花'가 명사로서 주어 역

---

279) 『문집』, 권3, 「送中原禹使君移鎭西原」, pp.256 - 257.

280) 2·5/2·5로 볼 수도 있다.

281) 최금옥, 전게 논문, p.194에서 "7언의 가장 일반적인 구식은 4·3식인데, 3·4식과 1·6식, 2·5식은 변격이지만 2·5식이 진사도의 시에 많이 출현하여 정격으로 보는 것이 합당하다."고 하였다.

할을 하고 있다는 점에서 알 수 있다. 그는 頷聯에서 '耳'와 '眼'을 전면에 두어 주어로 삼아 귀로는 우 사군이 다른 곳으로 옮겨 갈 것이란 말만 듣다가, 눈으로 직접 전별 석상에서 이별을 목격하게 되는 상황을 청각과 시각으로 축약해 내었다. 또 頸聯에서는 우 사군을 상징하는 '五馬'와 그를 암시하는 '百花'를 주어 자리에 놓아 떠나가는 사람과 남아있는 사람으로 유별하였다. 산문의 글쓰기 방식이 주어를 앞에 배치하고 다음에 부사어, 서술어가 놓이며 보어와 목적어가 그 뒤를 따르는 것임을 생각할 때 頷聯과 頸聯은 더욱 산문화에 근접한 것이 된다. 만약 투춘체를 적용하고, 頷聯과 頸聯에 각기 대우를 하며 구식에 별 변화를 주지 않았다면 首, 頷, 頸聯이 꽉 찬 듯이 답답하게 여겨질 것이고 문세도 막혀 힘없어 보일 것이다. 그런데 이 시에서는 수련에 투춘체를 배치한 후 정교하게 안배된 대우를 함련과 경련에 배열하면서 구식에 변화를 주어 산문화함으로써 문세가 소통되게 하였다.[282] 그렇게 하지 않았다면 시를 단숨에 읽어 내려갈 수 없고 호흡도 여러 번으로 나누어 해야 하였을 것이다.

그는 율시에 투춘체를 적용하는 경우, 송대 강서시파들이 하던 함련이나 경련에 의미상 대우를 쓰지 않고 수련, 함련, 경련에 정교한 대우를 사용하였다. 그만이 아니라 기묘제현인 김정(金淨)(1486~

---

282) 그는 진사도의 투춘체와는 다른 것을 구사했으므로 율시의 수련, 함련, 경련에 투춘체를 적용할 때에 문세를 틔우는 방법으로 두 가지를 주로 사용하고 있다. 하나는 수련, 함련, 경련에 구식의 변화를 주는 것이고, 다른 하나는 수련, 함련, 경련의 구식을 같게 하되 품사의 배치를 다르게 하는 것이다. 예를 들어 7언 율시인 경우, 수련의 출구와 대구 제 7자가 명사이면 함련과 경련의 출구와 대구 제7자에 명사가 아닌 동사나 형용사를 두는 방식이다. 그에게는 두 가지 방식이 모두 나타나는데 이것은 해동강서시파나 강서시파의 영향을 받은 당풍 시인에게서도 공통적으로 발견되는 것이다.

1521)[283)]과 해동강서시파인 노수신(盧守愼)(1515~1590)[284)]도 그와 같은 방식의 투춘체를 보이고 있다. 그들이 투춘체를 적용하면서 보여주는 공통된 현상은 자면상의 정교한 대우 뿐 아니라 함련과 경련에 산문식 결구를 한다는 점이다.[285)] 이러한 사실에 비추어, 그가 살았던 당시에는 율시의 수련에 대우를 두는 투춘체가 유행하였으나 송대 강서시파와는 달리 의미상 대우 대신 자면상 정교한 대우를 두고, 산문식 결구(산체화)를 사용함으로써 송대 강서시파와는 다른 면모를 보이는데 이것이 아마도 강서시파에 대한 조선의 개성적 변용일 것이라 추정할 수 있겠다.[286)] 다음 시에서는 그의 투춘체의 또 다른 일면을 확인할 수 있다.

寺是曾遊處	절은 일찍이 노닐었던 곳
僧惟昔日人	스님은 예전 사람.
梅橫春後幹	매화는 봄 지난 줄기 늘어뜨리고

---

283) 金淨, 『沖庵集』(『한국문집총간』23, 민족문화추진회, 1988), 권2, 「獨至馬峴下巖礀有待」, p.127. "古徑逢人少, 深山暮景催. 已謂君先到, 如何我獨來. 微泉響幽礀, 落葉下蒼苔. 延佇空巖側, 憑誰詩興裁."; 권1, 「淸風寒碧樓」, p.111. "盤辟山川壯, 乾坤玆境幽, 風牛萬古穴, 江撼五更樓, 虛枕宜淸夏, 詩魂爽九秋. 何因脫身累, 高臥寄滄洲."

284) 盧守愼, 『穌齋集』(『한국문집총간』35, 민족문화추진회, 1988), 권1, 「得家信」, p.154. "京洛千重路, 雲山萬點天. 淸朝烏鵲喜, 薄暮雁魚傳. 弟妹今無恙, 晨昏永不愆. 一兒遊一月, 羸馬也能旋."; 권1, 「夜坐泣書(聘君及妻)」, p.166. "義已如端木, 恩何啻直卿. 頑甥辱敎訓, 順婦誤平生. 薄命紅顏落, 深情白骨明. 三從已無計, 死別莫吞聲."

285) 주 283)과 284) 참조.

286) 이 점은 예민하고도 조심스런 부분이다. 다만 이러한 추정을 한 이유는 조선에서 강서시파의 영향을 받은 사람들의 투춘체가 실제 면에서 송대 강서시파의 투춘체도 약간 보이면서 그것들과는 또 다른 양상을 보이기 때문이다. 그리고 조선에서 강서시파의 영향을 받은 사람들 간에 언뜻 보면, 투춘체 적용에 있어 차별성보다는 유사점이 더 많아 보이기 때문이기도 하다. 변용의 원인과 그와 해동강서시파, 그리고 강서시파의 영향 하에 있었던 당풍 시인들 사이의 투춘체 양상에 있어서의 대비는 좀더 많은 시간을 필요로 한다.

松老歲寒身   소나무는 추위를 이겨낸 몸으로 묵어가네.
夢隔江南路   꿈은 강남 길과 막혀 있고
衣緇洛下塵   옷은 서울의 먼지에 검어졌네.
相逢淸淨地   맑은 곳에서 만나니
俱是宿心親287)   모두가 오랜 친구네.

　이 시는 수련에 투춘체를 적용하고 있는데 '寺'와 '僧', '是'와 '惟', '曾遊處'와 '昔日人'이 대를 이룬다. 수련의 구식은 1·4/1·4로 첫 '寺'와 '僧'이 뒤의 서술어를 받는 주어 역할을 하고 있다. 함련과 경련은 상례에 따라 대우를 구성하는데 구식이 1·4/1·4로 세 연에 변화 없이 적용되고 있다. 함련에서는 '梅'와 '松', 경련에서는 '夢'과 '衣'가 앞에서 서술어와 보어, 목적어를 거느리면서 주어가 된다. 산문체이고 구식이 같아 단숨에 세 연 여섯 구를 읽어내어 문세의 억양돈좌가 없어서 밋밋해져 버렸다. 또, 함련의 출구와 대구, 경련의 출구와 대구가 '주어<제 1자>＋서술어<제 2자>＋목적어(보어)<제3∼5자>'로 배치되어 자구안배에도 별 변화가 느껴지지 않는다. 그 뿐만 아니라 단순한 구식과 결구에 의해 쉽게 읽혀졌던 대우들이 연 사이의 단절로 인해 연끼리 서로 이어지지 않아 시의 대의를 파악하는 것이 어려워졌다.

　이 시가 이렇게 된 원인은 그가 시를 통해 무엇을 나타내려고 하였는지를 밝혀냄으로써 드러날 것이다. 그가 이 시에서 의도한 것은 격절지인 산사와 자신이 자리하고 있는 중앙과의 지리적인 원격 공간을 초월하고, 매화와 소나무로 대표된 석간선사의 인품과 경련의 꿈과 옷이 그려내는 자신의 현재 처지를 초탈하는 접점을

---

287) 『문집』, 권5, 「書石潤禪師詩軸」, p.297.

설정하려 한 것에 다름 아니다. 두 장소가 합쳐지고 두 사람의 정신경계가 합일하는, 그래서 그와 석간선사의 차이가 없어져 그가 석간선사로 대환288)되는 지점을 형상하기 위해서는 내용을 이루는 수사가 상징의 압축적 나열들로 점철될 수밖에 없다. 그 결과, 빠른 호흡이 절, 스님, 그리고 매화, 소나무, 꿈, 옷과 같은 상징들을 금새 건너뛰어 그를, 다정한 친구를 만나는 맑은 곳으로 데려다 놓았다. 그러므로 그가 구식의 변화나 주어＋서술어＋목적어(보어)로 된 산문식 결구에 무심했을 수 있다.

단순히 함련과 경련의 구식이 다양하지 못하고 자구안배에 변화를 고려하지 않은 점, 상징들의 나열로 인해 내용 파악이 용이하지 못한 점만 놓고 본다면, 이 시가 실패한 것처럼 보일 수도 있다. 하지만 그는 공간(산사와 환로)과 물아(그와 석간선사)를 초탈하는 정신적 초월을 형상하기 위해, 상징을 주어로 배치하여 구의 의미를 범주화해 건너뛰는 산문식 결구를 과감히 구사하고 있다.289) 함련의 출구와 대구, 경련의 출구와 대구, 이 네 구의 상징만을 읽히게 하려고 구식의 변화나 자구의 안배에 고의로 변화를 주지 않은 것이다. 이 점은 이 시가 수사적으로 단순하여 읽을 때에 단조롭고 문세가 막힐 수도 있음을 감수한 결과이기도 하다. 결국 이 시는 그의 산문화 경향이 상한 시의 수사적 특질이 내용 전달에 유효하게 활용된 성공적인 작품인 것이다. 이것을 통해 그

---

288) 이렇게 설정함으로써 중앙의 환로에 있는 그가 격절지인 산사에서 고고한 정신 경계에 노니는 석간선사의 지위로 전이하게 되는 사유의 초월을 경험하게 된다. 고고한 정신 경계는 미련의 '청정지에서 만나는 것'을 통해 읽어낼 수 있고, 석간선사로의 대환은 미련의 '오랜 친구'라는 시어로 확인할 수 있다.

289) 이것은 그의 시에 나타난 淸勁함과도 결을 같이 한다.

가 시에 산문화를 근본적으로 추구하지만 내용을 효과적으로 전달하기 위해서라면 고식적 산문화마저도 꺼리지 않았음을 알게 한다.

논의 결과, 절구와 율시에 대우를 적용하는 방식이 그의 시에 나타난 산문화의 한 양상이라는 사실을 지적해 내었다. 다음에는 그의 시에서 자주 목격되는 시어의 중복에 대해 살펴보자.

2. 시어의 중복과 그 효과

산문에서 필력을 펴고 기운(氣韻)을 심장케 하기 위해 동일한 어구를 반복해 쓰는 '중복'을 즐겨 사용한다.[290] 그 결과 시도 산문화되어 가면 시에 어세를 강화시키고 표현을 강렬하게 하기 위해 시어의 중복이 나타나게 된다. 신광한의 시에는 세 유형의 중복이 보인다. 낱자의 중복, 단어의 중복, 문장의 중복이 그것이다. 낱자의 중복[291]을 다음 시에서 발견할 수 있다.

名是爲春實是賓	이름은 봄이지만 실은 손님
桃花欲謝强爲春	복사꽃 지려하는데도 억지로 봄이라 하네.
年年惜此春光去	해마다 봄빛이 지나가는 것 슬퍼했더니
春作殘春人老人[292]	봄은 늦은 봄이 되었고 사람은 노인 되었네.

---

290) 黃永武, 『字句鍛鍊法』, 洪範書店, 2002, pp.122 - 127. 참조.

291) 낱자의 중복이란 같은 글자를 시에 여러 번 겹쳐서 사용하는 것을 가리킨다. 일반적으로 근체시에서는 한 글자가 두 번 들어가면 작법에 어긋난다고 하지만 1구에 또는 한 연에 같은 자가 두 번 들어가는 것을 허용하고 한 수에 같은 자가 3번 들어가는 것도 허용하나 피하는 것이 좋다고 한다.(김상홍, 『漢詩의 理論』, 고려대학교 출판부, 1997, p.121. 참조.) 그러나 변형을 추구하고 산문화하면 근체시의 틀을 깨는 낱자의 중복이 나타나기 마련이다.

이 시의 起句와 結句는 구식(句式)이 4·3으로 같고 그 자체로도 한편의 산문이 될 수 있다. 起句는 '名是爲春', '實是賓'으로 나눌 수 있는데 핵심은 바로 '春是賓'임을 강조하여 드러내었다. 承句에서는 봄이 지나가버린 것에 대한 아쉬움을 읊고 있다. '强'은 그가 봄이 오기를 얼마나 오랫동안 기다리고 있었는가를 확인하게 해준다. 轉句의 '年年'에서는 그가 봄을 부질없이 흘려보낸 날들에 대한 비통한 애상을 읽을 수 있다. 結句의 '春作殘春', '人老人'에는 봄이 이미 저물었고 그도 늙어버렸음을 인정하지 않을 수 없는 통찰이 자리하고 있다. 매 구마다 '春'을 넣어 잠시라도 그의 뇌리에서 지워지지 않게 하였고, 결구에서는 '春'을 두 번 사용하고 '人'을 두 번 써 철지난 계절과 청년기를 지내고 노년기를 맞은 자신이 포개어 지면서 봄과 자신을 다시 인식한다. 이 시는 '春'이 다섯 차례나 사용되었으면서도 군더더기로 여겨지지 않는데에 묘미가 있다. 다음 시도 여러 글자들의 반복이 눈에 거슬리지 않으면서 시상을 효과적으로 전달해준다.

江邊最細沙	강가의 가장 가는 모래
磨盡太古石	태고 적 돌이 다 갈린 것.
借問江邊石	강가의 돌에게 묻노니
幾時爲沙礫	언제 모래나 자길 되나?
爲石復爲沙	돌 되었다 다시 모래 되고
爲沙終盪析	모래 되었다 마침내 사라지네.
天地亦有盡	천지도 다함이 있으니
於汝何足惜	너만 어찌 슬퍼하랴?
況我本非石	더구나 나는 본디 돌도 아니면서
百年空寄跡	평생 부질없이 자취를 의탁했네.

---

292) 『문집』, 권3, 「座有和者, 復用前韻, 以示惜春之意」, p.278.

莫以有限身	유한한 몸으로
負此罇前酌	동이 앞 술잔을 저버리지 마오.
君當快飮酒	그대 통쾌하게 술 마시면
我爲歌一曲	내 노래 한 곡 부르리다.
高堂鏡中髮	고당 거울 속에 비친 머리카락
日日非舊綠293)	날마다 예전 푸른 빛 아니네.

이 시는 전체적으로 측성운을 사용함으로써 시 전체의 분위기를 다소 애상에 젖게 하고, 그의 논조도 강하게 드러나게 한다. 우선 권주가의 내용과 수사로, 이백(李白)의 「장진주사(將進酒辭)」를 적절히 용사294)하여 시상을 전개한 점이 눈에 띈다. 시상 전개의 매개물은 주연이 펼쳐진 백사장의 돌과 세사(細沙)다. 돌과 세사를 굳이 택한 이유는 좌중이 함께 자리하고 있기에 공시동소(共時同所)적 공감을 유도키 위한 일종의 장치인 셈이다. 달리 말하면 자연물질의 영겁변화에 그들이 놓여있다는 현재성을 느끼게 한다는 말이다. 이런 장치 속에서 그는 세월의 흐름, 즉 만물의 변화로 시상을 일으킨다. '모래'는 '태고의 돌'이 세월의 흐름을 거친 결과물이며 세월을 겪을수록 변화를 맞지 않을 수 없다는 사실을 '爲石復爲沙, 爲沙終盪析'으로 적시하고 있다. 이 두 구 10자에서만 '爲'가 세 번, '沙'가 두 번 쓰였음에도 독자들은 '낱자의 중복'이라 인식하여 번거로움을 느끼지 않고 도리어 물상의 변화에 공감하게 되는 것이다. 그 속에는 결코 웃을 수 없는, 변화를 따르는 인생의 조락이 은유되지만 '낱자의 중복'을 적절히 배치하여 구슬

---

293) 『문집』, 권3, 「詠江邊石, 進酒座上」, p.256.

294) 이 시의 13-14구는 李白의 「將進酒辭」의 "與君歌一曲, 請君爲我側耳聽.", 15-16구는 "高堂明鏡非白髮, 朝如靑絲暮如雪."을 용사한 듯하다.

이 구르는 듯한 경쾌한 운율에 가려져, 스쳐가듯 감각치 못할 뿐이다. 심각한 주제를 담고는 있으되 수사적 안배에 의해 표피적으로 주제가 강하게 드러나는 것을 억제시키고 있다. 그는 이어 '況我本非石, 百年空寄跡'으로써 인생의 무상함을 다시 한번 일깨운다. 여기서의 '나'는 비단 작자인 '그'에 국한되는 것이 아니라 '좌중인'을 포함한 세상 모든 사람을 아우른다. 그는 '한 곳에 오랫동안 변함없이 자리하는 돌마저도 세월에 스러지고 형체를 변화해 가는데, 돌도 아닌 우리네 인생이 정해진 곳 없이 여기저기 떠돌며 의탁한 자취야 더 말할 게 없다.'는 말로 인생의 짧고 유한함을 암유한다.

이 시는 처음부터 10구까지 '江邊', '沙', '石', '江邊', '石', '爲', '沙', '爲', '石', '爲', '沙', '爲', '沙', '石'을 반복적으로 사용하면서 겉으로는 '돌'이 오랜 세월이 지나 '모래'로 변하는 과정을 재미있듯 말하고 있지만, 속으로는 세월을 겪으며 하루하루 늙어가는 인생무상이란 무거운 주제를 싣고 있다. 이 부분은 문면으로는 강한 산문화 경향295)을, 운율면으로는 반복되는 리듬으로 경쾌감을 주는 이중적 작용을 한다. 여기에서 특기할 것은 그가 술을 권해야만 하는 이유를 개진하는 부분에 '낱자의 중복'을 집중적으로 사용하고 있다는 점이다. 불론 11구 이후로도 '有', '我', '爲'

---

295) 이 시점에서 '산문화 경향'의 개념에 대해 짚고 가야 할 필요가 생긴다. 그 이유는 '산문화 경향'이라는 용어가 포괄하는 범위가 넓고, 그의 시마다 나타나는 양상이 조금씩 다르기 때문이다. 앞의 대우를 언급한 부분에서는 '산문화 경향'이 대우나 투춘체, 1/4, 1/6, 2/5구식, 주어+서술어+목적어(보어)순서의 자구 안배 등을 포함하는 것이지만, 여기서는 뜻의 전개를 위해 낱자 배치의 구속에 무관심한 산문식 글쓰기 방식, 동사와 명사의 나열로 서술어+목적어(보어)의 구조가 구에 한 번 또는 두 번이나 반복적으로 나타나는 것을 가리킨다고 하겠다.

가 나타나기는 하지만 연속해서 집중적으로 나타나지 않는다는 사실에서 확인할 수 있다. 그 이유는 술을 권하기 위해서는 인생무상을 언급해야 하는데 수사적 배려 없이 무거운 주제만을 그대로 담아낼 경우 도리어 흥을 깰 우려가 있기 때문에 '낱자의 중복'을 반복적으로 사용하여 쾌활한 운율 속에 주제가 읽히도록 한 것이다. 그는 이와 같은 수사적 장치를 효과적으로 사용하여 의도한대로 권주의 분위기를 자아낼 수 있었고, 인생무상에 대한 애상을 완화시켜 놓았기 때문에 시를 맺는 부분에서 이백이 「장진주사」에서 말한 '날로 노쇠해가는 흰 머리'로 표상된 '인생의 조락'을 경계하듯 환기시켰다.

다음 시에서는 단어의 중복을 찾을 수 있다.

林泉又卜小林泉　　임천에서 또 작은 임천을 구하니
兩地林泉一老仙　　두 임천에 늙은 신선 하나.
十年亦識林泉味　　십년동안 또한 임천의 풍미를 알 터이니
那得從君更討玄296)　어찌하면 그댈 따라 깊은 이치 물을 수 있으려나?

이 시는 그와 과거 급제 동기인 김광희(金洸希)가 산천을 두 군데나 소유하여 그에게 와서 자랑하며 시 한 수를 부탁하자 장난삼아 지어준 시다. 희롱하여 지은 시라선지 그의 친구가 자랑하는 '임천(林泉)'이 시에 네 번이나 쓰였다. '임천'이 기구의 1, 2자와 6, 7자에, 승구의 3, 4자에, 전구의 5, 6자에 놓였는데 평측에 맞추고 시에서의 외관도 고려하여 위치가 서로 겹쳐지지 않게 하였다. 기구에 '임천'을 두 번 배치하여 두 개의 '임천'을 소유한 것을 드러

---

296) 『문집』, 권6, 「縣居金洸希, 實同年, 來誇卜有兩地林泉, 求留一語, 戲書以贈」, p.305.

냈고, 승구에서는 두 곳의 임천을 늙은이 혼자서 독차지하는 것을 빗대었다. 전구에서 그는 김광희가 10년 동안 임천에 별업을 짓고 살면서 자연과 함께 하는 삶의 풍미와 자연의 이치를 깨달았으리라 단정하고 있다. 결구에서는 그가 자연의 이치를 깨우치지 못해 임천의 풍미를 터득한 김광희에게 물으려 한다고 말하고 있지만, 실은 김광희가 십년동안 임천에 살면서 임천의 풍미를 과연 얼마나 알게 되었는지를 되물은 것이다. 그것과 더불어 하나의 임천을 차지하고 오랜 기간을 살았으면서도 그 속에서 사는 맛을 제대로 깨닫지 못하면서 또 하나의 임천을 차지하는 것이 부끄럽지 않으냐는 물음을 넌지시 던지고 있다. 그 점은 전통적으로 '임천'297)이 가지는 성리학적 의미에서 읽어낼 수 있는 바다.

이제 '임천'이라는 단어를 시에 중복해서 사용한 그의 의도를 짚어보기로 하자. '임천'은 숲을 뜻하는 '임'과 샘인 '천'을 합성한 것이지만 낱자의 의미와는 다른 추상적 카테고리를 이룬다. 다시 말하면, '임천'이란 단어는 '숲'과 '샘'을 뜻하는 것이 아니라 자연이나 자연 속의 삶, 자연의 섭리나 우주의 이치까지도 포괄한다.298) 그의 친구인 김광희가 차지한 것은 풍광 좋은 산을 나타내는 '임천'이지만 그가 시에 제시한 '임천'의 의미는 '산'의 개념을

---

297) '林泉'은 번잡한 환로에서의 생활과는 길을 달리하는 자연 속에서 우주의 이치를 체화하는 삶의 상징적 경계다. 그것은 소유의 대상일 수도 없고 한 개인이 독점할 수 있는 것도 아니다. 그 속에서 자연의 섭리와 우주의 이치를 깨달아야만 비로소 가치가 있는 것이지 단순히 거기에 산다거나 차지하는 것만으로는 아무런 의미를 가지지 못한다.

298) 이것은 시의 결구 제7자 '玄'을 통해 감지되는데 시어의 확장이라는 측면에서도 접근할 수 있다. 여기에서는 그가 표면적으로 산을 뜻하는 '임천'을, 성리학에서 자연의 섭리나 우주의 이치가 유행하는 경계를 상징하는 '임천'의 원래 의미로 끌어다 반복해서 사용한 점이 더 중요하다.

넘어서는 것이다. 그의 이러한 의도 속에는 그의 친구가 '산'으로 서 '임천'을 생각하지 말고 '자연의 섭리나 우주의 이치'로까지 '임천'을 여겨 주기를 바라는 그의 배려가 숨겨져 있다. '임천'을 네 번이나 반복해서 시에 노출한 것이 그러하다. 또 기구, 승구, 전구에 골고루 배치하여 '임천'을 기구에서 잔상으로 각인시키고, 승구에 이르러 잔상에 '임천'을 포개어 전구의 '임천'을 읽기까지 다시 짙은 잔상으로 남게 하며, 전구에 다시 '임천'을 두어 결구를 읽어 시 한 수를 독파할 때까지 줄곧 잔상으로 남게 한 수법이 그 러하다. 결국, 그는 이 시 전체를 '임천'으로 거의 도포해 놓은 셈 이다. '임천'의 중복적 사용은 운율상으로 '임천'이 유리구슬처럼 맑은 소리를 반복적으로 내며 읽히게 하고,[299] 각 구에서 '임천' 두 글자 이외의 낱자들을 의미 형성에 가담하지 못하게 하여 주변 으로 밀어냄으로써 두 글자만을 돌출시킨다. 그는 이 시에서 풍자 의 내용을 유효하게 담아내려고 단어를 중복함으로써, 경쾌한 운율 속에 풍자의 내용이 은근하면서도 줄기차게 전달되도록 하였다.[300] 방법면에서 보면, 이것은 의미전달을 위해 시의 형식을 일부 방기 한 단어의 산문식 나열로 시의 율격에 변화를 시도하는 탐색인 것 이다.

낱자와 단어가 중복된 시들을 점검하였는데 그의 시에는 드물기 는 하지만 더러 문장이 중복되어 나타나는 경우도 있다.

有父有父海東頭   애비는 애비는 바다 동쪽 가에 있어

---

299) 주 251)의 "如銅丸走板, 如繁星麗天."을 연상케 한다.
300) 이러한 점이 그의 시의 老健함을 형성하는 데에 주도적 역할을 했을 것이다.

日日三復陳公詩	날마다 진사도의 시를 세 번이나 반복하네.
有女有女天南陲	딸은 딸은 하늘 남쪽 모퉁이에 있어
夜夜常抱慈烏悲	밤마다 늘 어버이 그리는 슬픔을 품네.
人多有父在堂上	남들은 대부분 애비가 당상에 있지만
何獨使汝長別離	어찌 유독 너를 오래 이별케 하였나?
人多有女在膝下	남들은 거의 딸이 슬하에 있지만
何獨使我長相思	어째서 나만을 오래 그립게 했나?
時維閏八月初吉	때는 윤 팔월 초하루에
願爲有家將送之	일가를 이루길 원해 시집보내려 하네.
江山萬重路阻脩	강산이 겹겹으로 막혀있고 길도 멀고 험하여
行邁未半衰病隨	반도 채 못 갔는데 병이 났네.
驅車復向海東頭	수레를 몰아 다시 바다 동쪽 가로 향하니
不忍回首天南陲	차마 하늘 남쪽 모퉁이로 고개 돌리지 못할 레라.
九原難作生者遠	저승이 산 사람을 멀게 여기지 않으니
孰醻汝酒誰結褵	누가 네게 술을 따르고 향낭을 매어주랴?
乃祖父及乃祖母	네 할아버지와 네 할머니께서는
白頭何心觀畫眉	늙으시어 무슨 맘으로 눈썹 그리는 걸 보시랴?
諸娚滿座禮無缺	외숙들301)께서 자리에 가득하시어 예에 모자람이 없겠지만
獨向天涯雙涕垂	홀로 하늘 가로 향하니 눈물이 쏟아지네.
長別離長相思	오래 이별하고 오래 그리워하니
世間會合終有期302)	세상에서 끝내 만날 날 있으리라.

이 시는 장편으로, 시제에서도 '歌'라고 하여 악부의 형식을 취하고 있다. 그는 두 딸이 있는데 삼척부사로 재직하는 동안, 큰 딸을 정형(鄭衡)에게, 막내딸을 심의검(沈義儉)에게 시집보냈다. 이 시는 그가 큰 딸의 혼례식에 가지 못한 안타까움303)과 부녀간의

---

301) 諸娚는 시제의 諸妻兄과 같은 뜻으로, 아내의 여자 형제를 가리키는 것이 아니라 아내의 남자 형제를 가리킨다. 그러므로 그의 딸의 입장에서 보면, 외숙들이 된다. 용례가 『문집』, 권2, 「送妻兄仲盧氏出宰靈光郡」, p.246.에 보인다.

302) 『문집』, 권5, 「父女歌, 贈諸妻兄」, p.292.

303) 그가 큰 딸의 혼례식에 가지 못한 것을 한스러워 한 듯 막내딸의 혼례에는 참석하였다. 『문집』, 별집, 권2, 「季女兒, 隨舅氏于錦山. 辛巳仲春二十有一日, 以嫁期告慈闈, 曉發眞珠任所. 時維淸明, 煙花暗野, 夕渡白伏嶺. 山雪沒脛, 一日之內, 朝看

정을 읊고 있다. 먼저 부녀간의 정을 그린 부분을 살펴보자. 시의
시작부터 예사롭지 않다. 1구에서 '有父'를 연속으로 배치하고, 3
구에서 '有女'를 잇달아 놓음으로써 그것이 '海東頭'와 '天南陲'
보다 강하게 부각되면서 부녀지간임을 강조하게 된다. 2구는 1구
의 결과로서 그가 가족(딸)과 멀리 떨어져 있어, 가족을 그리워한
진사도의 시[304]를 하루에도 여러 번을 외워 가족에 대한 그리움을
달랬다고 하였다. 4구 역시 3구의 결과인데 그의 가족과의 이별이
큰 딸로 하여금 어버이를 그리워하는 슬픔을 가슴에 항상 간직하
게 만든 것이다. 1, 2구가 하나의 산문 문장이고 3, 4구가 그것에
짝하는 산문 문장처럼 배열되어 있다. 5구와 7구는 '父'와 '女',
'堂上'과 '膝下'만 다를 뿐 문장 구성이 같고, 6구와 8구도 '汝'를
'我', '別離'를 '相思'로 바꾸어 놓았을 따름이다.

5구에서 8구까지의 배치를 보면, 산문의 글쓰기와 흡사함을 느
끼게 된다. 수사상 거의 유사한 문장[305]에 낱자 몇 글자만 달리하
여 안배하였으나 내용상으로는 크게 의미상 변화를 일으키지 않는
다. 남들과의 대비를 통해서 그들 부녀지간의 이별을 특수한 경우
로 유별해 내었지만 이별을 괴로워하는 그와 딸의 감정은 다를 게
없다. 또 문면상, 5구~8구 네 구에 걸쳐 그는 자신과 딸을 각각

花落, 夕涉堅氷, 可嘆山峻而路險也. 口占一律, 示同行表姪」, p.414.; 『문집』, 별집,
권2, 「醮季女, 夜宿珍山村舍」, p.415. 이 두 편의 시가 그 확증이다.

304) 진사도가 벼슬 없이 장안에 머물던 중 식구를 먹여 살릴 길이 없어 西蜀으로 부임
해 가는 장인에게 처자를 딸려 보내 가족간에 생이별을 하게 되자, 가족들과의 이별
을 아파하면서 여러 편의 시를 남겼다.(陳師道, 『後山詩注』, 「送外舅郭大夫蘂西川
提刑」; 「送內」; 「別三子」; 「寄外舅郭大夫」; 「憶少子」; 「寄外舅郭大夫」)

305) 다음 시에도 보인다. 『문집』, 권4, 「爲公州牧李同年大丘, 次徐達城按舞亭韻」, pp.282
−283. "有時或作醉舞亭, 紅粉百隊圍玉瓶. (중략) 有時或作醒吟亭, 興彌前江芳草
汀." 물론 예로 든 시들이 장편이더라도 시에 나타나는 이러한 특성을, 그의 시가
어느 정도 산문화의 길로 들어서고 있다는 반증으로 볼 수 있다.

주어로 삼아 각자의 입장에서 이별을 아파하고 가족을 그리워하는 마음을 담아내고 있다. 그러나 5, 6구에서 그가 집에 없어 큰 딸을 이별하게 한 것을 말했고 7, 8구에서는 딸이 슬하에 없어 그를 그리움에 사무치게 한 것이라 분별하여 말했지만 사실 5구~8구의 내용은 모두 그가 자초한 것이다. 그럼에도 7, 8구에서는 마치 그를 오랜 그리움에 젖게 한 원인을 딸에게 돌리는 듯 보인다. 하지만 그것은 같은 내용이라도 달리 표현하는 산문의 결구 방식에서 이해되어야 한다. 9구에서 마지막 구까지는 큰 딸의 초례에 가려고 하였으나 험난한 여정으로 인해 병이 나서 갈 수 없게 된 상황을 설명하면서, 그나마 큰 딸에게 조부모[306)]와 외삼촌들이 있기에 초례를 무사히 거행할 수 있을 것이라고 스스로 위안하고 있다. 이 부분에는 그가 이 시를 지어 처남들에게 보낸 이유가 암시되고 있는데 그것은 바로 아버지인 그를 대신해 큰 딸의 초례를 무사히 마칠 수 있도록 처남들에게 도움을 당부한 것이다.

이 시에서 무게 있게 읽히는 곳은 전반부인 1구에서 8구까지다. 여기에서는 부녀간에 서로를 그리는 정과 자주 만나볼 수 없는 안타까움이 여실히 묻어난다. 그래서 자신과 딸의 입장을 대등하게 병치하여 서로의 고통을 이해할 수 있도록 하기 위해 수사상 변화가 없는 산문 문장을 중복시켰다. 즉, 산문 문상을 중복시켜, 상황이 동일할 경우 인물만 바꾸어 놓음으로써 그와 딸이 상황을 공유하게 하는 효과를 내는 것이 그의 전략이었다. 9구 이후로 산문 문장의 반복이 일어나지 않는 것은 후반부의 내용이, 그가 혼례에

---

306) 그가 네 살 때에 부친을 여의고 홀어머니 밑에서 성장했다는 연보의 내용을 보면 이 시에서의 조부모는 외조부모를 지칭하는 것인 듯하다.

가지 못하는 이유와 큰 딸의 초례를 잘 마무리하도록 주변 사람들에게 부탁하는 것으로 일관하기 때문이다.

지금까지 낱자와 단어, 문장의 중복을 살펴보았다. 중복이 흔히 고시에 많이 쓰이고 율시에서 감흥을 불러 일으켜 당풍적인 느낌이 들게도 하지만 그의 경우에는 홍감의 고취보다 진술의 치밀성을 염두에 두고 사용되었다. 왜냐하면 그의 당풍 경향의 시에서는 중복 현상을 거의 찾아볼 수 없기 때문이다. 이러한 양상은 그만의 특성도 아니다. 왜냐하면 해동강서시파인 노수신의 시에도 나타나기 때문이다.[307] 노수신의 시에서는 주로 대화체의 수용에 의한 산문화가 특기할 점이었다.[308] 이제 유념할 것은 그와 그의 주변 시인들과의 대비를 통해서, 시에 시어의 중복을 적용하는 것이 강서시파의 영향을 받은 것이었고, 시인의 기호나 상황에 따라 개성 있게 활용되었다는 사실이다.

지금까지 그의 시의 수사를 고찰하여 보았다. 그는 대우와 투춘체의 빈용과 시어의 중복적 사용으로 시를 '奇'하게 하려고 하였다. 이를 통해 그가 해동강서시파와 근접한 부분이 꽤 많음을 확인할 수 있었다.

---

307) 盧守愼, 『穌齋集』(『한국문집총간』35, 민족문화추진회, 1988), 권1, 「黑石」, p.161. "黑石不可度, 石黑深更狹."; 권1, 「黑石吟」, p.155. "下山復下山, 亂山千萬縈. 暮雨黑石村, 朝涉黑石晴.(후략)"; 권1, 「出觀音寺示弟」, p.158. **"去月來病翁, 今月歸病翁. 山中無大風, 山外多大風. 巡危層氷橫, 石裂幽泉通.(후략)"**

308) 蔡龍福, 「穌齋 盧守愼 詩의 硏究」, 고려대 박사논문, 1992, pp.132-138.에서 "노수신이 대화체를 수용한 것은 죄수의 몸으로 구속되어 있지만 시에서는 형식에 얽매일 필요가 없었다는 역설적 논리의 소산물이란 점과 작시 상황과 내적 심정의 적절한 묘사로서 대화체가 유용했기 때문이라."고 밝히고 있다.

신광한 시의 문학사적 의의

이 장에서는 그의 시에 대한 후대의 평가를 요약하고, 그의 시가 문학사에서 차지하는 의의를 검토하려고 한다. 먼저 그의 시에 대한 후인들의 평을 점검하기로 하겠다.

허균(許筠)은 "용재(容齋)(이행(李荇)의 호) 정승의 시가 입신의 경지에 들었고, 신광한·정사룡도 눈을 놀라게 하였다."309)라 하거나 "화평(和平)·담아(淡雅)하고 원적(圓適)·균칭(均稱)한 것이 고루 맞아 혼연히 일가의 말을 이룬 자로, 용재 정승을 추대하고 낙봉(駱峰)과 영가부자(永嘉父子)(권벽(權擘), 권필(權韠))가 그 화려함을 천단하였다."310), "우리나라의 시는 중종 대에 이르러 크게 이루어 졌다. 용재 정승으로 시작하여 눌재(訥齋) 박상(朴祥), 기재(企齋) 신광한(申光漢), 충암(冲庵) 김정(金淨), 호음(湖陰) 정사룡(鄭士龍)이 모두 같은 시대에 태어나 빛내고 울렸으니 천고에 일컬을 만하다."311) 하여, 여러 곳에서 그를 이행(李荇) 다음에 거명

---

309) 許筠, 『惺所覆瓿藁』, 권10, 文部7, 「答李生書」. "其後容齋相詩入神, 申鄭亦瞠乎."
310) 상게서, 권5, 文部2, 「蓀谷集序」. "其和平淡雅, 圓適均稱, 渾然成一家言者, 推容齋相, 而駱峰及永嘉父子, 擅其華."
311) 상게서, 권25, 說部4, 「惺叟詩話」. "我朝詩, 至中廟朝大成. 以容齋相倡始, 而朴訥

하였다. 이는 허균의 비평 시각을 보여주는 의미 있는 징표다. 도학파의 시, 사장파의 시를 불문하고 문장가로서 문학적 성취만을 읽어내는 허균의 시각이 반영된 측면에서 위의 평을 이해하면, 허균은 용재(容齋) 이행(李荇), 기재(企齋) 신광한(申光漢), 호음(湖陰) 정사룡(鄭士龍), 습재(習齋) 권벽(權擘), 석주(石洲) 권필(權韠), 눌재(訥齋) 박상(朴祥), 충암(冲庵) 김정(金淨) 등의 문학적인 성취를 높게 평가했음만은 읽어낼 수 있다. 그러면 그의 문학적 성취를 대표할 수 있는 것은 무엇인가? 아마도 다음 자료에서 그것에 대한 해답을 구할 수 있을 것이다.

① 매월당(梅月堂) 김시습(金時習)은 신막(神邈)하고, 추강(秋江) 남효온(南孝溫)은 격렬(激烈)하며, (중략) 용재(容齋) 이행(李荇)은 원혼(圓渾)하고, 눌재(訥齋) 박상(朴祥)은 감개(感慨)하며, 모재(慕齋) 김안국(金安國)은 핵격(核激)하고, 충암(冲庵) 김정(金淨)은 간준(簡峻)하며, (중략) 양곡(陽谷) 소세양(蘇世讓)은 서태(舒泰)하고, 호음(湖陰) 정사룡(鄭士龍)은 연한(鍊悍)하며, 기재(企齋) 신광한(申光漢)은 파수(葩秀)하다.312)

② 용재(容齋) 이행(李荇)은 밤에 금곡(金谷)에서 노닐고 봄에 옥루(玉樓)에서 잔치하는 것 같고, 눌재(訥齋) 박상(朴祥)은 향로처럼 생긴 봉우리에 안개가 감돌고 돌 여울에 소용돌이가 소리 내는 듯하며, 호음(湖陰) 정사룡(鄭士龍)은 뛰어 오른 소용돌이 물이 절벽으로 내달리고 갠 날 우레가 누각에 뿜어대는 것 같고, 기재(企齋) 신광한(申光漢)은 물고기가 맑은 거울 같은 물에서 헤엄치고 꽃이 높은 벼랑에서 빛나는 듯하다.313)

齋祥, 申企齋光漢, 金冲庵淨, 鄭湖陰士龍, 並生一世, 炳烺鏗鏘, 足稱千古也."
312) 南龍翼, 『壺谷謾筆』(洪萬宗, 『詩話叢林』所載). "金梅月(時習)之神邈, 南秋江(孝溫)之激烈, (중략) 李容齋(荇)之圓渾, 朴訥齋(祥)之感慨, 金慕齋(安國)之核激, 金冲庵(淨)之簡峻, (중략) 蘇陽谷(世讓)之舒泰, 鄭湖陰(士龍)之鍊悍, 申企齋(光漢)之葩秀."
313) 任璟, 『玄湖瑣談』(洪萬宗, 『詩話叢林』所載). "容齋李荇, 夜遊金谷・春宴玉樓, 訥齋朴祥, 爐峯轉霧・石瀨鳴湍, 湖陰鄭士龍, 飛湍走壁・晴雷噴閣, 企齋申光漢, 魚游明鏡・花粧層厓."

위의 평에서 ①은 남용익(南龍翼)의 이자평(二字評)으로 각 시인들의 시적 특성을 추출한 것이고, ②는 임경(任璟)이 인용한 김석주(金錫胄)의 팔자평(八字評)으로 시인마다의 개성을 지적해 낸 것이다. 두 평에서 그의 시에 대한 것은 '파수(葩秀)'와 '어유명경(魚游明鏡)·화장층애(花粧層厓)'로 요약된다. 하지만 안타깝게도 두 평자는 그의 시적 특성을 '파수'와 '어유명경·화장층애'로 규정한 연유나 근거를 명확하게 제시하지 않았다. 그 결과, 이 평어들은 앞서 허균의 평보다 구체화되기는 하였으나, 여전히 평어들이 가리키는 시적 경지를 오롯하게 설명하여 적시하는 것은 용이하지 않아 보인다. 다만 평어 자체의 문면적인 의미에서 두 평어가 상반된 것이 아니라 서로 유사한 경지를 평한 것임을 짐작할 수 있다. '파수'에서 배어나는 심상과 '어유명경·화장층애'에서 전해지는 이미지가 꽤 의사하게 근접해 있다고 여겨진다. '어유명경'에서는 물고기가 맑은 물에서 노니는 모습처럼 정화된 그의 내면세계를 떠올릴 수 있고, '파수'와 '화장층애'에서는 화려한 경지를 읽을 수 있다. 다시 말하면 '어유명경'은 그의 도학자로서의 내면 수양이 문학적으로 형상화된 면모이고, '파수'와 '화장층애'는 사장가로서 문학적 수사에 무관심할 수 없었던 그의 고뇌가 시에 드러난 모습이다. 이 두 가지 평어를 통해서도 그의 입시점이었던 도학자와 사장가로서의 두 가지 변인이 문학적 형상화를 거쳐 그를 타인들과 유별시키는 그만의 개성으로 확립되었음을 간취할 만하다.

이제는 그의 시가 문학사에서 차지하는 의의를 검토하려고 한다. 그의 시가 보여주는 개성적인 면을 평가하여 문학사적 의의를 부여하기 위해, 우선 그가 정계에서 차지하는 입지를 규명하는 데서

부터 논의를 시작하겠다. 그의 시에 대한 후대의 평에서도 확인되듯이 그의 가계와 교유, 즉 훈구파로 대변되는 사장인 가계에서 출생하여 사림파의 주요 구성원인 도학적 사우들과 교유함으로써 그에게는 항상 훈구파와 사림파, 도학자와 사장파의 성격을 겸유하였다는 지적이 뒤따랐다. 훈구와 사림이든 도학과 사장이든 모두 유학이라는 대전제 속에 대등하게 존재하는 양면이란 점에서 상이함보다는 상사함이 많은 것이 사실이다. 하지만 문학적 부면의 도학과 사장이 정치선상에 놓이는 순간, 상사함은 도외시된 채 상이함만이 부각되어 후대인들에게 훈구파와 사림파라는 극단의 대척점에 위치하는 것으로 인식하게 만들어 버렸다. 이러한 시각 때문에 그 자신도 기묘사화를 겪으면서 훈구파와 사림파, 도학과 사장 모두에 속하여 심적 갈등이 많았다. 그는 훈구파와 사장인이면서도 가해자가 아니었고, 사림파와 도학자면서도 직접적인 해를 입지는 않았다. 물론 도학자들과 동류라는 혐의를 받아 외직으로 좌천되었고, 얼마 지나지 않아 거기서 파직되기에 이른 적은 있지만 생명의 위협에 직면하지는 않았다. 이런 모습이 정계에서의 그의 위상을 가장 적실하게 대변해 주기도 한다. 그에게는 분명히 가계로부터 대물림 받은 훈구적 자질과 교유로부터 습득된 사림적 성향이 공유되고 있음을 부정할 수 없다. 또 그것으로 인해 사장에 대한 관심과 도학에 대한 열의 둘 다를 포기할 수 없었다. 그 결과 그는 도학적 세계를 사장적 문재로써 형상해내는 독특한 변이형태를 견지하게 된다. 이런 점에서 그를 재조명하면, 그의 시에 도학적 성향과 사장적 경향이 함께 나타나는 것을 상충되거나 모순되게 여길 이유가 없게 되는 것이다.

그가 훈구 가계 출신으로서 사림과 빈번한 교유를 했기 때문에 그의 사회문화적 위치와 정치적, 사상적, 문학적 위상을 추출하는 것은 매우 난해하다. 또, 그는 이러한 정치적 입지를 저층에 간직한 채, 송시풍에서 당시풍으로 변해가는 문풍의 변화기와 성리학이 도학으로 공고화되어 가는 과도기를 살았다. 결국 그에게는 훈구와 사림이라는 상반된 정치적 입지가 착종되어 있고, 도학과 사장이라는 문학을 바라보는 상이한 시각이 존재하며 송시풍과 당시풍의 시풍이 얽혀 있다. 결코 간단하지 않은 부면들이 문학적 형상화에 영향을 주어 다양한 양상을 보인다. 이렇듯 복잡하게 혼효된 국면을 하나의 맥락으로 일관되게 통합하여 논리적으로 해명하는 것은 그 자체로서 이미 의의가 크다. 여기에서 그의 문학사적 의의를 규정한다고 하였는데, 그것은 특별한 것이 아니라 그의 실제의 삶과 지향이 『문집』에 얼마나 선명하게 반영되었는지 증명함으로써 실타래처럼 얽혀있는 그의 실상을 한 꺼풀씩 벗겨내는 것에 다름 아니다. 그의 문학이 일률적이지 않고 다양한 양상을 보인다는 점에서 그의 문학사적 의의를 정립하는 것은 그와 동시대를 살았거나 그 주변 시기를 생존했던 문인들 중에서 사상의 점이지대, 문풍의 변이기, 정치적 중간 입지에 놓여 있었던 자들의 개성을 추출하는 데에도 남다른 효력을 발휘할 것이라 믿는다.

여기서는 주로 그의 시의 내용으로 구현된 도학적 성향과 사장적 경향이 갖는 나름의 의미를 제시하고, 그 둘을 관류하는 논리를 적출하며 그의 시의 수사가 지니는 특징을 시풍의 변화 속에서 해명하는 것으로 논지를 전개하려 한다. 이것은 그의 착종된 정치적 입지와 문학을 대하는 상이한 시각, 시풍의 변화를 개괄적으로 통합하여 밝히는 과정이 될 것이다.

먼저 그의 도학적 성향은 그의 시에서 탈속적 삶과 의리 정신으로 압축되는데 천리가 유행하는 곳으로 동화되려는 강한 의지와 의리 정신의 함양으로 실현되었다. 천리 동화의 탈속적 삶은 그가 공자의 지지(遲遲)를 배워 내면을 수양한 결과로 나타난 것이고, 의리 정신의 함양은 그가 맹자의 호연지기를 통해 불의한 세계에 맞서려는 유일한 방법으로 선택한 것이다. 그의 도학적 성향을 놓고 볼 때, 그는 도학을 내면화한 도학자로서의 사유를 기본적으로 견지하고 있음을 알 수 있다. 그러므로 그의 시에서 도학적 정신의 지향이 갖는 의미는 그의 도학자로서의 면모를 확인해 준다는 데에 있다고 하겠다.

그의 사장적 경향은 이문화국의 다양한 추구로 요약되는데, 그것은 다시 정치 현장에서의 문재 표출, 명사(明使)와의 우의와 민족적 자긍으로 구현되었다. 정치 현장에서의 문재 표출에서 그는 정치에 참여하여 관료의 모임을 기록으로 남기고, 응제시를 지어 자신의 정치적 입장을 개진하며 국상에서 자신의 문재로 국가의 공적인 문서를 작성하고, 춘첩자(春帖字)를 지어 자부심과 포부를 드러내기도 하였다. 명사(明使)와의 우의는 가계로부터 물려받은 문학적 재주로 사신 행렬의 성대한 위용을 화려하게 문식하고, 창화로써 사신과의 우의를 돈독히 하며 명나라 문단의 번성함을 찬양한 데서 드러난다. 또, 민족적 자긍은 그의 문재로써 조선이 효를 중시하고 예를 지키며 덕치로 태평성세를 이룬 문명국임을 천명한 데서 읽어낼 수 있다. 이 점 역시 그가 도학적 사유를 기저에 두고, 대국을 대하는 소국의 접반사로서 외교적 현실을 무시할 수 없었던 내적 갈등이 가계에 근원한 문재로 발휘된 것에 불과하다. 다만, 그의 시에서 사장적 문재의 표출이 지니는 의의는 그가 문학적 효용을 극대화함으로써 정치 현장에서도 의리가 행하여지고, 명나라와 조선 사이에도 의리가 행해지는 관계로 만들려 하였던 그의 도학적 정신 지향의 또 다른 일면이란 점이다. 이에 이르면 도학과 사장이 목적과 수단으로 되면서 더 이상의 분별이 의미를 잃게 된다.

앞에서도 언급한 적이 있지만 그의 시에서 이 두 가지의 내용은 모두 도학이라고 하는 그의 중심 사유로 묶어 설명할 수 있다. 다만 그의 시에서 차지하는 의미망의 넓이에 따라 도학적 정신의 지향이 강한 류, 사장적 문재의 표출이 부각되는 류로 나눈 것으로, 정신 지향의 미세한 결만이 상이할 뿐이다. 바꾸어 말하면 이 모든 양상은 그의 도학자로서의 다양한 면모를 보여준다고 말할 수 있겠다.

이제 그의 시의 수사가 지니는 특징을 시풍의 변화 속에서 해명하는 일만 남았다. 그가 생존했던 당시는 시풍이 송시풍에서 당시풍으로 변해가는 이행기였다. 그도 문학을 학습할 초기에 삼소문(三蘇文)을 많이 읽어 머리에서 쉬이 지워지지 않는 고충을 털어놓은 적이 있듯이 처음에는 송시풍 중에서도 삼소(三蘇)에 특히 침염되었다가 거기서 벗어나며 당시 풍으로의 기호[314]를 보이기노

---

314) 許筠의 『國朝詩刪』에 7언 절구 18제 19수, 5언 율시 3수, 5언 배율 1수, 7언 율시 5수 등 그의 당시풍의 시가 수록되어 있다. 朴泰淳의 「國朝詩刪序」. "第其所取者, 多主於聲律之淸・色澤之絢, 故輕靡脆弱之作, 或有濫竽, 沈深平遠之什, 不免遺珠. 至其批評之語, 尤多浮誇過實, 讀者或以是病焉."에서 『國朝詩刪』의 選詩 기준과 選詩 및 批評의 문제점을 지적하고 있듯이 選詩된 그의 시 대부분이 당시풍이지만, 7언 절구 18제 19수 가운데 「呂望」; 「項羽」; 「韓信」3수는 許筠 자신도 '大議論'이라고 批를 달아 송시풍임을 인정했다. 이러한 사실로 미루어 『國朝詩刪』이 '聲律之淸・色澤之絢'의 기준 아래 당시풍의 작품들을 주로 하였으되, 의론이 좋거

하고, 노두(老杜)의 시풍에 매료되기도 하였다. 그의 당시풍의 작품들은 그가 삼척부사로 재직할 때와 15년간의 귀거래기 동안에 주로 창작되었다. 그는 삼척부사로 한가한 틈을 내어 강원도 일대의 산수를 유람하면서 유람의 감흥을 시로 읊기도 하고, 선승들과의 교유로 산사에 묵으면서 산사의 고적한 경계를 그의 정서와 교융하여 시로 담아내기도 하였다.

그러나 젊어서 익힌 송시풍의 작법은 그의 작시 과정에 전반적으로 드러나고 있는 편이다. 15년간의 여주 귀거래기 중에 도학적 내면화를 시화할 때거나 재출사기에 사신 접반의 직임을 맡으면서 내적 성찰과 담론 성향이 강한 시를 창작하기에 이른다. 그는 시의 내용만이 아니라 시를 엮어가는 수사 면에서도 송시풍을 보여준다. 그의 송시풍은 노두의 작시 경향과 흡사하기에 따로 강서시풍이라고 하겠다. 그의 강서시풍의 시들은 여타 해동강서시파의 시들과 비교해 보면, 시의 수사 면에서 크게 다르지 않다. 강서시파의 시에 견주면, 해동강서시파의 시들조차 기이함을 추구하려고 평측을 고의로 어기는 요점(拗黏)과 요대(拗對)가 그다지 심하지 않고, 험벽한 용사도 구사하는 경우가 드물기 때문에 그를 해동강서시파로 규정해도 별 무리는 없을 듯하다.

그러면 V장에서 그의 시에 나타난 수사적 특징으로 논의한 '대우(對偶)와 투춘체(偸春體)의 빈용'과 '시어의 중복'이 그를 해동강

나 시어가 기발하고 의상이 기이한 송시풍의 시들도 더러 선록했음을 알 수 있다. 『國朝詩刪』에 수록된 그의 당시 풍의 시는 姜縓瑛, 「企齋 申光漢의 詩世界 考察」, 한양대 석사논문, 1998.에 의해 상론되었다. 그에게도 당시풍의 시들이 꽤 많이 보이기는 하나, 그의 당시풍의 시는 여느 당시풍 시인들의 시와 비교해 볼 때 개성적인 면을 발견하기가 쉽지 않았다. 그러므로 이 책에서는 그의 당시풍의 시에 대해 그다지 눈길을 돌리지 않았던 것이다.

서시파로 규정할 수 있는 조건이냐에 대한 부연설명이 필요하다. 물론 당시풍의 시 경향을 뚜렷이 보여주는 시인들에게서도 간혹 대우와 투춘체, 시어의 중복이 나타나기도 한다. 하지만 그의 경우에는 정도 면에서 당시풍의 시인들과는 비교되지 않을 만큼 빈번하다는 데서 차이를 인정해야 한다. 그의 시에 나타난 절구에서의 대우는 기구와 승구에 대우를 두는 것이 허용되는 것을 고려하더라도 빈도가 높다는 면에서 일반 절구에 보이는 대우와는 구별되는 것이라 할 수 있다. 그리고 율시에서의 대우도 시의 규율에 따라 함련과 경련에 으레 놓이는 대우를 제외하고, 수련에도 대우를 두는 이른바 투춘체를 적용한 것에 국한한 것이다. 또 시어의 중복은 흔히 고시에 많이 쓰이고 율시에서 감흥을 불러 일으켜 당풍적인 느낌이 들게도 하지만 그의 경우에는 흥감의 고취보다 진술의 치밀성을 염두에 두고 사용된 점이 확인되기 때문이다. 그를 해동강서시파로 인지하는 근거는 그의 시에 보이는 대우와 투춘체의 빈용, 시어의 중복이 여타 해동강서시파의 시에도 시적 특성으로 구현되어 있다는 점이다. 그의 시가 차지하는 시풍 변화 속의 양상은 삼소풍(三蘇風)을 탈각한 후, 노두(老杜)의 경향이 강한 해동강서시풍을 주조로 하면서 기세를 확장해 가던 당시풍의 일면도 함께 노정하고 있다. 이것은 송시풍에서 당시풍으로의 이행기에 위치한 그의 시인으로서의 이행기적 면모를 보여준다는 점에서 의의가 있다.

이제는 그의 시에 도학적 정신의 지향과 사장적 문재의 표출, 해동강서시풍, 당시풍 등 다양한 양상이 현현된 원인을 점검할 차례다. 도학과 사장, 송시풍과 당시풍 등 일견 상충되어 보이는 국

면들이 그의 시에 내용 면이나 수사 면, 시풍 면에서 동시에 드러
난 이유는 무엇보다도 그가 도학자로서 도학의 과도기를 살았던
데에서 찾을 수 있다. 그가 만약 율곡(栗谷) 이이(李珥)나 퇴계(退
溪) 이황(李滉)과 같이 도학의 최고 경지에 이른 시대를 살았더라
면 앞에서 살핀 바대로 그렇게 다양한 양상이 시에 구현될 수 없
었을 것이다. 이 점은 그가 도학의 과도기에 살면서 도학의 불완
전한 모습을 사실적으로 보여 주므로 그의 도학자로서의 위상에
명예롭지 못한 부분일 수도 있으나, 한편으로는 도학이 완숙하지
못했던 시대를 살았기 때문에 시인으로서 시에 다양성을 확보할
수 있었던 기회이기도 하였다. 그는 도학의 과도기를 반영하는 도
학자면서 당대의 지성인으로서 정치와 인생에 관심을 놓지 못하고
고민하며 시대를 개척해 간 시인이기도 하였던 것이다. 이러한 두
가지 측면을 모두 고려하여 판단하면 그의 시에 나타나는 다양성
은 충분히 해명될 수 있으리라 생각된다.

　그는 가계와 이행(李荇)으로부터 사장적 전통을 물려받았고, 교
유로써 도학적 정신을 지향하였다. 그 후, 그는 이전 시대의 성과
를 흡수하여 자신의 정치적, 사회문화적 처지와 도학의 과도기적
면모, 시풍의 이행기의 양상을 자신의 위치에서 사실적으로 보여주
었다. 그가 사장적 문재로써 도학적 정신 지향을 구가하여 후대
도학의 절정기로 가는 가교 역할에 충실하였다는 일면에서, 또 노
두(老杜)를 학습하여 해동강서시파의 면모를 보이기도 하면서 한편
으로 당시풍의 시를 애용함으로써 삼당파(三唐派) 시인의 도래에
여향을 미쳤다는 점에서, 그가 지니는 문학사적 의의를 부여해야
할 듯하다.

VII 결 론

이 책은 기재 신광한의 한시를 연구한 것이다. 그의 시를 종합적으로 분석하기 위해 역사주의적인 관점에서 그의 시적 개성을 이루는 토대인 생애와 사승, 학문을 살폈고, 그로 인해 확정된 그의 지향이 문학적으로 형상화된 전모를 둘로 나눠 점검하였다. 또 내용과 수사가 융화된 풍격을 도출함으로써 그를 전면적으로 이해하였고, 시의 수사도 따로 주목하였다. 마지막으로 그의 시에 대한 후대의 평을 요약하면서 그의 시에 나타난 모든 국면들을 일괄적으로 해명할 수 있는 실체에 접근하여 그가 문학사에서 차지하는 의의를 부여하였다.

따라서 위에서 언급된 내용들을 차례로 요약하면서 중요한 면만을 부각시켜 정리하겠다.

첫째, 그의 시적 개성을 이루는 토대인 생애, 사승, 학문을 고찰하였다. 그는 신숙주의 손자로 태어나 가계로부터 사장을 물려받았고, 교유를 통해 도학적 지향을 갖게 되었다. 그의 사승 역시 사장은 이행(李荇)으로부터, 도학은 김종직(金宗直)의 학통을 계승한 제자들에게서 전해 받았다. 학문은 사서와 육경에 두어 전통 유자로서의 입장을 견지하면서도 유파를 가리지 않고 방대한 서적을 섭렵하였다. 이 점은 결국 그의 학문이 사유과정을 거쳐 문학적으로 형상화되는 데에 내용의 폭과 수사의 방식, 시풍의 양상을 확대시키는 긍정적인 결과를 초래하였다.

둘째, 그의 시의 총체적 전망을 위해 그의 시의 내용에 대해 알아보았다. 그의 시의 내용은 도학적 정신의 지향, 사장적 문재 표출의 두 가지 유형이었다.

그의 도학적 정신 지향의 핵심은 탈속적 삶과 의리 정신인데, 인욕를 제거해 내면에 본연지성을 확충하여 천리 운행에 동참하는 탈속적 삶과 의에 대한 강한 집념으로 불의에 항거함으로써 의리 정신을 함양하는 것에 두었다.

그는 평소 세속에 얽매이지 않고 욕심 없이 자신의 본성대로 산수 속에 노닐고자 하였다. 봄을 맞으면 조화옹이 빚어내는 자연 세계의 물상을 대면하여 사시 운행의 조화로움과 생생불식하는 천리를 완상하며 내재리에 따라 발현되는 외물 형상의 공평무편(公平無偏)함을 깨닫고, 생생지리에 의해 펼쳐진 만물의 생의(生意)를 바라보는 가운데 본연지성이 자연스레 생기게 된다고 여겼다. 그러면서 천리가 운행하여 물상을 아름답게 조물해 내듯이 자신의 속기를 없애어 본연지성을 밝힐 수 있는 것도 천리임을 발견하게 되었다. 그 결과 천리가 유행하는 속으로 뛰어들려 하였다. 그의 의지를 시행하기 위해서 내면을 인욕이 제거된 상태로 만들어야 하였고 안시처순(安時處順)하는 삶을 살아야 하였다. 그것은 결국 안빈낙도하는 안회(顔回)의 무욕적인 삶 그것이었다. 차가운 바람이 불고 눈이 날릴 때면 정신이 송연해 졌고, 인적이 사라진 새벽이면 인욕을 횡발하는 기심마저 잦아들었다. 그는 인욕을 버리고 천리에 순응하는 삶을 살고자 하였던 것이다. 이것은 공자의 무욕순리(無慾順理)의 삶을 본받은 결과였다.

15세기 중엽에서 16세기 초엽은 당쟁이 심하여 당화에 의해 수많은 사람들의 피로 물든 시대였다. 그리고 성인의 교화가 실제 생활 속에 받아들여지지 않아 불의가 만연하였다. 그는 그 시대에 살면서 의리의 중요성을 인식하고 의를 실천하는 데 관심을 가졌다.

그는 남을 변화시킬 수도, 남에게 변화될 수도 없는 불의한 현실을 개탄하였고 춘추대의가 행해지지 못하는 것을 안타까워하며 춘추시대의 '서수획린(西狩獲麟)'을 원망하기도 하였다. 한편 그는 자기의 신변을 염두에 두지도 않고 의를 실천하는데 과감성을 보이기도 하였다. 그것은 주변 사정이나 형편에 따라 변하지 않는 굳고 한결같은 그의 의리 정신이 발현된 것이다. 그는 사화를 겪고 난 후 불의한 세계에 염증을 느끼고 피로 물든 세속적인 삶을 거부하며 세계와 대면하는 것에 두려움을 가지기도 하였다. 불의한 세계와 맞서는데 일정 기간 공포를 느낀 것은 당화에 격발된 마음을 쉽사리 진정시키기 어려워서였고 피화의 압박감의 무게가 그만큼 무거웠음을 반증하는 것이다. 그는 오래지 않아 평심을 되찾고 불의한 세계에 맞서려 불굴의 투지로 자신의 삶을 수체적으로 결단한 전횡과 그를 추종한 검객들이 보여준 의리 정신을 함양하려 하였다. 그는 불의에 맞선 의리 정신을 함양함으로써 자신의 내면에 호연한 기를 주리지 않고 늘 가득 채우려 한 것이다. 이것은 의리 정신을 함양함으로써 맹자의 호연지기를 실천해 얻은 소산이었다. 그는 기심을 소거해 천리 유행 속으로 동화되어 본연지성을 회복하고자 하고, 또 강력하게 의를 실천하고 절의 정신을 발양함으로써 도학적 깊이를 더해갔던 것이다.

그의 사장적 문재의 표출은 이문화국(以文華國)의 다양한 추구로 집약된다. 그것은 다시 정치 현장에서의 문재 표출, 명사(明使)와의 우의와 민족적 자긍으로 나뉜다. 정치 현장에서의 문재 표출에서 그는 정치에 참여하여 관료의 모임을 기록으로 남기고, 응제시를 지어 자신의 정치적 입장을 개진하며 국상에서 자신의 문재로 국가의 공적인 문서를 작성하고, 춘첩자(春帖字)를 지어 자부심과 포부를 드러내기도 하였다. 명사와의 우의는 가계로부터 물려받은 문학적 재주로 사신 행렬의 성대한 위용을 화려하게 문식하고, 창화로써 사신과의 우의를 돈독히 하며 명나라 문단의 번성함을 찬양한 데서 드러난다.

그의 가문은 문사의 꽃인 문형(文衡)의 집안이었다. 조부인 신숙주(申叔舟), 사촌형인 종호(從濩)와 용개(用漑), 그리고 그 자신이 문형을 지냈으며 모두 독서당 출신이라 문학적 자질이 남달랐다. 그의 문학적 재능은 조부와 사촌형들에게서 물려받은 것으로 가계에서 근원하며, 조부에 대한 자부심이 그에게 문학적 자신감을 심어 주었다. 가문의식에 기저를 둔 문재는 사신 행차의 성대함을 묘사하는 데서 먼저 보인다. 그는 화려하게 시어만을 나열하는 것이 아니라 객관적 사실을 다소 과장하거나 시각, 청각의 이미지를 사용하여 사신들의 위용을 그려내었다. 또 사신과의 우의를 정감 있게 하려고 천지의 만물이 하나의 기로 이루어졌다 하고는 슬픔을 표현하는 소리도 명이나 조선이나 다르지 않다 하였다. 그리고 이별의 고통을 펴는 것은 대화체 형식을 빌었다. 이렇듯 그는 문학적 역량을 집중하여 사신과의 우의를 펼쳐낸 것이다. 그는 우의를 다진 사신에게 관풍채시관(觀風採詩官)으로서의 역할을 당부하기도 하며 그의 문재로 명나라 문단의 번성함을 찬양하기도 하였다. 이러한 그의 문재는 조사(詔使)로 온 왕학(王鶴)에 의해 전 해에 조사(詔使)로 왔던 장승헌(張承憲)보다도 월등하다는 격찬을 받기에 이른다.

민족적 자긍은 그가 문재로써 조선이 효를 중시하고 예를 지키며 태평성세를 이룩한 문명국임을 드러내는 데서 읽혀진다. 그는 곽산군(郭山郡)을 지나면서 그곳에 전해져 오는 곽산 효녀 김사월(金四月)의 효행을 시로 읊었다. 김사월은 어머니의 병환을 고치기 위해 자신의 손가락을 잘라 약을 만들어 바치는 효성을 보였는데, 그는 절지(絶指)한 사월의 효심을 동한(東漢) 때 아버지를 따라 순사한 조아(曹娥)에 비견하고 있다. 그의 작시 태도는 곽산 효녀 김사월의 행적과 효행을 객관적으로 서술하면서도 그의 감흥을 주관적으로 정서화 하는 것도 빠뜨리지 않았다. 그리고 평양을 지날 때 무사들이 활 쏘는 장면을 목도하고는, 무사들이 자신의 활을 당겨 보고 네 발의 화살도 점검하며 쏘기만 하면 표적에 적중하는 활 솜씨를 선보이며 편을 갈라 자웅을 겨루는 예의 있고 여유로운 모습을 시에 담았다. 그는 활 쏘는 모습을 보면서 『논어(論語)』, 「팔일편(八佾篇)」의 '子曰君子, 無所爭, 必也射乎. 揖讓而升, 下而飮, 其爭也, 君子.'를 떠올렸다. 바로 조선에 아직도 大射之禮가 행해지는 것을 보임으로써 조선이 군자의 나라임을 밝히려 하였다. 그는 효와 예에 바탕을 둔 조선의 군자지국으로서의 면모를 펼치는데 있어 서로 상충되기 쉬운 조선의 자주성과 명에 대한 사대성을 문학적 기교로써 조절하고 있다. 시의 전반, 중반부가 조선의 자주성을 피력하는데 할애되었다면, 시의 후반부에서는 명에 대한 조선의 사대성을 주제화하였다. 이런 면에서 보면, 그의 작시 태도는 명에 대한 사대성을 해치지 않으면서도 조선의 자주성을 명에 보여주어야 하는 문학적 배려를 항시 견지했음을 알 수 있다. 결국 사장적 문재의 표출은 그가 문학적 효용으로써 정치 현장에도 의리가 실현되고, 조선과 명 사이에도 의리가 행해지는 관계로 만들려 하였던 그의 도학적 정신 지향의 일면이었던 것이다.

셋째, 내용과 수사가 융화된 그의 시의 풍격을 고구하였다. 그의 시의 풍격인 '평담(平淡)'과 '웅혼(雄渾)'이 그의 정신 경계로부터 유로되어 나와 문학적 형상화를 거쳐 이루어진 것임을 논증하였다.

'평담'의 풍격은 그가 서른 중반에 지은 시에서부터 임종 전에 지은 시에 이르기까지 전반적으로 균일하게 나타나는 의식의 흐름에 다름 아니다. 그러한 의식의 흐름은 오랜 기간 도학적 사유를 거쳐 확립된 심성수양의 결과물인 셈이다. 그의 수양방식은 도학자들의 일반적 모습과 크게 다르지 않은데 명상을 통하여 내심에 인욕이 생기지 않도록 청정(淸靜)한 주변의 기운을 내화(內化)하는 것이었다. 그래서 내면에 청정한 기운이 영만(盈滿)하게 되면, 주변의 맑은 물상과 조우하였을 때 저절로 발산되었으며 때로는 자신을 우주의 일원으로 생각하여 자신의 내면세계를 우주의 이치 속으로 상승시켜 자신과 우주의 하나됨을 통해 스스로를 정화시켰다. 이러한 과정에서 자연스럽게 생성된 것이 바로 '평담'의 풍격이다. 즉 자신의 내면세계의 청정함이 상승하여 우주에 가득히 유행하는 청정한 경계와 조화로운 만남을 이루어 물아합일 하였을 때, 그때의 정신 경계가 '평담'의 풍격으로 나타나는 것이다. 평담의 풍격이 생애 전반에 걸쳐 나타나는 것으로 보아, 그는 평생 동안 명상을 통하여 심성수양을 하였고 그 결과로 획득된 내적 청정계를 보존하거나 우주 속으로 상승시켜 화해경을 만들어내는 도학자다운 자세를 견지하였음을 알 수 있다. 물론 그것은 도학자로서 내적 침잠을 지향하는 그의 인생태도와도 무관하지 않은 것이다. '평담'의 풍격이 갖는 의미는 결국 그의 도학자로서의 면모를 확인시켜 준다는 데에 있다.

'웅혼'의 풍격은 그가 관직에 나가 있는 동안에 변함없이 나타나는 것은 아니었다. 그가 30대 후반까지의 환로생활에서 지은 시에서는 웅혼의 풍격이 감지되지만 15년간의 귀거래기 이후 55세에 재출사한 이후 17여 년 동안의 관직 생활에서는 거의 웅혼의 풍격이 보이지 않는다. 그것은 웅혼이라는 풍격이 젊어 의기가 성할 때와 관련이 있는 것임을 짐작케 한다.[315] 불의를 보면 참지 못하는 정의감이 청장년기에 강하고 세상을 바꿔 보겠다는 원대한 의욕이 앞서기 때문에 그러한 기질들이 '웅혼'의 풍격으로 산출되기 쉬운 것이다. 그도 다른 시인들과 마찬가지로 젊었을 때에 웅혼한 풍격이 나타나는데 의리의 실천과 관계되거나 웅대하고 장엄한 공간과 마주하게 되면 호연한 기상이 전개되었다. 대다수 시인들의 웅혼한 풍격의 이러한 일시성은 노년기에 웅장한 장면을 대면할 기회가 적었거나 아니면 세상을 바로잡을 의지가 퇴색된 결과로 나타난다. 그도 그러한 양상을 보이는데 결정적으로 15년간의 귀

---

315) 다른 시인들에게서도 이와 유사한 경향이 보인다. 牧隱 李穡의 시에도 '雄豪'한 풍격이 주로 20대 혈기 방창할 즈음에 나타나는 것으로 확인되었다.(정재철, 전게서, pp.119-128. '雄豪' 풍격 참조)

거래기가 이러한 경향을 띠게 했을 것이라 생각된다. 그러면 '웅혼'의 풍격이 지니는 의미는 무엇인가? '웅혼'은 장년기를 맞은 그가 의리의 부단한 실천을 통해 이룩한 호연지기가 웅험한 경관을 대면하여 드러난 것으로서, 현실에 무관심하지 않았던 그의 장년기 모습을 보여준다는 데에 있다. '웅혼' 풍격이 일시성을 갖는 이유는 무엇보다도 '평담' 풍격을 빚어내었던 내면으로 침잠하는 그의 의식적 경향에 있는 것이다. 이러한 '웅혼' 풍격 역시 시대의 부조리에 관심을 놓지 않았던 그의 도학자로서의 지향을 잘 드러낸다.

넷째, 16C에 활동했던 문인들의 문학적 성향을 해명하는 데에 중요한 그의 내용 구현 방식을 보기 위해 그의 시의 수사에 대해 살펴보았다. 아울러 그의 해동강서시파로의 귀속여부가 쟁점이 되고 있는 근황을 고려하여 해동강서시파가 보여주는 수사적 특징과의 대비도 시도하였다. 그의 시의 수사적인 특질은 '산문화'로 대표될 수 있는데 '산문화'를 구현하는 요소로 '대우(對偶)와 투춘체(偸春體)의 빈용'과 '시어의 중복'을 들었다.

'대우와 투춘체의 빈용'에서는 다시 절구에서의 대우와 율시에서의 투춘체로 나누어 고찰하였다. 절구에서는 그가 기구와 승구에 대우를 두어 하나의 심상을 병치시킴으로써 승구가 기구와 함께 읽혀 마치 승구가 결락된 듯 생경한 느낌을 주게 하였고, 게다가 대우를 결구하는 데에도 산문식 문장 구조를 썼다. 율시의 경우, 그의 시에 투춘체가 많이 보인다. 하지만 그는 수련에 투춘체를 놓으면 함련에 문면상 대우가 아닌 의미상 대우를 배치하는 일반적 방식을 쓰지 않고, 수련과 함련, 경련에 모두 자면상 정밀한 대우를 두는 투춘체를 즐겨 썼다. 이 점은 조선에서 강서시파의 영향을 받은 사람들의 공통된 특성이기도 하였다. 또 율시에서 그는 한 두 글자를 주어로 삼아 전면에 배치하는 이른바 산문식 문장 구조를 선호하였고, 내용의 효과적인 전달을 위해 구식이나 자구안 배에 변화를 주지 않는 고식적인 산문을 써서 문세가 막히는 위험 을 감수하기도 하였다. 그에게 있어 대우와 투춘체의 빈용은 산문 의 글쓰기에서 유래한 것으로 시의 산문화를 더 강화시키는 역할 을 하였고 대우의 산문식 결구 역시 그의 산문화 경향을 보여주었 다. 이는 해동강서시파와도 공유하는 특성임을 논증하였다.

'시어의 중복'은 낱자, 단어, 문장 세 양상으로 나타난다. 여기서 의 낱자의 중복은 율시에서 허용하는 두세 번이 아니라 율시의 규 율과 배치될 정도로 빈번히 나타나는 경우에 국한한 것이다. 낱자 를 반복 사용하여 시에 경쾌한 리듬을 주어 쾌활한 운율 속에서 주제가 읽히도록 하고, 시를 다 읽는 동안 낱자가 계속해서 뇌리 에 상기되게 하였다. 단어를 중복함으로써 그 단어가 운율상으로 유리구슬처럼 맑은 소리를 반복적으로 내며 읽히게 하고, 각 구에 서 중복된 단어 이외의 낱자들을 의미 형성에 가담하지 못하게 하 여 주변으로 밀어냄으로써 두 글자만 돌출시키게 했다. 또, 그는 단어를 중복하여 경쾌한 운율 속에 주제가 은근히 전달되도록 하 였다. 그는 문장의 경우에 산문 문장을 숭복시켜, 같은 상황일 때 주어나 목적어만 바꾸어 놓음으로써 시의 등장인물이 상황을 공유 하게 하는 효과를 내었다. 시에 '시어의 중복'을 사용하는 것은 의 미 전달을 위해 자구 배치의 규율에 다소 무감각한 산문식 글쓰기 의 일환임을 밝혔다. 시어의 중복이 일반적으로 감흥을 불러 일으 켜 당시풍의 느낌을 주기도 하지만, 그의 시에서는 흥감의 고취보

다 진술의 치밀함에 비중을 두고 사용되었다. 왜냐하면 중복 현상
이 그의 당시풍 경향의 시에서는 거의 발견되지 않아서다. 이것
또한 강서시파의 영향 하에 있던 사람들에게 흔히 나타나며 해동
강서시파에게서도 선명히 드러나는 바다.

살펴본 대우와 투춘체의 빈용이나 시어의 중복이 그의 시를 '奇'
하게 만드는 데에 기여하고 있음이 논의 중에 드러났다고 생각된
다. 또 그것이 '청경(淸勁)·노건(老健)'의 평어와도 연관된다고 보
았다. 그의 시의 수사적 특질을 분석한 연유가 그의 글쓰기 방식
을 밝히는 것과 해동강서시파와의 관련여부를 드러내는 데에 있음
을 감안할 때, 그의 수사적 특질을 통해 해동강서시파와 공통되거
나 적어도 유사한 면들을 구명한 것, 그리고 해동강서시파와 그의
시의 수사적 특질을 대비하는 과정에서 '異同'중에서 '異'보다는
'同'이 강하다는 사실을 찾아낸 것은 나름의 의의가 있다. 이것은
그와 해동강서시파와의 관계가 소원하지 않았음을 반증하는 것이
기도 하다.

다섯째, 그의 시에 대한 후대의 평을 요약하고 그의 시의 다양
한 면모들을 관류하는 실체에 접근하여 그가 문학사에서 차지하는
의의를 부여하였다. 그의 시에 대한 후대의 평은 '파수(葩秀)'와 '어
유명경(魚游明鏡)·화장층애(花粧層厓)'로 요약된다. '파수'에서 배
어나는 심상과 '어유명경·화장층애'에서 전해지는 이미지는 꽤
의사하게 근접해 있다. '어유명경'에서는 물고기가 맑은 물에서 노
니는 모습처럼 정화된 그의 내면세계를 떠올릴 수 있고, '파수'와
'화장층애'에서는 화려한 경지를 읽을 수 있다. 다시 말하면 '어유
명경'은 그의 도학자로서의 내면 수양이 문학적으로 형상화된 면

모이고, '파수'와 '화장충애'는 사장가로서 문학적 수사에 무관심할 수 없었던 그의 고뇌가 시에 드러난 모습이다. 이 두 가지 평어를 통해서도 그의 입지점이었던 도학자와 사장가로서의 두 가지 변인이 문학적 형상화를 거쳐 그를 타인들과 유별시키는 그만의 개성으로 확립되었음을 간취할 만하다.

다음에는 그의 시에 도학적 정신의 지향과 사장적 문재의 표출, 해동강서시풍, 당시풍 등 다양한 양상이 현현된 원인을 점검하였다. 도학과 사장, 송시풍과 당시풍 등 일견 상충되어 보이는 국면들이 그의 시에 내용 면이나 수사 면, 시풍 면에서 동시에 드러난 이유는 무엇보다도 그가 도학자로서 도학의 최고 수준에 이르지 못했던 데에서 찾았다. 그가 만약 이이(李珥)나 이황(李滉)처럼 도학의 최고 경지에 이르렀더라면 앞에서 살핀 바대로 그렇게 다양한 양상이 시에 구현될 수 없었을 것이다. 이 점은 그가 도학의 과도기에 살면서 도학의 불완전한 모습을 사실적으로 보여 주므로 그의 도학자로서의 위상에 명예롭지 못한 부분일 수도 있으나, 한편으로는 도학이 완숙하지 못했던 시대를 살았기 때문에 시인으로서 시에 다양성을 확보할 수 있었던 기회이기도 하였다. 그는 도학의 과도기를 반영하는 도학자면서 당대의 지성인으로서 정치와 인생에 관심을 놓지 못하고 고민하며 시대를 개척해 산 시인이기도 하였던 것이다. 이러한 두 가지 측면을 모두 고려하여 판단하면 그의 시에 나타나는 다양성은 충분히 해명될 수 있으리라 생각된다.

그는 가계와 이행(李荇)으로부터 사장적 전통을 물려받았고, 교유로써 도학적 정신을 지향하였다. 그 후, 그는 이전 시대의 성과를 흡수하여 자신의 정치적, 사회문화적 처지와 도학의 과도기적 면모, 시풍의 이행기의 양상을 자신의 위치에서 여실히 현시하였다. 그가 사장적 문재로써 도학적 정신 지향을 구가하여 후대 도학의 절정기로 가는 가교 역할에 충실하였다는 일면에서, 또 노두(老杜)를 학습하여 해동강서시파의 면모를 보이면서 한편으로 당시풍의 시를 애용함으로써 삼당파(三唐派) 시인의 도래에 여향(餘響)을 끼쳤다는 점에서, 그가 지니는 문학사적 의의를 인정해야 하겠다.

참고문헌

1. 〈자료〉

1) 국내자료

徐居正,『東文選』
金淨,『冲庵集』
申光漢,『企齋集』
鄭士龍,『湖陰雜稿』
盧守愼,『穌齋集』
許筠,『惺所覆瓿藁』
____,『國朝詩刪』
洪萬宗,『詩話叢林』

2) 국외자료

『論語』
『孟子』
『大學』
『中庸』
『周易』
『春秋左氏傳』
『莊子』
『陶淵明集』

『屈原集』
『李白集』
『杜詩詳註』
『杜詩鏡詮』
『王維集』
『韋應物集』
『孟浩然詩集』
『蘇軾詩集』
『蘇軾文集』
『黃山谷詩集』
『黃庭堅選集』
『後山詩注』

2. 〈논저〉

1) 국내논저

姜綵瑛,「企齋 申光漢의 詩世界 考察」, 한양대 석사논문, 1998.

金德秀,「朝鮮文士와 明使臣의 酬唱과 그 樣相」,『韓國漢文學研究』
　　　　제27집, 韓國漢文學會, 2001.

金相洪,『茶山 丁若鏞 文學研究』, 단국대학교 출판부, 1985.

＿＿＿,『韓國漢詩論과 實學派文學』, 啓明文化社, 1989.

＿＿＿,『漢詩의 理論』, 고려대학교 출판부, 1997.

金台俊,『朝鮮漢文學史』, 朝鮮語文學會, 1930.

金學主,「朝鮮刊『黃山谷集』考」,『東亞文化』27집, 東亞文化研究所, 1989.

＿＿＿,『조선시대 간행 중국문학 관계서 연구』, 서울대학교 출판부,
　　　　2000.

睦貞均,『朝鮮前期制度言論研究』, 고려대 민족문화연구소, 1985.

閔丙秀,「朝鮮前期의 漢詩研究」,『漢文教育研究』1집, 1986.

朴銀淑,『高敬命 詩 研究』, 集文堂, 1999.

蘇在英, 『企齋記異硏究』, 고려대학교 민족문화연구소, 1990.

송용준 외 2인, 『宋詩史』, 역락, 2004.

신복호, 「館閣文學의 槪念과 그 類型 및 特性」, 『韓國漢文學硏究』제30집, 韓國漢文學會, 2002.

沈慶昊, 「企齋 申光漢論」, 『韓國漢詩作家硏究』4, 태학사, 1999.

安炳鶴, 「三唐派 詩世界硏究」, 고려대 박사논문, 1988.

_____, 「崔慶昌의 詩世界와 삶의 安定性에 대한 회의」, 『湖南의 文學과 思想』, 원광한문학회, 2002.

吳台錫, 『黃庭堅詩硏究』, 경북대학교 출판부, 1991.

吳賢淑, 「企齋 申光漢의 詩世界 硏究」, 단국대 석사논문, 1992.

禹應順, 「16세기 畿湖士林派의 형성과 그 문학적 지향」, 『韓國漢文學硏究』제31집, 韓國漢文學會, 2003.

柳奇玉, 『申光漢의 企齋記異 硏究』, 한국문화사, 1999.

柳浩珍, 「李穡 詩 硏究 - 道學 性向의 작품을 중심으로 -」, 고려대 박사논문, 1999.

_____, 「金九容 詩의 淸淨 意象에 내포된 정신적 의미」, 『韓國漢文學硏究』제30집, 韓國漢文學會, 2002.

尹采根, 「기재 신광한 한시 연구」, 『어문논집』제36집, 안암어문학회, 1997.

_____, 「소세양론: 16세기 사장파의 형식지향적 국면」, 『한국한시작가연구』4, 태학사, 1999.

_____, 「企齋記異: 寓意의 小說美學」, 『한국한문학연구』제24집, 한국한문학회, 1999.

_____, 「중세 동아시아 소설에 나타나는 방황과 미로의 유형들과 그 의미 - 금오신화, 전등신화, 전기만복, 기재기이를 중심으로 -」, 『한문학논집』제21집, 근역한문학회, 2003.

李家源, 『韓國漢文學史』, 보성문화사, 1961.

李康洙, 『道家思想의 硏究』, 고려대 민족문화연구소, 1984.

李東歡, 「朴燕巖의 洪德保墓誌銘에 대하여」, 『李朝後期 漢文學의 再照明』, 창작과 비평사, 1983.

_____, 「河西의 道學的 詩世界」, 『湖南의 文學과 思想』, 원광한문학

　　　　　　　　　　회, 2002.

李敏弘, 『증보 사림파 문학의 연구』, 月印, 2000.

李鍾默, 『海東江西詩派研究』, 태학사, 1995.

_____, 「朝鮮 前期 漢詩의 唐風에 대하여」, 『韓國漢文學研究』제18
　　　　집, 韓國漢文學會, 1995.

林采明, 「企齋 詩의 도학적 정신 지향」, 『漢文學論集』제18집, 槿域漢
　　　　文學會, 2000.

_____, 「企齋 申光漢 詩의 一局面 -『皇華集』所載 詩를 중심으로-」,
　　　　『漢文學論集』제19집, 槿域漢文學會, 2001.

_____, 「企齋 申光漢 寓居期 詩의 硏究 - 思惟 樣相을 중심으로-」,
　　　　『漢文學論集』제20집, 槿域漢文學會, 2002.

_____, 「申光漢 詩의 風格」, 『한국어교육』제18호, 한국어문교육학회,
　　　　2003.

_____, 「企齋 申光漢 詩의 形式的 特質」, 『韓國漢文學研究』제33집,
　　　　韓國漢文學會, 2004.

鄭 珉, 『朝鮮 後期 古文論 硏究』, 亞細亞出版社, 1989.

_____, 「16·7세기 學唐風의 性格과 그 風情」, 『韓國漢文學研究』特
　　　　輯號, 韓國漢文學會, 1996.

鄭載喆, 「牧隱 李穡 詩의 硏究 - 그 思想的 志向의 探究-」, 고려대
　　　　박사논문, 1996.

_____, 「陶隱 詩의 思想的 志向과 風格 硏究」, 『泰東古典研究』제15
　　　　집, 泰東古典研究所, 1998.

_____, 「杏村 李嵒 詩의 硏究」, 『漢文學論集』제18집, 槿域漢文學會,
　　　　2000.

_____, 「『精言妙選』의 풍격 연구」, 『韓國漢文學研究』제28집, 韓國
　　　　漢文學會, 2001.

_____, 『이색 시의 사상적 조명』, 집문당, 2002.

_____, 「『詳說古文眞寶大全』연구 - 도학적 문학관의 적용 양상-」, 『韓
　　　　國漢文學研究』제32집, 韓國漢文學會, 2003.

蔡龍福, 「穌齋 盧守愼 詩의 硏究」, 고려대 박사논문, 1992.

崔琴玉, 「陳師道詩研究」, 서울대 박사논문, 1993.

팽철호, 『중국고전문학 풍격론』, 사람과 책, 2001.

2) 국외논저

龔鵬程, 『江西詩社宗派硏究』, 文史哲出版社, 1983.

勞思光, 『中國哲學史(宋明篇)』, 鄭仁在 譯, 탐구당, 1987.

范月嬌, 『陳師道及其詩硏究』, 文史哲出版社, 1988.

傅璇琮, 『黃庭堅和江西詩派卷』, 麗文文化公司, 1993.

王希杰, 『修辭學通論』, 南京大學出版社, 1996.

廖仲安, 劉國盈 주편, 『中國古典文學辭典』, 북경출판사, 1989.

劉明華, 『杜詩修辭藝術』, 中州古籍出版社, 1990.

張夢機, 『古典詩的形式結構』, 駱駝出版社, 1997.

蔣祖怡·陳志椿 主編, 『中國詩話辭典』, 北京出版社, 1996.

朱光潛, 『文藝心理學』, 臺灣開明書店, 1969.

陳鼓應, 『莊子今注今譯』, 中華書局, 1990.

陳良運, 『周易與中國文學』, 百花洲文藝出版社, 1999.

許　總, 『宋明理學與中國文學』, 百花洲文藝出版社, 1999.

胡傳安, 『詩聖杜甫對後世詩人的影響』, 幼獅出版社, 1994.

黃慶萱, 『修辭學』, 三民書局, 2002.

黃永武, 『字句鍛鍊法』, 洪範書店, 2002.

阿部吉雄, 『莊子』, 明德出版社, 1967.

John B. Henderson, 『Scripture, Canon, and Commentary』, Princeton University Press, 1991.

Le Blanc and Blader, 『Chinese Ideas about Nature and Society』, Hong Kong University Press, 1987.

Stephen Owen, 『Readings in Chinese Literary Thought』, Harvard University Press, 1992.

색 인

임채명

▌약 력

　　1968년 경남 밀양에서 출생하여 서울교육대학교를 졸업하고 단국대학교 대학원에서 석사와
박사학위를 받았다. 한국고전번역원(구 민족문화추진회) 국역연수원에서 3년간의 연수과정을
수료하였으며 지금은 조선과 일본의 詩文 交流에 관심을 가지고 조선후기 조선통신사의 筆
談唱酬集을 읽는 작업에 열중하고 있다.

▌주요논문

　　「朝鮮文士들의 詩文에 나타난 日本認識과 交流 樣相」
　　「朝鮮前期 文人들의 日本國王使 對應의 한 斷面」
　　「朝日 兩國의 漸移地帶 對馬島 研究」
　　「朝鮮의 對日 敎化 樣相과 그 基底」
　　「朝日 文士의 筆談唱酬에 나타난 富士山 인식 양상」
　　「7차 通信使行의 筆談에 나타난 日本 文士의 文學論」 외 다수

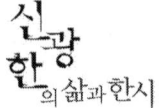
신광한 의 삶과 한시

초판인쇄 | 2009년 7월 10일
초판발행 | 2009년 7월 10일

지은이 | 임채명
펴낸이 | 채종준
펴낸곳 | 한국학술정보㈜
주　소 | 경기도 파주시 교하읍 문발리 파주출판문화정보산업단지 513-5
전　화 | 031) 908-3181(대표)
팩　스 | 031) 908-3189
홈페이지 | http://www.kstudy.com
E-mail | 출판사업부　publish@kstudy.com

등　록 | 제일산-115호(2000. 6. 19)
가　격 |
　　　　24,000원

ISBN　　　　　　　　　　　　　Paper Book)
　　　　　978-89-268-0174-1　98810(e-Book)

│ 이 책은 한국학술정보(주)와 저작자의 지적 재산으로서 무단 전재와 복제를 금합니다.
│ 책에 대한 더 나은 생각, 끊임없는 고민, 독자를 생각하는 마음으로 보다 좋은 책을 만들어갑니다.